KB274770

이화경 장편소설

나비를 태우는 강 江

이화경 장편소설

나비를 태우는 강 江

민음사

차례

나비를 태우는 강
7

1

첸은 마더 테레사의 집에서 게스트 하우스로 돌아와 열쇠로 방문을 열었다. 낡고 허름한 싱글 침대와 작은 탁자만 놓여 있는 방. 습기 때문에 벽의 페인트칠이 들떠 있는, 채 한 평이 안 되는 직사각형의 방. 그나마 마더 테레사의 집에서 지쳤던 몸을 받아 주는 방에 들어선 그는 어깨에 메고 있던 작은 배낭을 내려놓고, 그대로 침대 위에 몸을 눕혔다. 벽에 붙은 형광등의 푸른 불빛이 음습한 방을 더 괴괴하게 만들고 있었다. 잠시 쉬기 위해 이마 위에 팔을 얹는데 잔뜩 밴 땀으로 이마가 축축했다. 땀에 젖은 채로 깜박 잠이 들려는 참이었다. 전선을 붙였다 떼는 소리 같기도 하고, 말라붙은 침샘 아랫부분을 축축한 혀로 밀어 올렸다가 떼내는 순간에 생기는 마찰음 같기도 한 작은 소리가 어디선가 들려왔다. 한참 그 소음을 참던 첸은 몸을 발딱 일으켜 팬을 돌리는 추를 잡아당겼다. 그 기척에 놀랐는지 소리의 주인공이 벽면과

닿은 탁자의 모서리 부분에서 튀어나와 재재거리며 잽싸게 벽면을 타고 오르다가 천장에 착 달라붙어 잠시 동안 꼼짝도 하지 않았다.

엄지 길이만 한 몸통에 그만큼의 꼬리를 단 연녹색 도마뱀이었다. 문을 잠그고 다니는데 이 어린놈이 어디로 들어왔을까. 탁자 서랍에 웅크리고 있다가 사람이 없는 시간에 활보하고 다녔을지도 모를 작디작은 도마뱀이 너무 귀여웠다. 첸은 닿을 리 만무한 높이인데도 천장으로 손을 뻗어보았다. 햇빛 좋은 날이면, 런던 도심 공원에 애완용 이구아나를 데리고 나와 산책을 시키던 사람들이 생각났다. 손바닥에 내려앉으면 비스킷 조각이라도 물려주려던 첸의 마음까지 헤아릴 여유가 없는 도마뱀은 그의 손짓에 네 발을 재게 움직이며 건너편 천장 모서리를 향해 도망쳤다.

첸은 도마뱀을 눈길로 좇다가 눈을 감았다. 까끌까끌한 눈꺼풀 안 어둠 속에서 쿨만이 희미하게 나타났다. 그림자처럼 자신 옆에 누운 쿨만. 그는 정신착란 같은 그리움을 느꼈다. 없어진 팔다리에서 계속 아픔을 느끼는 불구자의 환통처럼, 이미 떠나버린 쿨만이 옆에 있는 것 같아 미칠 것만 같았다. 쿨만이 아닌 다른 제2, 제3의 그들과 마주할 때, 마음의 빈틈을 느낄 때, 그들이 아닌 바로 그가 자신 앞에 있었으면 하는 확실한 갈망. 너 아니면 안 되는 것, 대체 불가능한 존재로서의 너, 그 너를 호명하며 다른 곳으로 떠난 그를 만나러 가는 마음의 쓸쓸하고도 집요한 갈망. 첸의 기억은 여전히 그를 사랑한다고 고집을 부렸다.

그 고집에는 억지스러움이 없었고, 그 고집이 부리는 응석 속에 첸은 에로틱한 그리움을 느꼈다. 자신에겐 유일무이한 사랑인 쿨만, 자신이 떠나보내지 않는 한 언제나 그는 첸 곁에 머물러 있을 것이었다. 헤어짐은 단지 물리적인 것일 뿐, 첸이 사랑했던, 첸이 사랑한 그는 여전히 현재진행형으로서의 사랑이었다. 쿨만을 떠나 콜카타로 왔음에도 첸은 쿨만으로부터 전혀 떠나지 못하고 있었다.

"인생이 잘 안 씹히는 모양이지?"

처음 다가왔을 때 쿨만은 첸의 어깨에 손을 얹으며 그렇게 말했다. 누군가 시답잖은 수작을 걸어오는가 싶어 돌아보지 않았다.

"소화가 잘 안 되는 표정이구먼!"

연이어 들려온 말에 비로소 첸은 자기 어깨 위의 손을 지나 목소리의 주인공을 올려 보았다. 모서리가 단정한 직삼각형 같은 코, 콧방울 밑의 짝짝이인 콧구멍이 먼저 보였다. 한쪽 손은 첸의 어깨에, 한쪽 손은 의자의 등받이를 짚고 서 있던 쿨만의 얼굴이 정확히 15도 각도로 기울어진 채 눈앞에서 싱글거렸다. 사람을 사로잡는 강렬한 눈이었고, 많은 표정이 담긴 눈이었다. 아주 짧은 순간이었지만, 첸이 본 것은 아주 세부적이었다. 울리히 쿨만 (Ulrich Kuhlmann)을 본 순간, 첸은 본능이 경고하는 힘, 매혹을 느꼈다. 그는 쿨만의 눈을 정면으로 바라보지 못하고, 쿨만의 왼쪽 귓불에 매달린 작은 원형 귀고리로 눈길을 돌리고 말았다. 쿨만이 짚고 있는 어깨에 전율이 일었다. 첸은 포고령이 내려진 일

촉즉발의 전쟁터에 있는 병사가 느낄 법한 초감각이 온몸에 퍼져 나가는 것을 느꼈다.

첸은 쿨만과 섹스를 할 때마다 자신의 몸이 하나의 거대한 늪이 되는 것을 느끼곤 했다. 쿨만이 들어오는 것을 감각하는 뜨겁고 유연한 구멍이 되는 느낌. 그는 쿨만을 만나기 이전에는 자신 안에 그토록 많은 구멍이 있는지 몰랐다. 남자 성기의 귀두에 팬 작은 구멍에 뾰족한 요도구를 삽입하고 싶을 때가 있다고 말하던 준하가 생각났다. 성에 관심이 많은 사춘기 여자들처럼 온갖 사소한 성적 잡담과 수다를 편하게 나누던 준하는, 여자가 남자의 몸을 받아들이는 느낌 대신에, 남자의 몸에 들어간다는 것이 어떤 느낌인지 맛보고 싶다고 첸에게 솔직히 고백하곤 했다. 그래서였을까. 쿨만이 부드러운 어조로 어떤 기분이냐고 물었을 때 첸은, 나는 당신의 여자예요, 라고 말할 뻔했다.

"인간이 갖고 있는 가장 큰 성 기관이 뭔지 알아?"

쿨만이 물었을 때 첸은 머릿속에 떠오르는 것을 말하지 않았다.

"대부분은 배꼽 아래의 물건을 제일 먼저 떠올리지. 너도 그렇구나. 네 얼굴은 거짓말을 못 해."

쿨만의 지적에 첸은 얼굴을 붉혔다. 거짓말을 못 한다는 말이 칭찬이 아니라는 것쯤은 알고 있었다. 상상력이 부족하다는 것을 타박하는 것도 아니라는 걸 알았다. 하지만 첸은 남들처럼 뻔한 생각이나 하고 있다는 것을 들킨 게 부끄러웠다.

"인간이 갖고 있는 가장 큰 성기는 발기한 음경이 아니라 뇌야,

뇌. 오직 뇌만이 거대하게 발기하고 오르가슴을 느낄 뿐이야. 오르가슴을 느끼고 싶으면 네 뇌를 먼저 발기시킬 준비를 해.”

쿨만의 말에 목덜미가 시큰해져서 그만 고개를 돌리고 말았다. 가까이에서 그를 만지고 싶고 통째로 삼키고 싶을 만큼 감정이 너무나 강렬한데도, 첸은 그를 맞바라볼 수가 없었다. 쿨만은 첸의 새로운 성감대를 찾아다니면서 자극할 줄 알았다. 첸의 몸을 편력하며 새로운 성감대를 찾아 나서는 쿨만은 관능주의자였다. 쿨만은 노골적이면서도 부끄럽지 않게 만들고, 알몸으로 던져져 있으면서도 중첩된 거울을 통해 수십 개의 자신의 모습을 되비추는 것처럼 첸 안에 숨어 있는 다층적인 모습을 드러내게 만들었다. 척추를 타고 흐르는 정염으로 첸은 몸을 비틀었다. 블랙홀처럼 쿨만을 빨아들이고 싶다는 욕망, 쿨만을 씹어 삼키고 싶다는 욕망, 쿨만을 바숴버리고 싶다는 욕망이 일었다. 동시에 쿨만을 샅샅이 핥아대고, 쿨만이 흘리는 모든 체액을 다 받아 마시고 싶은 욕망으로 눈물이 솟구칠 것 같았다. 자신의 젖꼭지까지 팽팽하게 솟아오른 상태인데도, 첸은 쿨만을 흡수하고 싶은 열망으로 축축해졌다. 그 기괴하고 견디기 힘든 열정이 자신 안에 숨어 있다는 사실이 기이했다.

쿨만이 괴물 크라켄처럼 여겨졌다. 노르웨이 뱃사람들의 전설에 나오는 괴물. 그 사악한 괴물과 눈길이라도 마주치면 아무리 건강한 아이라도 영원히 검푸르고 위험한 바다 속으로 마음을 빼앗기고 만다는 존재. 첸은 평생 쿨만이라는 존재에 면역이 되지 못할 것 같은 예감에 휩싸였다.

"제 이름을 불러줘요. 한 번만 첸이라고 불러줘요."

"이름? 이름은 하나의 주소에 불과할 뿐이야. 이름에서 뜻을 찾는 것은 순교라는 자학적 열망으로 가득 찬 선지자들이나 따지기 좋아하는 동양인들이 하는 짓이지. 네가 팀 마샬로 불리든, 폴 해리슨으로 불리든 뭐가 달라지지?"

첸은 쿨만이 이죽거리고 비아냥거리는 말이 그의 인생에 대한 깊은 허무와 회의에서 나온 것임을 알고 있었다. 쿨만의 견유적인 어투와 논법은 그의 존재 형식이 아니던가. 그가 기름기 많고 단맛 도는 말을 쓴다면, 그건 쿨만이 아니었다.

"사랑은 없어. 단지 관계만 있을 뿐이지. 관계를 맺는 순간에만 내가 존재할 뿐이야. 영원을 말하지 마. 영원은 시간 너머에 있어. 그 시간 너머를 지금 네가 말하는 건, 로프를 감지 않고 번지점프를 하는 것처럼 무모하고 위험한 일이야. 관계의 처음이자 끝은 대상에 대한 떨림과 매혹을 느낄 때뿐이지. 상대가 내게로 다가오길 기다리는 그 서스펜스, 긴장 강도를 난 즐겨."

"당신에게 난 누구죠? 당신이 느끼는 긴장 말고 다른 의미는 제게 없는 건가요?"

"제발 관계에서 의미를 묻지 마. 의미 따위는 없어. 난 관계에서 내 욕망이 어떻게 움직이는가에만 관심 있어. 죄의식을 느끼지 않느냐고? 세상 사람들이 느끼는 죄의식이 정말 자기 안에 처절하게 내면화된 것일까? 내가 아는 어떤 늙은 신부는 고해성사를 듣는 것이 지겹다고 고백하더군. 사제로서의 책임 회피나 직무 유기에 대한 얘기가 아니야. 오해하지 말고 들어. 사람들이 비장한 얼굴로 고해한답시고 말하는 내용들이 하느님이라도 지겨워서 귀를 닫고 싶을 정도로 지리멸렬하고 진부한 고백들이라는 거야. 사기를 쳤어요. 거짓말을 했어요. 생리 중에 물건을 훔쳤어요. 옆집 여자를 따먹고 싶은 생각이 들었어요. 수천 명이 뇌까리는 허섭스레기 같은 고해성사를 듣는 동안 자신의 일생이 저물어가고 있다고 생각하면 아주 깊은 회의가 든다더군. 이 인간들이 죄를 아주 가볍게 생각하거나 죄가 뭔지 모르는 것 아닌가 하는 생각이 들어서 말이야. 그저 학습된 죄의식을 느낀다는 거지. 그것도 아주 달콤하게……. 심지어는 고해성사하는 맛에 죄를 짓는 것이 아닌가 싶은 생각도 든다더군. 욕망에는 어떤 철학도 형이상학도 없어. 욕망은 그저 욕망일 뿐이야. 단것 물려주면 아무 때나 벙싯대고 웃어대는 천진난만한 어린아이 같은 것이 욕망이야.”

예전의 첸에게 성욕은 몸의 속박 같은 것이었다. 사춘기 시절, 첸은 자위행위 끝에 씁쓸한 죄책감을 느꼈다. 그 감정은 날카롭고 불안정하긴 했지만, 내면에 지워지지 않는 선명한 자의식이기도 했다. 자위행위 전의 몸은 성욕을 만족시키라고 채근하고, 자위행위 뒤의 몸은 헛된 방사 외에 아무것도 아닌 것에 몰두한 소모로 인해 허탈해했다. 몸에 각인된 사회성과 윤리 감각은 지문처럼 지워지지 않았다.

쿨만을 만나면서 첸은 성욕에 대한 지극한 격동, 온몸의 피부가 표면장력이 생긴 것처럼 탱탱해지는 요동, 한쪽 감각이 뭉개지면서 동시에 다른 감각이 힘줄처럼 불끈 솟아오르는 육체의 홀로그램을 어떻게 받아들여야 할지 몰랐다. 이전의 존재가 지워지는 일식과도 같은 경험 앞에 어리둥절하기만 했다.

"즐겨. 섹스는 놀이야. 네 안에 들어 있는 강박관념을 버리라고. 사랑은 나눌수록 커지는 플러섬 게임과도 같아. 너를 주면 네가 없어지는 마이너섬이 아니야. 섹스는 머리 회전을 요구하는 체스도 아니고, 승부처를 미리 살피고 상대에게 줄 타격을 생각하는 골 아픈 바둑도 아니야. 대부분의 남자들이 섹스에 실패하는 이유는 바로 단숨에 오르가슴이라는 정상으로 오르려는 강박관념에 있어. 소통 없는 일방통행식 성행위는 자위행위와 다를 것이 없지. 어떤 의미에서 대부분의 남자들은 여자를 앞에 두고 자위행위를 하면서도 섹스를 하고 있다고 위선을 떨곤 하지. 관계의 시스템을 잘 이해하면 의외로 섹스는 즐거운 놀이가 될 수 있어. 네 안에 있는, 내 안에 있는 쾌락 지점을 탐색하면서 즐기는 거야. 고깃덩어리에 불과한 육체에 빛을 던져주고 의미를 주는 것은 오직 섹스를 통해서일 뿐이야."

짧고 세련되게 이발을 한 쿨만의 은발은 광물질의 빛을 발하는 완숙한 야수를 떠올리게 했다. 이마에 선명한 골 깊은 주름과 눈가에 방사형으로 퍼져간 자잘한 주름 들은 쿨만을 늙어 보이게 하기는커녕 특유의 깊은 표정을 만들어내고 있었다.

쳰은 쿨만을 보면서 나이 듦이 결코 쓰러져가는 나무의 쓸쓸한 향기가 아니라는 것을 알게 되었다. 여러 종류의 인간과 관계를 맺었던 연륜이 가져다준 심리적 다중성, 인간의 한계에 대한 연민과 슬픔을 안 자만이 갖는 이해력, 정공법으로 삶을 관통한 자만이 가질 수 있는 힘, 자기 안에 내적인 척도를 갖고 있는 중년의 남자는 아름다웠다. 쳰이 바라본 쿨만의 늙음은 하나의 권위이자 카리스마였다.

쿨만의 당당한 늙음 앞에 쳰은 자신의 철없고 유약한 젊음이 부끄러웠다. 권력과 명예, 관능과 섹스, 불륜과 제도, 역사와 폭력, 허상과 실상에 대한 불혹을 넘긴 쿨만의 관점은 어떤 면에서 대단히 폭력적이고 일방적이었지만, 삶의 굴절에서 얻은 명징함은 힘이 넘쳤다. 얻어야 할 것과 버려야 할 것을 정확히 아는 인간만이 생의 공포를 정면으로 받아들이는 것은 아닐까 싶은 생각이 들었다. 근육이나 억센 태도 따위로 남성성을 표현하는 것과는 본질적으로 다른 카리스마, 그 힘 앞에 기꺼이 무릎을 꿇고 싶었다. 쳰은 애절하게 쿨만에게 말했다.

"나를 버리지 마요. 제발 나를 버리지 마요……."

쳰은 쿨만을 생각하는 것만으로도 미칠 것 같았다. 그를 끊겠다고, 그를 버리겠다고, 그를 떠나겠다고 수천 번을 다짐하면서도, 끝내 이겨내지 못하는 아편쟁이처럼 쳰은 쿨만을 끌어안고 있었다. 바람 한 점, 햇빛 한 줄기 들지 않는 게스트 하우스의 방

에서 비늘이 마구 돋아나는 도마뱀처럼 첸은 쿨만으로부터 벗어
나지 못하고 재재거리며 맴돌고 있었다. 첸은 벌떡 일어나 문을
열고 뛰쳐나갔다.

2

　의족을 벗어버린 뭉툭한 허벅지를 드러낸 채 잠들어 있는 사이먼의 모습을, 쿨만은 시가를 피우며 지켜보았다. 무릎 아래가 잘려 나간 적갈색 피부의 하반신은 두껍고 질긴 가죽만 덧씌운다면 작은 스툴이 될 수 있을 만큼 뭉툭했다. 의족을 하고 조깅을 할 만큼 육체를 단련시켜 왔던 놈답게 잘려 나간 부분은 보기와 달리 해머처럼 딴딴했다. 검고 매끈한 사이먼의 몸, 피부. 피부는 인간이 가질 수 있는 가장 질 좋은 옷감이라지. 무두질이 잘된 질 좋은 가죽처럼 보이는 사이먼의 피부는 단져보면 차지고 부드러웠다.

　직업을 물을 때마다 언제나 당당하게 모델이라고 응수할 만큼 사이먼은 자신의 상처에 대해 농담 삼아 낄낄거릴 정도로 쿨했다. 쿨만은 세상에서 보기 드물게 자극적인 다리라며 칭찬을 아끼지 않았다. 다리가 멀쩡하게 있느냐 없느냐는 사이먼에게 더 이상 중요하지 않다는 것을 쿨만은 잘 알고 있었다. 사이먼의 사라진 다리는 아름다운 가능성이자 또 다른 희망이기도 했기 때문이다. 상처야말로 사이먼의 본질이고 매력이었다.

실제로 사이먼은 베트남 전쟁 영화에서 다리가 잘려 나간 흑인 병사의 하체 부분 모델이 되기도 했다. 얼굴과 상체는 가려진 채 고작 하체만 나오는 모델이긴 했지만, 사이먼은 출연했던 몇 편의 영화를 녹화해 두었다가 좀 더 리얼하게 표현할 수 있는 방식을 연구하기 위해 시간만 나면 모니터링을 하곤 했다. 사지 육신이 언제나 멀쩡하게 붙어 있어야 한다는 믿음은 착각이거나 망상이라고 사이먼은 말했다. 변화 앞에서 폼 잡으며 골 싸맨 채 철학하지 않기. 애초에 학교를 때려치워 버린 사이먼이 체득한 삶의 방식이라고 했다. 학교란 지능지수에 근거한 일종의 카스트 제도를 만들어 불평등한 계급과 등급을 형성한 다음 아이들을 깨박살내고, 지능이 낮은 자신 같은 아이의 자존감을 시나브로 허물어서, 마침내는 산산조각 내는 곳이라고 그는 믿고 있었다. 하지만 사이먼은 누구보다 영리했다. 지혜로운 사람들이 정기적으로 자기 안의 영리한 부분과 의논하듯이, 사이먼도 현재를 부정하는 쓸모없는 고통에 대해서는 별 관심이 없었다.

몸도 수시로 리모델링이 필요한 기관에 불과할 뿐이라고 말하는 사이먼도 예전에는 세상에서 가장 아름다운 몸을 가지고 있었다. 그가 피커딜리 광장에서 사이먼을 처음 봤을 때, 그는 자신을 닮은 검고 아름다운 개와 함께 있었다. 스물을 갓 넘겼음 직한 앳

된 얼굴의 사이먼은 자발적인 노숙자였다. 런던의 슬럼가인 이스트앤드에서 성장한 데다가 흑인이며 학교도 제대로 나오지 못한 사이먼이 선택할 수 있는 가장 적합한 직업이었는지도 몰랐다. 쿨만은 그에게 언젠가 찾아오라는 뜻으로 돈 대신 명함을 한 장 건네주었다. 개에게 먹을 것을 사줄 수 없을 정도로 구걸이 안 되면 가끔 사이먼은 쿨만에게로 왔다.

"왜 구걸을 하지?"

언젠가 감자, 당근, 브로콜리, 완두콩을 전부 털어 넣고 끓인 아인토프 수프를 건네며 물었다.

"개한테 먹을 것을 사줘야 하니까요."

"아침에 길바닥에서 눈을 뜨면 무슨 생각을 하지?"

"오늘 뭘 먹일까 생각해요."

"뭘 먹을까가 아니고 뭘 먹일까를 생각한다?"

"저야 어떻게든 먹을 수 있으니까 별 상관 없어요. 하지만 개는 다르죠."

"왜 일을 안 하지?"

"남을 짓밟는 것이 싫어서요."

"네게 미래는 무슨 의미지?"

"미래요? 그런 것 생각 안 한 지 오래됐어요. 길바닥에서 자다가 죽어버린 사람을 많이 봤어요. 미래는 내일을 말하는 건데, 내일이 올지 안 올지, 당신은 알아요?"

녀석의 반응은 쿨만을 무시하는 듯 덤덤하고 짧았다. 오래간만에 소름이 끼쳤다. 사이먼의 시큰둥한 말투와 어조 속에 들어 있는 삶에 대한 명징한 판단을 쿨만은 보았다. 사이먼과의 대화가 계속되면서 쿨만은 자신을 도발시키는 매력을 느꼈다. 그 뒤로 사이먼은 마약에 찌든 놈에게 다리가 뭉개지는 끔찍한 일을 당했다. 사이먼이 가장 사랑하는 친구였던 개도 그놈에게 당하고 말았다. 다친 다리를 내놓고 구걸하는 짓은 사이먼이 원하는 방식이 아니었다. 사이먼은 구걸을 접고 모델이 되었다. 쿨만은 처음으로 사이먼의 다리에 키스를 했다.

쿨만은 베란다로 나가 사우스 켄징턴에 있는 고급 맨션들의 불빛을 보며 길게 시가 연기를 내뿜었다. 낮에는 덥고 햇빛이 강렬했지만, 이른 새벽에는 선선한 느낌마저 들었다. 꽤 덥겠지, 그곳은. 인도에 가 있는 첸을 생각했다.

첸은 떠나기 전에 그에게 씹듯이 말했다.

"더는 견딜 수 없어요. 떠날 겁니다. 당신의 그림자, 당신의 신화, 당신의 자잘한 술수들로부터 놓여나기 위해 떠날 겁니다. 관계 속에서, 당신의 그늘 속에서, 잘난 당신의 노련한 말솜씨 속에서가 아니라, 정말 한 인간으로 판단하고 결정하려고 피나는 노력을 하고 있어요. 이번에는 정말, 제대로, 떠날 겁니다."

떠나기 위해 피나는 노력까지 할 게 뭐 있나. 쿨만은 반항을 독립심으로 착각하는 십 대처럼 우격다짐으로 이별을 하겠다고 수선을 피우는 첸이 우스웠다. 이별이 각자 독립 만세를 외치듯이 온다면, 이별은 슬픈 일이 아니라 기쁜 일일 것이다.

쳰과 같은 인종은 절대로 자신을 이해 못하겠지만, 그는 쳰도 사이먼도 사랑했다. 다리가 잘림으로써 외려 육체적 구속으로부터 벗어난 사이먼의 초탈함이 좋다면, 쳰의 예민한 내성성은 쿨만을 자극하는 유혹으로 작용했다. 그전의 인간들도 동시에 사랑했다. 그들 모두는 쿨만이라는 존재의 인수분해된 요소였다. 매번의 사랑 속에서 걸러진 자신은 언제나 다른 빛깔과 냄새를 가졌고, 쿨만은 낯설게 변모된 자신을 만끽했다.

질투는 사랑을 상투적으로 빠지지 않게 하는 힘이라는 것을 그는 잘 알고 있었다. 삼각형은 가장 안정적인 동시에 가장 날카로운 관계의 도형이다. 삼각형의 꼭짓점에는 언제나 쿨만 자신이 있어야 했다. 꼭짓점에 다다르기 위해 밑변의 두 인간은 질투로 가파른 모서리를 올라와야만 했다. 쿨만은 질투심이 질투의 대상과 질투를 하는 자에 대한 그의 힘을 강화시킨다는 것을 잘 알고 있었다. 권력을 가지면 상대방에 대한 감정적 의존이 가져다주는 스트레스를 보상해 주었다. 제대로 사랑받지 못했다는 허기로 언제나 사랑이 떠날까 봐 전전긍긍했던 어린 날의 경험은 그에게 덜 사랑하는 사람이, 아니 덜 사랑하려고 노력하는 쪽이 관계에서 더 많은 힘과 권력을 갖게 된다는 것을 가르쳐주었다.

관계의 불균형과 갈등의 인식은 그의 삶과 생활의 중심이 되었다. 질투를 유발하고 그 질투로 인해 광기가 치솟는 열정이 연애의 핵심이라고, 쿨만은 믿어 의심치 않았다. 광기로 치받힌 상대의 뜨거운 내면성을 볼 때, 그는 자신의 가치를 확인할 수 있었다. 예민해진 오감이 상대의 살가죽에 탱탱한 표면장력으로 뭉치는 것, 원심분리기 속의 토마토처럼 존재가 으깨어지는 것, 위태롭고 현기증 나는 감정의 출렁임, 칼날 위에 선 샤먼의 몰아적인 춤사위 같은 것이 연애 감정의 핵이었다. 그에게는 찰나에 몰두한 순간만이 연애의 본질이었다. 연애가 원활하게 이루어질 때, 쿨만은 그 어느 때보다도 일에 빈틈없이 완벽한 집중력을 보였고 생의 활력을 느꼈으며 의식이 고양됐다.

적절한 채찍과 당근 없이 크는 아이들이 대개 그렇듯이 쿨만도 불안과 턱없는 자만 속에서 스스로를 키웠다. 누군가 대책 없이 방만한 자신을 힘껏 찍어 눌러주었으면 하는 바람과, 토끼를 안듯 자신을 쓰다듬어주었으면 하는 바람 사이에서 갈팡질팡했다.

아버지는 1944년 제2차세계대전에 독일 보병으로 참전했다. 농과 대학에서 육종학을 전공한 대학생이었던 아버지는 전쟁 막바지에 미군에게 잡혀 전쟁 포로가 되었다. 아버지가 삼 개월의 포로 생활로 얻은 것은 미국에 대한 다함없는 증오와 적개심, 조국 독일에 대한 환멸, 그리고 이주 결심이었다. 폐허가 된 조국을 등진 채 처자식을 끌고 아버지는 호주로 이민을 갔다.

1마르크였던 감자 한 부대가 육 개월 만에 5마르크로, 이 년 뒤에는 6억 3940만 마르크로 껑충 뛰어버린 미친 시대에 성장기를 보낸 아버지는 은행도 신용조합도 믿지 못하고 손안에 든 현금만 믿었다. 아버지의 처절한 내핍은 가족들의 목을 졸랐다. 머리 깎는 데 200억 마르크가 들고, 면도를 하는 데 350억 마르크가 들었다던 몇십 년 전의 공포에서 한 발짝도 빠져나오지 못한 아버지는 가위로 자신의 머리며 아들들의 머리카락을 직접 잘랐다. 가위를 들고 쏨벅쏨벅 머리를 자르던 날이 쿨만은 죽기보다 싫었다. 섬세하게 다듬지 못한 머리통을 들고 학교에 가는 것이 쿨만의 여린 자존심을 얼마나 뭉개버렸는지를 아버지는 몰랐다.

집에 새것이라곤 금세 자라나곤 하던 아이들의 머리카락과 손톱밖에 없었다. 두루마리 화장지 두 칸 이상 쓰는 것이 철저히 금지되었던 집. 고작 두 칸에서 한 칸 더, 화장지를 낭비하면서 쿨만은 사춘기의 반항을 표시하곤 했다.

아이들은 머리통이 크자마자 시드니로, 멜버른으로 륙색 하나만 메고 냅다 튀었다. 고아 아닌 고아들로 득시글거리던 집에는 쉰을 갓 넘긴 부부만 남았다. 어머니는 새벽부터 자정까지 성당에서 머물렀다. 가톨릭 신자였던 어머니, 부성자옥(夫城子獄)에 갇혀 살아왔던 그녀가 아버지의 정년퇴직과 동시에 선택한 것은 이혼 대신 별거였다. 어머니는 여태껏 살던 집에서 차로 한 시간 거리에 방을 얻어 나갔다. 물론 아버지의 퇴직금 반과 별거 수당을 뚝 잘라 들고서. 어머니가 독립하면서 제일 먼저 한 일은, 평생 눈독만 들였던 고급 그릇과 찻잔 들을 사들이는 것이었다. 소뼈를 갈아 만들었다는 본차이나, 그것도 영국 왕실이 즐겨 사용한다는 그릇을 그녀는 몇 세트씩 사다 쟁였다. 소파와 가전제품, 그릇을 진열할 장식장과 금박이 둘러진 디너 세트를 몽땅 새것으

로 채운 어머니의 집에 낡은 것이라곤 휘우듬하게 어깨가 굽어버
린 자신의 늙은 삭신뿐이었다.

텅텅텅 비어버린 집에서 아버지는 무엇을 했던가. 반 에이커가
넘는 뒤뜰에 유실수를 심고 야채 씨를 뿌렸다. 아버지의 탁월한
기술로 뒤뜰에는 레몬과 사과, 토마토가 가지가 휘어질 만큼 영
글었다. 아버지 혼자 먹기엔 너무나 많은 과일과 채소 들이 넘쳐
났다. 담장 하나를 사이에 둔 이웃에게도 푸성귀 한 다발, 금빛
레몬 한 알 건넬 줄 모르던 아버지. 잼도 만들 줄 모르는 아버지
는 과일을 방과 부엌에 가득 쌓아놓고 썩혔다. 썩는 것들은 모두
악취를 풍겼다. 설사 그것이 과일일지라도. 참고 견디는 것만이
아버지가 낯선 타국에서 뿌리를 내리는 유일한 방법이었다. 병원
에 가서 자신의 몸을 들여다보고 돈을 지불하는 것마저 아까워했
던 아버지는 끝내 치유할 길 없는 병을 얻고 말았다.

전립선에 탈이 난 아버지는 성인용 기저귀마저 아까워 사지 못
해, 집에서는 숫제 아랫도리를 벌리고 다녔다. 그가 고안한 오줌
받이는 최악이었다. 150시시 깡통에 줄을 매달아 목에 걸고 불알
밑에 간신히 걸쳐놓은 오줌받이. 씻지 않은 오줌받이 깡통은 오
줌 앙금으로 싯누렜다. 그 깡통을 바닥에 내려놓고 《타임》지를 읽
던 아버지. 그 《타임》지마저 전시가 끝난 벼룩시장에서 구입한
철 지난 것이었다. 미국을 증오하면서도 미국이 세계를 장악하는
꼴을 알아두어야 하고, 조국 독일을 그리워하면서도 정착한 호주
에서 얻은 재산을 포기하지 못하고 경계에서 낑낑대던 아버지.

자신의 생을 아우슈비츠 수용소 꼴로 만들어버린 아버지. 오, 불쌍한 아버지.

뚝뚝 떨어지는 오줌 방울은 침대 시트며 거실 카펫을 적셨고, 지독한 지린내는 늙은 홀아비 냄새까지 가세해 그 누구도 집안에 오 분 이상 머물 수 없게 했다. 썩어가는 집, 썩어버릴 집, 그리고 마침내 모든 관계가 매장된 썩은 집에서 아버지는 마지막 인생을 남김없이 썩히고 있었다. 무슨 망령이 아버지에게 깃들었던 것일까. 이십 년 넘은 구형 독일제 차에 시동을 걸고 반기지도 않을 마누라를 찾아 나선 것은. 가끔씩 아들들의 이름이며 순서 따위를 마구 뒤섞을 때도 있지만, 호주 달러와 독일 마르크의 환율에 대해서는 소수점 두 자리까지 달달 꿰고 있을 정도로 그의 정신은 말짱했다. 애초에 깨져버린 미등 유리에 비닐하우스를 만들다 남긴 비닐 쪼가리를 붙이고, 사이드미러가 형체도 없이 사라져버린 자동차를 이끌고 길을 나섰다가, 아버지는 두 번 다시 집으로 돌아오지 못했다. 심야에 어머니가 살고 있는 곳으로 차를 몰고 가다가 마주 오던 트럭과 부딪히고 말았다.

트럭에 받힌 아버지의 차에서 누가 구조됐던가. 아버지의 죽음 대신 끔찍한 삶이 구급 대원들의 능숙한 솜씨에 의해 구조됐다. 찢어진 곳을 꿰매고 터진 데를 막고서 아버지는 살아남았다. 일흔세 번을 버려졌다가 다시 주워 온 봉제 인형처럼 온몸이 바느질된 아버지는 쉽게 죽지 않았다.

끔찍하구나. 중환자실 대기실에서 어머니는 아버지에게인지 그녀 자신에게인지 알 수 없는 말을 했다. 분노가 실린 것 같기도 했고 화가 난 것 같기도 했다. 당연히 분통이 터지고 화가 났을 것이다.

나는 살고 싶다. 의식을 차린 아버지는 쿨만의 손을 잡고 독일어로 말했다. 쿨만은 느닷없이 잡게 된 아버지의 손에서, 한겨울 철제 현관문 고리를 잡았을 때의 쩍 달라붙는 듯한 소름 끼치는 차가움을 느꼈다. 쿨만은 아버지 대신 아우슈비츠에서 살아남은 늙은 독일 남자를 보았다. 아버지는 혹시 유대인이 아니었을까. 물론 제정신이 아닌 생각이었다. 저 독일 남자는 앞으로 6억 3940만 번을 살아낼지도 모른다는 생각이 들었다. 쿨만은 아버지의 임종에 대한 기대를 버리고 떠났다.

돈이 없던 이십 대, 튼튼한 몸으로 할 일이라곤 허드레 잡일밖에 없던 그 시절에, 쿨만은 정말 심각하게 매춘을 생각하기도 했다. 꽥꽥거리는 거위처럼 들어앉은 존재의 광기와 착란은 그의 피 속에 아편이 흐르고 있다는 명백한 증거였다. 그 피를 잉크처럼 적셔 글을 쓰고 싶었다. 하지만 걸작을 만들어냈던 대다수의 예술가들이 그렇듯이, 예술을 하는 데는 광기 외에도 류머티즘과 간질과 편두통 따위의 재료들이 필요하다는 것을 알았다. 그리고 무엇보다도 글 쓰는 데 가장 필요한 것은 부족한 빵과 시간이었다. 빵을 얻으면 시간이 날아갔고, 시간을 구하면 빵이 사라졌다.

돈 많은 정부를 얻기 위해 평생 아양을 떨어야 했던 발자크나, 온갖 감정적 협박을 해대는 어머니로부터 생활비를 뜯어내기 위해 노심초사해야 했던 플로베르나, 태생적으로 부유한 귀족 출신이었던 톨스토이가 아닌 바에, 빵과 시간은 영감과 정열과 재능을 야멸치게 몰수해 가는 수전노의 손 같은 것이었다. 그 흔한 근시조차 없는, 짐꾼처럼 강한 육체와 후원을 받을 부모도 없는 쿨만은 그동안 썼던 몇 개의 원고 뭉치를 불태운 뒤에 깨끗이 작가의 길을 단념했다. 그래도 일을 끝내고 돌아온 뒤에 그는 온갖 잡다한 책들을 쌓아놓고 닥치는 대로 읽으며 시간을 죽였다.

쿨만은 도살장의 육류 검시관처럼 책을 읽기 전에 몸무게를 다는 저울에 올려놓고 책의 중량을 쟀다. 저자와 제목과 출판사만큼 장정과 책의 무게도 독자가 책을 선택하는 중요한 요인이라고 여긴 그는 책의 중량을 표기하지 않는 출판사를 도무지 이해할 수 없었다. 무게는 무거운데 내용이 별 볼일 없는 책을 쓴 작가는 중량을 늘리기 위해 물 먹인 쇠고기를 파는 악덕 푸주한과 다를 바 없다는 것이 쿨만의 관점이었다. 그의 일주일 식량에 해당하는 무게의 책이 작가의 과장된 신세 한탄으로 일관됐을 때, 그는 이를 갈았다.

쿨만은 비열하고 속악스러운 인물들에게 마음이 갔다. 눈 내리는 크리스마스의 장작 불쏘시개처럼 그를 뜨겁게 한 인물들은 후안무치의 호색한이자 사기꾼들이었다. 그들이야말로 책 무게에 값하는 인물들이었다. 합법적인 테두리에서 의뢰인을 적당히 등쳐먹고 상류 사회의 사교장에서 세련되게 춤을 출 줄 알며, 불륜을 의식하면서도 저주받을 육신의 쾌락과 낭만적인 순정을 섞을 수 있으며, 이편저편에서 욕을 먹을지라도 질긴 목숨을 부지할 재주를 가지고 살아가는 인간, 역사의 어떤 숨찬 소용돌이 속에서도 의연히 살아남을 수 있는 개 같은 인간, 인간 같은 개의 모습은 쿨만의 구미에 맞았다.

무엇보다도 겨우 기백 그램을 넘긴 경량급 무게로 70킬로그램이 넘는 쿨만을 녹아웃시킨 책의 저자는 마키아벨리였다. 어정쩡한 자비심을 확실하게 도려낸 데서 비롯된 인간성에 대한 탁월한 인식, 이상과 현실의 이질적인 진실에 대해 군살을 발라낸 촌철살인의 문장으로 운필의 경지에 이른 마키아벨리에게서, 쿨만은 정신의 근육에서 뿜어져 나오는 야성적인 에너지를 강렬하게 느꼈다. 마키아벨리를 읽은 뒤로 쿨만은 남자가 될 수 있는 것은 단 두 가지, 리더와 아웃사이더만 있다는 생각을 굳혔다. 당연히 그는 리더가 되고 싶었다. 목적에 필요한 만큼의 폭력은 마키아벨리의 미덕이자 그의 미덕이었다. 힘이 없는 가치는 쓸모없었다. 쿵후와 유도처럼 몸의 근육을 위한 수련이 필요하듯, 정신의 탄탄한 근육도 생존에 힘을 줌으로써 그를 흔들리지 않게 해준다는 것을 알았다.

쿨만이 가장 싫어하는 것은 불멸과 구원, 매너리즘과 반성, 절약과 노후 보장을 위한 보험 같은 것들이었다. 절약하기 위해서였겠지만, 언제나 싱싱하고 좋은 것은 냉장고에 보관했다가 벌레 먹고 썩은 과일과 유통 기한이 의심스러운 것들부터 해치우고, 다시 냉장고에서 곯아가는 것들을 섞어 대충 끓인 음식을 먹는

따위의 궁상스러운 알뜰함이 쿨만은 너무나 싫었다. 빵 두 덩이
가 있으면 한 덩이는 팔아 장미를 사서 자신의 영혼을 살찌우는
호사를 부리겠노라고 다짐하곤 했다. 내일을 위한답시고 오늘의
숨통을 조르는 바보 같은 짓은 절대로 하지 않겠다고 결심하곤
했다.

3

그리운 준하에게

콜카타에 온 지 십여 일이 지났습니다. 준하는 잘 있나요? 콜카타의 태양은 빨간 까마귀 혀처럼 벌겋습니다. 40도에 육박하는 더위 속에 있긴 하지만, 마더 테레사의 집에서 보내는 나날이 차라리 평화롭습니다. 오직 거리의 주소만 기억하는 행려병자들이 오히려 저를 위로합니다. 아무 생각 없이 땀 흘리며 일하는 것이 좋습니다.

히말라야 산록에 살고 있는 백로는 따뜻한 인도 지방에서 겨울을 보내기 위해 늦은 가을부터 사십 일 동안 스스로 금식하여 체중을 줄이고 깃털도 장식용으로 자란 것은 모조리 뽑아버린다고 합니다. 제 자신에 대한 깊은 혐오감도 버려야 할 장식용 깃털이 아닌가 하는 의심이 드는군요. 할 수만 있다면 이곳 사랑의 선교

회 수녀들이 실천한다는 귀의 침묵, 마음의 침묵, 혀의 침묵을 실
천하면서 소란스러웠던 제 과거를 떠나 영혼의 침묵 안으로 고요
히 들어가고 싶습니다. 신이 나 같은 놈에게도 침묵이라는 거룩한
선물을 주실지 불안하긴 하지만 말입니다. 준하의 회귀선 여행이
즐겁기를 바랍니다.

콜카타에서

당신의 친구, 첸

준하는 해협의 한가운데에 떠 있는 갑판 위에서 첸의 편지를
읽었다. 첸은 여전히 지나치게 무겁고 엄숙했다. 그리고 언제나
감정이나 생각이 지나치게 멀고 깊었다. 유머 감각이라곤 하나도
없는, 고행을 자청하는 중세 수도사 같은 편지. 게다가 편지 마지
막에 쓴 친구라는 단어도 준하는 마음에 들지 않았다.

낯선 곳으로의 여행이 또 다른 자기 안의 길을 만드는 것임에
틀림없지만, 현실이 없어지는 것은 아니다. 설마 학대에 가까운
고행을 통해 성스럽고 거룩한 천국에 이를 수 있다고 믿는 것은
아닐 테지만, 첸의 이번 콜카타 행은 단두대에 자청해서 목을 들
이대는 것 같은 위악적인 느낌마저 들게 했다. 첸이 쿨만에 대한
자신의 사랑을 너무 이상화하고 있지 않은가, 라는 것이 준하의
생각이었다. 모든 사랑은 불평등하고 불공정하게 분배된다는 것
을 왜 모른단 말인가. 사랑은 두 사람을 위한 외로움이라는 말도
있지 않은가. 차라리 절망스러운 사랑에 대해 저주를 퍼붓는 것

31

이 정신 건강에 나을 수도 있을 것이다. 동성애를 하면서 정염을 어쩌지 못해 억누르는 모습은 미안하게도 가책의 코미디 같았다.

준하가 회귀선이 통과하는 곳으로 휴가를 보내러 온 것은 슬퍼하거나 절망하기 위해서가 아니었다. 첸을 사랑한 것이 재앙이라고 생각하지도 않았고, 쓰라린 환멸이라고 여기지도 않았다. 다만 일정한 거리 두기가 필요하다고 생각했다. 첸으로부터 자유로워지면서도 지속적으로 함께 생을 나누는 합리적인 방식을 찾는 시간이 필요했다. 교착 상태에 빠진 자신의 감정에서 걸어 나올 필요가 있었던 것이다.

영국 해협을 떠나 아프리카 서부 해안의 북쪽에 있는 곳에 도착했을 때, 준하는 자신이 탄 크루즈 위에서 회귀선을 만날 수 있었다. 열대 지역과 온대 지역을 가르는, 위도 23도 28분에 해당하는 두 위선 중 하나인 북회귀선, 일 년에 한 번씩 태양이 회귀선상 지점의 천정점에 온다는 곳에 다다른 것이다.

학창 시절에 배웠던 위도와 경도, 자오선과 북극성 따위들은 준하의 실제 삶과 별 연관성이 없는 추상적인 수치나 도표였을 뿐이었다. 일 년이 다 가도록 별을 보려고 하늘을 제대로 올려다본 적이 있기나 했던가. 그나마 하늘을 올려다볼 때는 날씨 변덕이 심한 런던에서 갑자기 내리는 비나 맞지 않을까 싶을 때였다. 별자리에 대한 관심은 심심풀이로 친구들과 별것 없는 운명을 내다보고 싶을 때, 들으나마나 한 소리를 지껄이는 점성술사 앞에서 자신의 별자리가 천칭자리임을 불현듯 확인하는 것 이상을 넘어서지 못했다.

선체의 갑판에 수직으로 세운 기둥의 긴 그림자가 사라져버리고, 갑판 위의 사람들 그림자조차 완벽하게 사라진 경험은 딱히 대단할 것까지는 없지만, 숙명처럼 따라다니는 그림자를 하루 종일 만나지 않았던 느낌은 각별했다. 어떤 표식도 징후도 드러내지 않고 단지 회귀선을 지나자마자 준하의 그림자가 없어졌다. 사실 그림자가 없어졌다기보다는 발아래에 너무 바짝 붙어서 안 보이는 것뿐이었겠지만.

선원들과 승객들은 '회귀선 축제'라는 이름의 작은 페스티벌을 열어 샴페인을 터트렸다. 준하는 잔에 담긴 샴페인을 들고 갑판 끝에 섰다. 회귀선의 바다. 준하는 마치 겨울에 얼어붙은 호수처럼 반질반질한 바다만을 볼 수 있었다.

다음 날, 갑판 뒤쪽에 드리워져 있던 그림자가 앞쪽으로 옮겨와 있었다. 준하는 쭈그리고 앉아 다시 돋아난 자신의 그림자를 손으로 만져보았다. 그림자의 일시적 사라짐이 실상과 허상, 영원과 찰나 같은 깊은 통찰에 이르게 하는 것은 아니었지만, 삶의 가없음을 느끼게 한다는 점에서 꽤 쓸 만한 경험이었다.

첸을 처음 보았을 때, 동양적인 고즈넉함이 물씬 풍기는 그의 분위기가 준하는 좋았다. 한국 여자인 준하가 아무리 부정하려 해도 어쩔 수 없는 친숙함이 느껴졌다. 김치 먹는 남자는 연애 대상에서 제외하겠다는 자신의 가당치도 않은 기준은 동양 남자까지 포함한 것이었는데도 말이다. 무엇보다 첸에게서는 유럽 남자

특유의 허랑한 남성적 강인함을 강조하려는 허풍이 없었다. 에티
켓이라는 포장으로 감싸도 언젠가 드러나고야 마는 근본적인 남
성 우월적 속성이 전혀 느껴지지 않았다. 그녀는 첸의 부드럽고
담백한 태도가 좋았다. 첸이 가끔씩 업무에 골몰하고 있을 때면
둥그런 이마에 돋는 가느다란 혈관은 그의 집중력을 보여주는 듯
했다. 아시아인 특유의 검푸르고 숱 많은 그의 긴 고수머리가 그
의 각진 어깨를 덮고 있는 모습을 훔쳐볼 때면, 준하는 언제나 마
음이 설렜다.

업무를 컨설팅하는 자리에서 첸의 앞자리에 부러 앉아 그의 쌍
꺼풀이 없는, 길면서도 큰 눈을 처다보며 준하는 남몰래 깊은 한
숨을 넘겨야 했다. 언제나 고즈넉하게 귓바퀴를 핥는 것 같은 첸
의 목소리는 어떤 과장도 자극도 좋아하지 않을 것 같아 보였다.

자칭 커리어우먼으로 잘나간다는 친구들끼리 술집에 둘러앉
아, 애인을 걷어차고 돌아와 실컷 울 수 있는 방, 바람난 애인을
걷어차고 더 멋진 수컷을 데려와 눕힐 방, 그 수컷을 눕혔다가 다
시 일으켜 엉덩이를 차 내보낼 방이 있다면 아쉬울 것은 아무것
도 없다는, 호기로운 독신녀 예찬도 재작년부터 시들해졌다.

서른 중반에 가까워지면서 준하는 단정하고 성실한 남자가 좋
아지기 시작했다. 여성성이 느껴지는 남자가 더 친밀하고 편했
다. 첸은 그저 침착하고 조용하게 그녀의 말을 한마디도 놓치지
않고 들어주면서 아무런 판단도 하지 않은 채 고개만 끄덕여주는
데도, 준하는 그에게 이야기를 하고 나면 마음이 풀리고 생각이

정리됐다. 부드럽고 조심스럽고 매력적인 첸이 친구이자 연인이자 남편감으로 그만이라는 생각을 하기도 했다. 누군가 다가와서 그녀를 알아보고 오직 그녀만이 알아들을 수 있는 언어로 다정하게 말하는 것, 그것이 사랑이라고 믿고 싶었다.

사실 준하는 능력 없는 삼류 작가가 연애소설 써보듯 몇 번의 연애를 하기도 했다. 생김새는 귀족 같은데 뒷맛이 씁쓸할 정도의 속물근성으로 인격을 채운 남자, 뜨겁긴 뜨거운데 간이 잘 안 맞는 수프 같은 남자, 추울 때 생각나긴 하지만 먹을 때 그 밍숭한 맛 때문에 자신의 허기와 추위가 더 느껴지게 만들던 남자, 관계가 느슨해지지 않도록 긴장을 조성하는 것까지는 좋은데 사사건건 준하와의 비교를 통해 자신을 점검하는 머리 아픈 남자, 부드럽고 우아한 매너로 관계를 이끌다가 닥판에 어린애처럼 칭얼거리며 유아기에 충족하지 못한 허기를 준하에게서 채우려는 남자. 대부분의 남자들은 서툴면서 요령 없거나, 턱없이 과격하면서 열광적이었다. 사랑도 원활하게 돌아가려면 여러 형태의 세련된 피드백이 필요하다고 결론지은 것은, 아이로니컬하게도 준하 곁에 아무도 없을 때였다.

성적인 판타지로 충일하고, 그런 판타지를 대입시킬 만한 남자들을 탐색하는 허영적 욕망과 관능만으로 살 수는 없지 않은가. 서른 넘어 준하는 서걱거리는 외로움을 베개 삼을지언정 함부로 남자를 그녀의 침대에 끌어들이지 않았다. 그즈음 준하는 아주 건조하고 날카로운 동시에 심드렁했다.

　이 나이에 한눈에 필이 꽂혀 사랑의 불가마에 들어가 서로를 녹여내는, 그런 뜨거운 사랑을 원하지는 않았다. 감정이 너무 메말라서 누구 말처럼 감정을 업그레이드하기 위해 전자 상가라도 가야 할 판에 첸에게 마음이 갔다. 누군가를 향해 감정이 생긴다는 것이 스스로에게 고마울 지경이었다. 애착에 빠져 허우적대다가 나오지 못하면 대책 안 서는 인생이 된다는 것을 잘 알고 있지만, 감정에 솔직해지지 않고서는 누구와도 만날 수 없다는 것 또한 잘 알고 있었다. 그런데 첸이, 내성적이고 온순하지만 대상을 만나면 어떤 것에도 개의치 않고 맹목적으로 매달리는 블러드하운드처럼, 쿨만에게 집착하고 있다는 것을 알게 되면서 준하는 혼란스러웠다. 준하가 보기에 첸과 쿨만은 인종 자체가 다른 사람들이었다. 첸은 신경세포가 피부 밖으로 고스란히 드러난 사람처럼 쿨만의 사랑 방식에 할퀴어지고 다칠 것이 뻔했다. 사랑을 강요하지 않으면서 사랑을 쟁취하고, 사람을 미혹시키면서 사랑에 절대 휘둘리지 않는 과격한 개인주의자. 준하가 알고 있는 쿨만은 그런 사람이었다. 사랑에는 어떤 규칙도 없다는 것을 알고 있지만, 문제는 준하가 첸을 사랑한다는 것이었다. 대책 없는 첸을 준하는 모른 체할 수도, 미워할 수도 없었다. 첸의 사랑은 스스로에게 치명적이라는 것을 준하는 알고 있기 때문이었다.

　첸을 생각하면 원치 않아도 쿨만이 떠올랐다. 광고 컨설팅 회의가 열리는 날이었을 것이다. 쿨만이 짙은 회색 재킷에 붉은색 넥타이를 매고 청바지를 입은 채 나타났다. 각자 고민하고 구상한 광고의 컨셉트를 발표해야 하는 날이었다. 쿨만의 옷차림은 팽팽한 긴장감을 도발적으로 찌르는 듯했다.

"광고의 목적은 보는 사람이 자신의 현실에 최대한의 불만을 느끼도록 하는 것입니다. 수용자가 사회의 생활양식에 불만을 느끼는 것이 아니라 자기 자신의 생활에 불만을 느끼도록 해야 합니다. 이 상품을 구입하면 당신의 생활이 더욱 윤택해진다고 광고는 꼬드겨야 합니다. 본질적으로 광고는 악마의 유혹입니다. 다시 말하면 광고가 불러일으키는 불안은 가진 것이 없으면 어떤 역할도 할 수 없다는 공포감, 바로 그 공포감을 위협적으로 자극해야 합니다. 아시겠습니까?"

광고의 본질을 꿰뚫은 기초적 발언임에도 불구하고, 쿨만의 어투는 지나치게 가학적이었다.

첸이 발표한 광고 컨셉트를 듣고 쿨만은 단 한마디로 지나치게 낙관적이고 유아적이라고 비난을 서슴지 않았다. 십 대가 상품 소비의 총아로 떠오르는 것을 막 걸음마 떼는 아기들이 상품을 구매하는 것으로 착각하는 것 아니냐고 맹렬하게 씹었다.

"여성성요? 여자란 함께 자고 나면 그 신비스러움이 순간에 날아가 버리는 존재일 뿐이지요. 허울 좋은 여성성에 속지 마세요. 내가 보기엔 여자라는 동물의 본성은 모성에 있어요. 그래서 여자는 본능적으로 좋은 종자를 남기기 위해 그럴싸한 남성에게 이끌리는 법이에요. 알고 보면, 여성성은 종족 보존 본능의 다른 이름일 뿐입니다."

쿨만은 준하의 광고 컨셉트에 대해서는 과대 포장된 여성주의
적 시각이 흘러넘친다고 비아냥거렸다. 자본주의의 모던한 커리
어우먼들도 무의식 속에서는 수동적인 여성성에 대한 판타지가
있으며, 사랑받고 싶어 환장한 여자들이 갖는 판타지의 정곡을
찌르지 않으면 상품 구매욕은 말짱 헛것이라고 혀를 찼다. 준하
의 컨셉트에 대한 비판이었지만, 준하를 같잖은 여성주의나 들먹
거리며 컨설팅 미팅을 페미니즘 세미나로 오인하고 있는 한심한
여자로 보는 투였다.

"본질을 꿰뚫으라고! 광고는 도덕도 윤리도 아니란 말입니다!
현재의 디스토피아를 유포하고, 미래의 유토피아를 환상적으로
보여주면서 꼬드기란 말이에요. 허기를! 결핍을! 틈을! 배부른
부르주아에게는 고대 로마 시대의 귀족들 목구멍을 간질거리며
뱃속에 든 것을 게우게 한 깃털을, 욕구 불만으로 가득 찬 프롤레
타리아에게는 그림 속의 진수성찬을 보여주란 말입니다. 알아들
어요? 다르게, 다르게, 다르게 생각할 수는 없어요? 누구나 하는
뻔한 생각 말고?"

상대에 대한 쿨만의 빈정거리는 어투는 순간적으로 밀리고 있
다는 느낌을 주었다. 쿨만의 신랄한 비난을 듣고 있으면, 일순간
자기 비하에 빠져들었다. 무능력하고 볼품없는 인간으로 전락한
것 같은 비굴한 느낌, 그러나 그 비굴함이 묘한 방식으로 작동했
다. 그에게 잘 보이고 싶다는 욕망, 칭찬받고 싶다는 욕구가 생겨
나게 만들었다. 비굴하게 굴종하고 싶은 자기 자신이 제대로 된

인간인가 판단하기도 전에, 그에게 인정받고 싶은 욕구로 환장할 지경에 이르게 했다.

쿨만은 자학을 도약대로 삼아 능력 이상으로 높이뛰기를 하게 만들었다. 쿨만은 사정없이 벽으로 밀어붙여, 없는 죄도 자백하게 만드는 취조실 같은 회의 분위기를 이끌어가고 있었다. 다들 얼굴이 벌게진 채 비정상적으로 고양된 분위기 속에서 이끌어낸 컨설팅의 결과는 언제나 최상이었다.

준하는 그런 쿨만을 보며 위를 밖으로 내놓고 온갖 먹이를 통째로 삼켜 체외 소화를 시키는 붉은 불가사리를 떠올리곤 했다. 악은 선보다 훨씬 지적이고 예민하고 세련된 방식으로 자신의 권력 의지를 발휘한다던가. 야수처럼 기민하게 상대를 끌어당기고 그 끌림을 즐기는 힘의 감성 그 자체라던가. 권력 감성이라는 것이 따로 존재한다면 쿨만은 타고난 권력 감성가임에 틀림없었다. 아무튼 쿨만은 위험하고 역겹고 견디기 힘든 인간이 분명하지만, 누구보다 강력한 영향력을 발휘하고 새로운 방식을 던져주는 인간인 것만은 부인할 수 없었다.

4

  노인은 카레 국물이 묻은 축축한 밥알을 느리게 삼키고 있다. 벌써 한 시간째다. 노인도 첸도 땀에 흠뻑 젖었다. 일찌감치 식사를 끝낸 다른 환자들은 낮잠에 들거나 첸과 노인의 지루한 식사를 멀뚱한 시선으로 쳐다보았다. 오십 년 전만 해도 힌두교의 칼리 여신을 경배하러 온 순례자들을 위한 쉼터 겸 종교 사업가의 숙소로 쓰였던 시멘트 건물은 마더 테레사에게 넘겨진 이후에 임종 직전의 병자들로 채워지고 있었다.

  노인은 곧 삭아 내릴 허약한 모래성처럼 위태위태했다. 뼈가 앙상한 손으로 첸의 목 언저리나 이마, 뺨을 골고루 더듬으며 노인은 첸이 떠 넣어주는 밥을 우물거렸다. 첸은 병상에 바짝 붙어 앉아 거침없이 자신의 얼굴을 더듬는 노인의 손길을 고스란히 받아내며 밥을 떠먹였다. 노인은 밥을 입에 넣은 채 벵갈어로 첸에게 끊임없이 중얼거렸다. 단 한마디도 알아들을 수 없는 말이지만 첸은 고개를 끄덕여주었다.

귓불을 만지던 노인의 축축한 손길이 갑자기 첸의 목울대를 꽉 움켜잡았다. 첸은 순간 숨이 막혔다. 수저를 내려놓고 노인의 손을 잡았다. 백태가 껴서 탁하게 흐려진 노인의 눈이 첸의 손길을 부정하고 있었다. 노인은 악착같이 첸의 목에 손을 갖다 댔다. 첸은 노인의 가슴을 두어 번 두드려주었다. 주름이 자글자글한 노인의 얼굴이 부챗살처럼 펴졌다가 오므라졌다. 우는 건지 웃는 건지 알 수 없는 표정이었다.

처음에 들것에 실려 온 노인은 온몸이 망가져 있었다. 천식으로 숨조차 제대로 쉬지 못하는 노인을 닦으면서 첸은 상처 난 짐승을 만지는 것 같은 느낌을 종내 지울 스 없었다. 부서진 몸, 인간의 육체라고 할 수 없는 서글픈 몸뚱이를 거스르며 꿈틀거리는 감상이란 얼마나 사치스러운가. 노인은 길 위에서 태어나고, 길 위에서 자라며, 길 위에서 목숨을 끝내는, 길 위의 인생 그 자체였다. 질척한 길바닥에서 태를 자르고, 배고픈 쥐에게 발가락을 뜯어 먹히고, 맹독성 모기에게 숨이 꽂히는 길바닥 인생들. 첸이 머무는 이곳에는 그런 인생들이 매일 차고 넘쳤다. 그들을 볼 때마다 첸은 인생이 길이라는 말 자체가 너무 고급스럽게 느껴져서 민망할 지경이었다.

"아직 멀었어요? 고생이 많네요. 끝나면 옥상으로 올라오세요."

옆의 환자에게 포도당 링거를 놓은 뒤에 마키코가 말했다. 교토 출신의 간호사였다던 그녀는 일본 여자 특유의 나긋한 미소를 입가에 달고 다녔다.

  첸이 콜카타에 있는 마더 테레사의 집에 자원 봉사를 하러 오던 첫날, 그녀는 첸을 보자마자 사람 좋은 미소를 지으며 주저 없이 인사를 했다. 곤니치와! 삼각 두건을 쓰고 무늬 없는 녹색 면 상하의를 입은 동양 여자의 첫인사는 첸을 당황하게 만들었다. 그는 자신을 일본 남자로 착각한 그녀의 격의 없는 인사를 엉거주춤한 태도로 받았다. 첸의 코앞에 불쑥 나타난 그녀는 둥그런 얼굴에 이목구비의 높낮이가 별로 없는 다소 평면적인 인상이었다. 그녀에게서 소독약과 화장수 향내가 섞인 냄새가 났다. 천장에 여러 대의 팬이 돌아가고 있음에도 전체적으로 습습한 냄새와 환자들이 내뿜는 비릿한 냄새가 섞인 공기 속에서 그녀의 향기는 첸을 약간 어지럽게 했다. 어떤 인사말도 건네지 못하고 있는 첸을 보면서 그녀가 손으로 살포시 입을 가렸다가 뗐다. 스스로를 타박하듯이 자신의 이마를 손바닥으로 쳤다. 제스처를 풍부하게 사용하는 것이 습관인 듯했다. 그녀는 다소 호들갑스럽게 말을 했다.

  “일본 사람이 아니시군요. 일본 사람으로 착각했습니다. 저는 교토 출신입니다. 제 이름은 마키코입니다. 여기 온 지 한 달 남짓 됩니다. 저는 이곳이 너무 좋습니다. 저는 이 일을 아주 즐깁니다. 착한 일을 하면 몸이 좋아진다는 테레사 효과 때문에 저는 아주 행복합니다. 만나서 반갑습니다.”

  영어 교과서를 읽듯이 말을 건네며 거리를 급격히 좁혀 오는 그녀에게 첸은 그저 고개만 끄덕였다. 마키코는 자원봉사자들 사이를 통통거리고 다니며 격의 없이 지내는 타입이었다. 환자들에게도 영어든 일어든 끝없이 말을 붙이고, 늘 감동 받은 표정으로 그들의 손을 부여잡곤 했다. 그런 그녀를 첸은 먼발치에서 낯설고 신기하게 바라봤다. 첸의 눈길을 느끼면 마키코는 멀리서도 손을 흔들어 그의 시선에 반드시 화답했다.

첸은 식판에 남은 몇 알의 밥알까지 꼼꼼하게 모아 노인의 입에 넣어주었다. 치아가 하나도 남아 있지 않은 노인은 물러터진 밥마저 단단한 호두를 씹는 것처럼 힘들어했다. 첸은 노인의 입가에 묻은 노란 카레 국물을 거즈로 닦아냈다. 노인은 여전히 첸의 뺨에 손바닥을 대고 있었다. 첸이 식판을 옆으로 치우고 일어서자 노인이 그의 손을 잡았다. 첸이 옆에 더 머물기를 바란다는 뜻인 듯했다. 첸은 노인에게 손을 맡기고 다시 앉았다.

"아프날 남키?"

첸이 노인에게 물었다. 푸른색 줄무늬가 있는 회색 수녀복을 입은 인도 수녀님에게 배웠던 말이다. '당신의 이름은 무엇입니까?' 라는 뜻의 벵갈어였다. 단 하루를 만나고 떠나보내더라도 첸은 노인의 이름을 불러주고 싶었다.

노인은 첸의 벵갈어를 듣고 놀라는 표정을 지었다.

"아프날 남키, 아프날 남키, 아프날 남키."

노인은 첸의 질문을 연거푸 되뇌더니 입을 다물었다. 노인의 표정이 굳어졌다.

"아, 프, 날, 남, 키?"

첸은 자신의 벵갈어가 서툰가 싶어 다시 한번 물었다.

"아마르 남네이⋯⋯."

아마르 남네이. 첸은 노인의 이름을 외워두었다. 쿨만은 누군가의 이름에서 의미를 찾는 것은 쓸데없는 감상이라고 비난했지만, 첸은 모든 관계의 시작이 이름을 불러주는 것에서부터 시작한다고 믿었다.

옥상에서 먼저 간식을 먹은 자원봉사자들은 담소를 즐기거나 담배를 나눠 피우고 있었다. 동양계와 서양계가 섞인 다양한 자원봉사자들. 그들 중 일부는 마더 테레사의 집 근처에 있는 칼리가트 주변의 숙소를 몇 달씩 임대해서 지내기도 하고, 일부는 콜카타 시내 중심부의 수데르 거리에 있는 값싼 게스트 하우스에 머물기도 했다. 그새 가까워진 그들은 인도 여행 정보를 교환하거나 오후의 미팅을 약속하기도 했다. 간간이 유쾌한 웃음소리가 옥상에 울려 퍼졌다.

첸은 자원봉사자들 틈에서 간식을 먹으며 담소를 나누고 있는 마키코를 보았다. 마키코가 첸을 향해 그쪽으로 오라는 손짓을 했다. 첸은 손을 들어 혼자 있겠다는 표시를 했다. 그녀는 쟁반 가득 찐 감자를 담아 와서 마치 스테이크를 먹는 것처럼 아주 맛있게 먹고 있었다. 여자 환자들의 짧게 커트한 머리를 아주 귀엽다는 듯이 만져주던 그녀의 모습이 겹쳐졌다. 애정을 표현하는 것도, 식사를 하는 것도 똑 부러지게 하는 그녀에게서 첸은 준하의 모습을 연상했다. 외모로는 어느 한 구석도 닮은 점이 없는데도 말이다.

직장 동료이자 친구인 준하. 그녀는 이번 여름휴가에 회귀선을 보러 가겠다고 했다. 회귀선으로 떠나는 여행이라니. 첸은 다소 엉뚱한 준하의 휴가 계획을 듣고, 즐거운 휴가를 보내길 바란다는 상투적인 말도 건네지 못한 채 엉거주춤 준하를 떠나보냈다. 준하는 회귀선에 닿았을까.

첸은 옥상 시멘트 바닥에 앉아 소박한 점심을 먹었다. 아침나절 침상 시트를 빨아대고 식사 보조를 한 탓에 겨드랑이와 등이 땀으로 젖었다. 쟁반에 담아 온 음식은 몇 조각의 크래커와 찐 감자 두 알, 홍차가 전부였다. 첸은 옥상 난간 밑의 신문지 크기만 한 그늘에 앉아 천천히 감자를 씹고 홍차로 입술을 적셨다. 마른 크래커 조각 위로 땀방울이 후드득 떨어졌다. 온몸의 모공에서 땀이 쏟아지는 것 같았다. 이마에서 흘러내리다가 눈썹 끝에 맺혀 있던 땀방울이 무게를 이기지 못하고 떨어져 내려 눈알로 들어갔다. 첸은 눈알이 쓰라려 손등으로 눈께를 꾹 문질렀다. 소금기 때문에 눈알이 따가웠다. 몇 번 눈을 깜빡이다가 옥상 끝 십자가에 매달린 예수 입상으로 눈길을 돌렸다. 그 입상에 새겨진 '나는 목마르다.' 라는 문구가 쟁반으로 눈길을 옮기던 첸의 시선을 잡아챘다. 뜨거운 땡볕 아래 두 팔이 십자가에 박힌 예수는 너무 지쳐 인간을 구원하기 위해 내려올 엄두조차 못 낼 형편처럼 보였다. 왜 예수는 '나는 배고프다.' 나 '나는 슬프다.' 가 아니라 '나는 목마르다.'라고 했을까. 첸은 자신의 유치한 의문이 우스꽝스러워서 혼자 피식 웃고 말았다. 자기 안에 들어 있는 것이 바로 목마름이 아니었나 싶은, 뒤이은 생각이 입술 사이로 비어져 나오는 웃음을 틀어막았다.

여름휴가를 마더 테레사의 집에 헌납한 이유는 마더 테레사처럼 자비와 사랑이 충만해서가 아니었다. 자신의 고향 해변에서 멋진 바캉스를 보내자는 남프랑스 출신 미셸의 제안을 거절한 것도, 회귀선을 보러 떠나자는 준하의 의미심장한 프러포즈를 수락하지 않은 것도 다 목마름 때문이었다. 푸른 바닷물에 하루 종일 몸을 담그고 향긋한 와인을 마신다 해도 해결되지 않을 목마름. 회귀선에서 순식간에 뒤바뀐 낮과 밤을 본다 한들 존재 자체가 바뀔 리 만무한 그 목마름. 첸은 떠나오기 전에 좀 더 멀고 깊은 밑바닥이 필요하다는 생각을, 줄기차게 했다. 숨 쉴 수도 없이 자신을 몰아가던 과도한 집착과 질식할 것 같은 비참함으로부터 첸은 떠나고 싶었다.

후텁하고 습한 바람결에 실려 피비린내가 첸의 코를 후비고 들어왔다. 마더 테레사의 집 가까이에 있는 칼리 여신의 사원에서 염소를 잡는 모양이었다. 습기 많은 바람에 묻어 온 피비린내는 진한 향내와 사원에 헌화한 열대 꽃의 독특한 냄새가 섞여 있었다.

첸도 시간이 나면 마더 테레사의 집에서 나와 사원에 가곤 했다. 장님이 살모사 대가리처럼 짱짱한 한낮의 열기를 잠재우듯 피리를 부는 골목 입구를 지나면, 갈퀴손을 내밀며 구걸하는 노파들의 좁장한 어깨들이 좁디좁은 골목을 반이나 먹어치우고 있었다. 골목에 바글거리는 수많은 사람들은 죄를 속죄하기 위해 더러운 신발을 벗고 맨발로 사원에 엎드렸다. 속죄양의 붉은 피가 역청처럼 사원 밖 바닥에 끈적거리고, 벵갈인들이 사원에 딸린 공동 수돗가에서 피로 번들거리는 발을 씻는 모습을 첸은 보았다.

속죄양이 된 염소의 살가죽을 잘 벼린 칼로 떠내는, 웃통을 벗어젖힌 사제들의 근육이 굴절 없이 쏟아지는 폭양 속에서 청동 조각처럼 번들거렸다. 칼리 여신 앞에서 고개를 조아리고 절을 하는 벵갈 여인네들을 보며 첸은 어머니를 떠올렸다. 그리움은 아니었다. 철들 무렵부터 더 이상 어머니는 애틋하게 그리운 존재가 아니었다. 불교 신자인 어머니는 시간이 나면 백화점보다 더 화려한 절을 찾아가 공양을 드렸다. 모셔진 불상은 자비의 신도, 고행자 싯다르타도 아닌, 단지 유명한 귀신에 불과할 뿐이었다. 어머니가 절에 바치는 시주는 만만치 않은 액수여서 절의 주지는 어머니가 나타나면 나는 듯이 달려가 읍소했다.

어머니가 공양을 바치며 부처에게 비는 간절함은 첸을 감동시키지 못했다. 발복의 의미 외에는 아무것도 섞여 있지 않은 어머니의 기도. 오로지 자기가 낳은 새끼들의 보신과 행운만을 비는 철저한 기복 신앙에 불과한 가짜 종교. 첸은 어머니의 신앙에서 무서운 자기기만과 집요한 아전인수식 굴절을 보았다.

작년 연초에 첸이 싱가포르에 있는 집을 찾아갔을 때, 형은 돌아올 길을 아예 놓쳐버린 폐인이 되어 있었다. 흔들의자에 몸을 파묻고 흔들흔들, 하루 종일 흔들거리기만 했다. 날마다 하녀가 해주는 면도 덕에 말끔한 얼굴을 하고 있었지만, 형의 표정은 텅 비어 있었다. 가족들이 식탁에 앉아 식사를 할 때도, 형은 흔들의자에 앉아 흔들거리며 정신없이 밥을 퍼먹었다. 흔들의자에 앉아 일생을 보내기로 작정한 사내 같았다. 형은 자발적으로 흔들의자라는 계사에 갇혀 스스로를 살찌우는 뚱뚱한 거위가 되어가고 있었다. 형의 몸은 단지 호흡기관과 소화기관만 있는 꼴이었다.

예전에 형은 활기가 넘치는 명석한 사람이었다. 예민하되 신경질적이지 않고, 권위가 있되 억압적이지 않았던 형이 첸은 가족 중에 제일 좋았다. 그림 형제의 동화들을 이리저리 섞어 독창적인 얘기를 만들어서 들려주고, 아이큐 테스트를 한다고 몇 가지 어려운 퍼즐을 첸 앞에 들이밀던 형. 형을 통해 첸은 상상력으로 가득한 허구의 세계에 발을 들여놓는 쾌감을 맛보았다. 첸은 세 살 연상의 형이 이끄는 미래의 세계가 너무나 신기하고 즐거웠다. 첸에게 형은 기꺼이 굴복하고 싶은 우상이었다.

형을 망친 것이 무엇인지 너무나 잘 아는 첸은 미칠 것 같은 분노 때문에 숨을 쉴 수가 없었다. 악마가 삼킨 사건이라고 밖에는 달리 말할 수 없는 그 사건 이후로 형은 자아라는 중심 굴대를 놓아버렸다. 가장 예민한 시기인 고등학교 3학년 때 형은 봐버린 것이다. 못난이 하이디 소녀라고 놀려댔지만 백치처럼 잘 웃고 심성이 고운 하녀였던 라티는 식구나 다름없었다. 그 라티가 목이 졸리고 음부에 칼이 꽂힌 채 부엌 뒤쪽 하녀 방의 화장실 욕조에 담겨 있는 광경을 봐버린 것이다. 고등학교를 졸업하면 최고의 명문 싱가포르 대학 이공계에 들어가겠노라던 형은 그 사건 이후로 무단결석을 밥 먹듯이 하다가 결국 자퇴하고 말았다.

관할구역 사건 담당 형사는 심증은 있지만 물증은 없는 사건이라며 뜻 모를 미소를 입가에 흘렸다. 어머니는 과도하게 화를 냈지만, 사후 처리는 민첩하게 이루어졌다. 그녀는 바람난 처녀의 방종에 기인한 치정사인 것처럼 확신에 찬 어조로 라티의 인도네시아 시골 부모에게 연락을 했다. 라티의 죽음에 대한 대가를 얼마나 지불했는지는 아무도 알 수 없었다.

주식 객장에 잠깐 들르는 아버지, 새벽에 골프 연습장에서 한 시간 가량 퍼팅 연습 따위나 하며 가볍게 몸을 풀고 오는 어머니는 바깥출입을 그다지 좋아하는 인간들이 아니었다. 라티가 살해된 시간대에 증명해야 할 그들의 알리바이는 지나가는 코흘리개가 들어도 너무 허술했다. 담당 형사는 피 냄새를 맡은 예민한 하이에나처럼 사건에 밀착했다가 어느 순간 미궁에 빠진 살인 사건으로 잽싸게 일을 종결시켰다.

형은 알고 있었던 것이다. 그 사건의 배후에 누가 있었는지를. 그리고 사건을 미궁이라는 그럴듯한 단어로 입막음하는 데 어머니가 피처럼 아까워하는 돈의 상당 액수가 형사와 쿠알라룸푸르의 가장 부촌인 오차드 관할구역 경찰서에 처넣어졌음을. 함무라

비 법전에 버금가는 가혹한 형벌을 가하는 싱가포르의 법체계도 어머니의 수완에 핫바지가 되었음을 형은 다 알고 있었던 것이다. 그 역겨운 커넥션이 있은 뒤로 아버지는 금치산자로 살아야 했고, 어머니의 위상은 확고부동해졌다.

이십육 년 동안이나 싱가포르의 총리였던 리콴유가 초기에 말레이시아의 섬 한 부분을 떼어가 싱가포르를 만들 때, 선물거래와 창고업으로 엄청나게 돈을 벌어들인 조상 덕분에 일찍이 한 재산 거머쥔 아버지. 문어발처럼 그 당시 초석을 다지던 모든 사업에 걸근거리며 압착기처럼 돈을 빨아댔던 조상들 덕분에 한창 잘나가던 아버지는 돈이라는 보드카에 여자라는 환각제를 타서 마셔대는 망나니처럼 인생을 탕진했다. 짝을 찾느라 후끈 달떠 날아다니는 봄날의 수컷 자루등에처럼 아버지는 교미할 암컷을 찾아다녔다. 교태를 한껏 부린 어떤 암컷 등에의 별난 취향을 아버지는 무모하게 따랐다. 그리고 양미간이 넓은 수컷 등에를 유난히 좋아하는 암컷 등에의 유혹에 두 눈 사이가 자신의 몸길이보다 더 늘어난 기형의 등에가 되어버린 것이다. 벌어진 두 눈은 결국 맹목이 되었고, 아버지는 어머니를 만난 이후로 병신 취급을 당한 채 늙어갔다.

악마의 시간에 첸 자신은 어디에 있었던가. 경악과 공포로 얼이 빠졌을 형이 그 상황에서도 첸의 눈을 가려주었는지 모른다. 기억의 환기란 얼마나 자기 방어적이고 임의적인가. 첸은 그 사건을 삼류 탐정 만화의 한 컷 정도로 수용했던 자신의 철부지 어린 시절을 생각하면 지독히 수치스러웠다. 형은 사건의 전말을 다 알고서 영혼의 회로가 어긋나 버린 엑소시스트의 가련한 신부가 되어버린 꼴이었다. 징벌은 왜 살인자에게 일어나지 않고 목격자에게 들씌워지는가. 권선징악은 없다. 그것은 첸이 혼란 속에서 깨달은 현세의 씁쓸한 진리였다. 혼란으로도 아이는 성장하지만, 혼란이 드리운 그늘로 인해 형도 첸도 분열적인 어른이 되고 말았다. 첸은 형이 가족으로부터 왜 도망치지 못했는지 안타까울 뿐, 필사적으로 유학을 빙자해 영국으로 도망친 자신의 볼품없는 해방이, 형에 대한 죄의식의 면죄부가 되지 못한 현실이 저주스러웠다.

거실에서는 대형 텔레비전이 혼자 지껄이고, 가족들은 고비 사막보다 더 넓고도 황량한 분위기 속에서 말없이 음식을 떠 넣었다. 어렸을 때 즐겨 먹던 음식들이 식탁에 가득했지만 첸은 입맛이 전혀 당기지 않아 젓가락질만 할 뿐, 정작 입으로 들어가는 것은 몇 가닥의 국수뿐이었다.

가족이란 얼마나 뜨악한 타인인가. 아니 타인보다 더 낯설고 쓸쓸한 관계가 가족이었다. 누군가의 말처럼 가족은 삶의 오물통과 마주하기에 훌륭한 대상이었다. 피붙이이기 때문에 더 맞닿아야 한다는 욕심과 그 욕심이 거절당한 데서 생기는 분노의 이중 감정은 가족 앞에서 평정심을 잃게 만들었다.

아버지의 남동생인 후앙 작은아버지가 탁하게 가라앉은 분위기를 휘젓듯 말을 꺼냈다.

"너도 이제 서른 살이 되었는데, 장가가야 하지 않겠냐?"

후앙은 늙고 힘없는 아버지를 대신하는 어머니의 지골로이기도 했다. 그 은밀한 비밀을 모르는 사람은 아버지를 빼고 아무도 없었다. 후앙이 바위를 뚫는 착암기처럼 어머니에게 들러붙어 있는 꼴을 첸은 여러 번 본 적이 있었다. 첸은 그들이 사랑하고 있다는 느낌 또한 받아본 적이 없었다. 가끔씩 첸은 후앙이 자신의 진짜 아버지일지도 모른다고 생각했다. 이곳은 정분이 난 하녀를 죽이고, 자신이 낳지 않은 배다른 자식을 미치게 만들고, 근친상간을 하는 몰염치한 배짱이 버젓이 생의 농담으로 치부되고 있었다. 악역에 익숙한 그들의 가면은 이제 뜯어낼 수 없을 정도로 살속에 그대로 박혀버렸는지도 몰랐다.

별 의욕 없이 젓가락질을 하던 아버지가 첸과 후앙을 번갈아 보았다. 어머니는 철딱서니 없이 자기 곁에서 잔심부름을 해주거나 섹스 파트너나 되어주면서 늙어가는 무능력한 룸펜인 후앙이 뜻밖에 좋은 질문을 했다는 듯한 표정을 지었다.

"앤드루는 물 건너갔고, 주드 너라도 제대로 된 결혼 한 번 시켜보자."

생의 마지막을 기다리는 늙은 낙타처럼 입속의 음식을 씹던 아버지가 느리게 말했다.

"당신도 차암……, 앤드루가 물 건너갔다니……. 앤드루는 여전히 우리 가문의 대들보예요. 전 아직도 포기 안 해요. 돈만 쥐어주면 우리 앤드루 앞으로 아가씨들이 즐줄이 설 거라고요."

어머니는 아버지를 타박하고 흔들의자에 앉아 있는 형을 쳐다보며 말했다. 화류계 출신답게 여전히 늘씬하게 키가 큰 그녀는 집에서도 왕류, 왕첸이라는 아들들의 이름 대신 언제나 영어식 이름을 꼬박꼬박 썼다. 어머니가 우리 류와 첸이라고 부를 때가 가끔 있기는 했다. 그녀가 가면을 떼어내고 첸조차 알 수 없는 어떤 슬픔에 젖어 있을 때, 그녀는 울면서 주드라는 이름 대신 첸이라고 불러주곤 했다. 하지만 첸은 그녀의 착란이 애틋하기보다는 무섭기만 했다.

어머니는 여전히 무모하고 위험했다. 불타는 집안에서 모든 세간을 끌어안은 채 화염을 불꽃놀이로 착각하고 있는 어머니. 어머니의 기만은 모두를 잿더미로 만들 것이었다.

첫째 부인과 둘째 부인을 모두 쓰레기 치우듯 내몬 어머니는 셋째 부인이 되었다. 큰 재력가인 아버지와는 나이 차이가 무려 이십 년이나 났다. 어머니는 아름답고 무서웠다.

어머니는 아버지의 전 재산을 몰수하고 아버지 주위에 얼쩡거리는 여자들을 쉬파리 몰듯 제거했다. 앞뒤 못 가리는 아버지의 욕망이 종지부를 찍었다. 몇 대를 먹여 살리고도 남을 재산을 애면글면 그러쥐고 기갈 든 사람처럼 돈과 권력을 탐식하는 어머니. 돈이 자식을, 인간을 어떻게 망치는지 알지 못하는 어머니. 어머니가 가엾다. 하지만 첸은 가여운 어머니를 용서할 수 없었다. 어머니는 형을 망쳤고, 아버지를 망쳤고, 첫째 부인과 둘째 부인 그리고 그들의 자식을 망쳤으며, 마지막으로 당신의 생을 망쳤다. 하지만 그 누구보다 큰 피해자는 형이었다.

첸은 뜨거운 만두 국물을 말없이 마셨다. 가슴 언저리를 무두질하는 아픔 때문에 목구멍이 뜨거웠다.

"가만, 가만. 혹시 너 좋아하는 아가씨 있냐? 아무 말도 안 하는 것 보니까 따로 생각해 둔 아가씨가 있나 보지? 그렇지?"

어릿광대처럼 호들갑스럽게 후앙이 물었다.

"외국 여자는 안 된다."

아버지가 짐짓 위엄을 갖추고 말했다.

"맞아. 외국 여자는 좀 곤란하다. 속내를 제대로 알 수 있어야지. 좀 직수굿한 우리 쪽 아가씨라야 안심하고 우리 일도 함께할 수 있고 말이야."

첸은 어머니의 '직수굿한'이란 표현이 몹시 거슬렸다. 뭔가를 때려눕히고 싶었다.

"사랑하는 사람이 있어요."

첸의 말에, 미늘이 목구멍에 꽂혀 파드닥거리는 잉어처럼 가족들의 눈길이 일시에 그에게 쏠렸다.

"얘가, 얘가, 얘가, 하여간 너는 어렸을 때부터 속을 가늠하기가 힘들었어. 속으로 무슨 꿍꿍이를 품고 있는지 늘 헤아리기 힘들었지. 그래, 좋다. 그 아가씨가, 그러니까 네가 사랑한다는 아가씨가 누구니? 도대체?"

반갑다는 건가, 섭섭하다는 건가. 어머니는 샐쭉 토라진 억양으로 재빠르게 물었다.

"사랑해서는 안 될 사람을 사랑하고 있어요."

이미 내친걸음이었다. 자신의 몸에 폭탄을 장착하고 적진으로 뛰어드는 가미가제식 발언이었다. 수초 동안 아무도 말이 없었다.

"사랑 사랑 사랑 사랑 사랑……."

킬킬거리며 형이 가족의 등 뒤에서 계속 똑같은 단어를 지껄이고 있었다.

"사랑해서는 안 될 사람? 아하, 너 유부녀를 좋아하는구나? 자식, 사랑 한 번 되게 진하게 하네. 하긴 사내 녀석이 한 번쯤 그런 사랑을 해보는 것도 나쁘지 않지."

후앙이 과장되게 너털웃음을 웃으며 황당한 분위기를 털어내려 했다.

"아니오. 제가 사랑하는 사람은 유부녀가 아니라 남자예요."

비웃음을 달고 건조하게 내뱉는 첸의 선언에 어머니의 얼굴이 하얗게 질렸다.

"핫핫핫, 녀석. 나이가 들더니 농담이 늘었구나. 오케이라, 오케이라. 늘 골샌님처럼 진지하고 차분하기만 하더니. 됐어, 이제 너도 남자가 된 거야. 맛이 들었어, 멋도 들고. 형수님, 안 그래요?"

오케이라. 말끝마다 '라'를 붙여 발음하는 중국식 싱글리시까지 써대는 후앙의 엉너리에 어머니와 아버지는 아들이 제정신이 아닐지도 모른다는 위태로운 불안을 애써 모면하려 했다.

오아시스도 야자수도 없는 사막 위의 집. 그 잿빛 풍경 속에는 인간으로 영원히 되돌아가지 않을, 질긴 가죽을 뒤집어쓰고 모래를 씹어대는 낙타들만이 놓여 있었다. 그 풍경을 중립적으로 바라볼 수 없는 첸은 너무 낯설고 슬프기만 했다.

　봉사를 마친 첸은 마더 테레사의 집에서 나와 시내버스를 탔다. 그의 숙소인 조이 게스트 하우스가 있는 콜카타 시내 중심부의 수데르 거리로 가기 위해서였다. 첸은 만원 버스의 비좁은 틈을 조심스럽게 어깨로 가르며 창 쪽으로 다가갔다. 창밖 풍경을 보며 가는 즐거움이 만원 버스 안의 더위와 답답함을 그나마 잊게 해주었다. 시장 건물 옥상에서 아이들이 종이 연을 날리고 있었다. 윗옷을 벗은 아이들의 도드라진 쇄골이 돌화살촉처럼 햇빛에 날카롭게 빛났다. 아이들이 연을 날리며 내지르는 함성은 거리의 경적 소리에 묻혀 들리지 않았다. 햇빛 쏟아지는 콜카타의 허공을 향해 연을 날리는 아이들이 연과 함께 떠다니는 것만 같아 첸은 눈이 부셨다.

　첸은 콜카타의 더럽고 후미진 아파트나 곧 쓰러질 듯한 석조 건물의 귀퉁이 방을 볼 때마다, 그곳으로 흔적도 없이 사라지고 싶은 욕망이 불쑥불쑥 일곤 했다. 인연의 끈, 세상의 끈을 골목 입구에서 놓아버리고, 콜카타의 어두운 골목 속으로 시궁쥐처럼 홀연히 사라지고 싶다는 생각. 그 유혹이 너무도 강렬해서 첸은 버스 철제 손잡이를 그러쥐었다.

　베란다와 건물 외벽에 나무뿌리가 그악스럽게 엉킨 낡은 석조 건물 사이로 골목을 빠져나오는 인도 청년이 보였다. 흰 티셔츠에 청바지를 말쑥하게 차려입은 호리호리한 인도 청년은 휴대폰을 귀에 바짝 대고 있었다. 낡은 흑백사진 속에서 홀로 총천연색 복장을 한 인물처럼 최신 장비를 쥐고 있는 청년의 모습이 첸은 낯설었다. 휴대폰을 통해 뭔가 절박하게 호소하는 듯한 표정을 짓는 청년을 보자, 첸은 불현듯 쿨만의 목소리가 듣고 싶어졌다.

여행이 가져다주는 낯선 풍경에 대한 기대와 호기심이 충족된 뒤의 건조한 피로와 헛헛한 공허가 준하를 잠 못 이루게 했다. 다람쥐 쳇바퀴 돌듯이 반복되는 일상이 오히려 준하를 편하게 했다. 나이가 들수록 익숙한 잠자리와 눈에 익은 거리와 사물을 벗어나면 마음이 편치 않았다. 더구나 도시에서 태어나 도시에서 자란 준하는 도회적 풍경을 벗어나 산이나 바다 같은 자연을 대하면 한두 시간 내에 지루해져 버렸다. 풍경화보다는 인물화가, 자연 다큐멘터리보다는 시트콤이 준하는 더 좋았다.

카페의 소란 속에서 하루의 노곤함을 풀고, 영화관의 인공적인 어둠 속에서 일주일의 휴식을 벌충하는 것이 숲속의 산책보다 그녀의 숨구멍을 터주었다. 런던 안의 공원들은 햇빛 좋은 날 일광욕하기 좋을 만큼의 맞춤한 자연이기 때문에 좋았을 뿐, 런던 밖 시골의 끝없이 펼쳐진 녹색 일색의 풍경은 준하에겐 살풍경일 뿐이었다. 그런 준하에게 앞뒤 좌우를 벽처럼 둘러싼 바다는 너무 깊고 너무 크고 너무 멀어서 질려버리게 만들었다.

일상만큼 중독성이 강한 것이 있을까. 준하는 일상을 놓치면 허청대고 멍해지곤 했다. 크루즈의 갑판 위에서 조깅을 하고, 일광욕을 하고, 독서를 하고, 바에 들러 맥주를 홀짝이면서 하루하루를 버텨보았지만, 결국 두통과 함께 불쾌한 우울증이 덜컥 걸려들고 말았다. 그늘 속에 있어도 너무 더운 데다 톱니바퀴처럼 맞물려 척척 시간을 잘라내던 일과에서 벗어나 턱없이 늘어진 시간을 감당하느라 외려 준하는 기진맥진해져 버렸다. 늙고 죽는 것이야 어쩔 수 없다 여겨도 몸 아픈 것은 살수록 무서웠다. 원하지 않아도 앞으로 몇 년 더 독신녀로 살게 될 것이 뻔한 판에 건강이 가장 확실한 안전판이지 않은가 말이다.

준하는 크루즈 여행의 비상용으로 준비한 여러 가지 약품 중에서 프로작을 꺼내 먹었다. 슬픔을 녹이는 프로셀, 분노를 삭이는 프로실, 이별의 상처를 단번에 잊게 해주는 프로판, 고통과 좌절을 휘발시키는 프로잉…… 같은 약은 왜 없을까. 준하는 엉뚱한 상상을 하다가 물컵을 든 채 키득거렸다. 갖고 싶은 상대를 유혹하기 위한 페로몬 향수도 개발되고, 성기를 발기시키기 위한 비아그라도 나온 판에, 정신의 발기를 위한 경구용 캡슐은 왜 나오지 않는가. 만약 그런 약이 나오면 광고는 어떻게 만들어야 할까. 꼬리에 꼬리를 무는 생청스러운 생각을 하며 준하는 또 한 번 키득거렸다.

대단한 직업의식이군. 아니지, 이건 거의 병 수준이야, 직업병.

과잉만큼 결핍도 인간에게 위험하다는 것을 깨닫게 된 지금, 준하는 우울할 때마다 습관적으로 항우울제인 프로작을 찾아 먹는 엄마를 떠올린다. 무의식적으로 엄마를 답습하는 자신을 발견하는 것은 별로 유쾌하지 않지만 말이다.

우울은 신경전달물질인 뇌 속의 세로토닌과 노르에프네프린 농도가 떨어지면 걸리는 생물학적 질병일 뿐, 우울에 형이상학적 의미를 부여하는 것은 덜떨어진 염세주의자의 오버라고, 철없고 튼튼할 때는 생각했다. 어떤 상대에게 호감을 느끼는 것은 대뇌의 변연계에서 화학적 작용이 시작되면서 신경전달물질인 도파민이 발생한 것일 뿐이며, 사랑에 빠지는 것은 페닐에틸아민이 중추신경을 자극한 것일 뿐이라고 빈정거리기도 했다. 남자가 여자를 껴안고 싶어하는 것은 뇌하수체에서 옥시토신이 발생할 때뿐이며, 섹스 욕구는 코티솔이 포만 중추를 자극하는 짧은 순간의 화학적 작용에 기인한 것일 뿐이라며, 그다지 감정을 중시하지 않았다. 하지만 인간이 화학실험실 자체가 아닌 바에야 무한대로 화학반응을 생성할 수는 없을 것이다. 모든 이별의 고통과 실연의 상처는 부글거리며 비등점을 향해 끓어오르던 화학반응이 끝나버린 것에 대해 부질없이 안타까워하는 소모일 뿐이다, 라고 아무리 냉정하게 해석해도 슬픈 건 슬픈 것이었다.

준하의 엄마는 딸에게 지각과 행동을 연결시키기 위해 온갖 종류의 논리와 도식을 동원했지만, 정작 딸에게 가장 소중한 자아의 중심에 대해서는 입을 굳게 다물었다. 우정, 친절, 시, 음악 등과 같이 외적으로 생존에 도움이 되지 않는 삶의 모든 특징들을 심리적 착각으로 비하시켰다. 그녀는 갓난아이가 엄마를 소중하게 여기는 이유는 젖을 먹는 행위를 통해 아이의 이드를 만족시키기 때문이라는 골 때리는 이론을 금과옥조로 받아들였다. 자식을 실험실의 동물처럼 다루라는 정신 나간 행동주의자들의 이론에 따라, 엄마는 우는 준하를 달래는 것조차 자제했다. 빨리 달려와 안아주지 않아 괴로워하는 어린 준하에게 관심을 보이는 것은 칭얼거리는 유약함을 강화시킨다고 믿었던 엄마. 부모의 애정은 건강한 아기를 한심하기 짝이 없는 정신박약아로 만든다는 이론서나 어머니의 사랑은 위험한 수단이라는 가르침을 신봉했던 엄마.

어린 준하에게 양질의 우유를 먹이고, 모차르트의 자장가가 낮게 흐르는 요람 위에 매번 색색의 모빌을 바꿔 달아주는 엄마의 사랑은 철저했다. 하지만 준하는 언제나 뭔가 부족하다는 강박에 시달렸다. 환자와의 이별이 두려워서 병원에 남지 않고 조직학 교수가 됐노라고 말할 만큼 정 떼는 걸 어려워하는 아버지가 오십 넘어 엄마와 이혼까지 한 것도 아마 준하가 느꼈던 것과 비슷한 이유 때문이 아니었을까. 아니었을지도 모른다. 치질과 비만이 중년의 피할 길 없는 육체적 증거이듯이 이혼도 이십 년 이상 살아온 타성적 관계의 당연한 결과였는지도 모를 일이었다. 깁스를 너무 오래 하면 뼈가 약해지고 부스럼이 생기는 것처럼, 부부 사이도 너무 오래 잇대면 고름이 터져 나오는지도 모른다.

　도식과 서약과 법을 중시하는 엄마가 아버지에게 약속에 어긋나는 처사가 아니냐고 항변했던 것도, 여전히 아버지를 향한 뜨거운 사랑이 아니라 명예심 때문이라는 것을 가족 모두가 알고 있었다. 자기가 한 약속을 모두 지켜야만 한다면 세상에 살아남을 사람은 한 사람도 없을 것이다.

　준하처럼 엄마의 양육 방식으로 자라난 여동생 승하는 사춘기 시절에 늘 말하곤 했다.

　"난 흡혈귀가 되고 싶어. 조만간 엄마의 피를 빨아 먹을 거야."

　승하가 자주색 립스틱을 두텁게 바르고, 까맣게 눈 화장을 하고 다니는 꼴을 보지는 못했지만, 드라큘라를 사랑하는 모임에 정기적으로 용돈을 갖다 바치는 것만은 확실했다. 초콜릿처럼 까만 밤에 사람의 따뜻한 피를 마시고 화끈한 페스티벌을 벌이는 드라큘라야말로 얼마나 매력적이었던가. 사랑으로 구원 받기를 원하고 날것으로 사랑을 꿀꺽꿀꺽 삼키고 싶은 십 대의 여자들이 드라큘라처럼 복잡하고 강력한 악마가 풍기는 성적 매력을 거절하기는 얼마나 어려운가. 준하는 그런 승하의 미성숙한 악마주의가 차라리 귀여웠다. 빼앗기만 하고 주지는 않는 것이 진정한 드라큘라의 악마적 속성이 아닌가. 승하는 너무 자주, 그리고 너무 쉽게 자기 것을 친구들에게 내주는 바람에 자신이 원하는 호의와 사랑을 얻지 못하는 타입이었다.

　준하와 승하는 엄마가 무차별적 애정을 크리스마스 선물처럼 들고 올 즐거운 날은 없다는 것을 알아가면서 어른이 되었다. 세상의 모든 여자 아이는 끝내 어디에도 안착하지 못하고, 불안정한 성장의 자리로 자리바꿈을 하면서 어른이 되지 않던가. 그래서 성장 속에는 가족과 사랑, 애정, 집을 부정하면서 극렬하게 분열되는 과정이 들어 있을 것이다.

대부분의 사춘기 아이들처럼 준하도 부모에 대해 부끄러운 감정을 가지다가, 나중에는 그들을 경멸함으로써 자신의 상처 받은 나르시시즘을 확보했다. 악의에 차고, 그러면서도 작위적인 자신의 악마성에 한없이 외로워하는 동시에, 세상과의 불화를 양념으로 자신의 주체성에 듬뿍 치면서 말이다.

자신과 가장 친숙했던 것들과의 이별 없이 성장이 이루어지는 법이 있었던가. 세상과 동일시했던 따뜻한 유년으로부터 몰인정하게, 그리고 약삭빠르게, 민첩하게 등 돌리는 인간은 태생적 악마 말고는 없다고 준하는 생각했다. 무릇 배꼽을 가진 인간이라면, 쓴맛 단맛 다 보고 환멸을 느끼면서 성장의 계단을 딛는 것이리라 여겼다.

프로작을 먹은 효과가 나타나는지 기분이 한결 나아진 준하는 객실에서 나와 크루즈의 바로 나갔다. 약이 좋은 건지, 약발이 잘 받는 몸이 좋은 건지 모르겠네. 준하는 기분 좋게 중얼거리며 바 안으로 기세 좋게 들어갔다. 머리통 속에 박힌 대못이 쑤욱 빠져나간 것처럼 홀가분한 기분이 들었다. 회귀선을 인생 최대의 목표로 삼았던 사람들처럼 술을 마시는 축들에 끼여서 본전을 뽑듯이 술을 마셨다.

술을 꽤나 마시고 객실로 들어왔는데도 좀체 잠이 오지 않았다. 준하는 노트북을 열어 인터넷 사이트로 들어갔다. 제일 먼저 전자메일을 검색했다. 첸에게서는 더 이상 어떤 소식도 없었다. 스팸 메일만 가득 찬 메일 박스. 실제 자신의 우편함에 쓰레기를 갖다 퍼부은 것처럼 준하는 화가 솟구쳤다. 이래도 안 보고 배길 거냐고 고문하듯이 들이대는 배너 광고들은 세련된 디자인이나 화끈한 광고 문구와 달리 언제나 지독히도 천편일률적인 내용을 담고 있었다.

다이어트와 성형수술과 성욕 증진에 관한 광고들은 등이 붙어버린 샴쌍둥이처럼 정신의 허기와 바닥 모를 불만족과 성적 임포텐츠를 역설적으로 드러내고 있었다. 감기를 앓을 때조차도 때론 죽음에 대한 생각을 할 만큼 소심한 것이 인간인데, 하물며 자기 몸을 반으로 줄이는 다이어트를 하면서 어떻게 자신의 정체성을 받아들이는지 준하는 언제나 의아스러웠다. 그래서 갑자기 자신에게 닥친 기이한 초능력과 변신 능력을 별 고민 없이 수용하며 악당을 물리치고 미녀를 구하는 재미에 빠진 「스파이더맨」 같은 영화는 흥행과 상관없이 준하에게는 감동 제로였다.

준하가 여전히 믿고 있는 것은, 사람은 잘 안 바뀐다는 것, 쉽게 바뀌는 사람일수록 가짜일 확률이 높다는 것이었다. 준하는 쉽게 눈물을 보이는 인간, 쉽게 감상에 빠지는 인간, 다이어트와 성형으로 새롭게 태어난 인간 들을 별로 신뢰하지 않았다.

　채팅 사이트를 돌아다니다가 '중독'이라는 방 제목을 발견하고 별생각 없이 그 안으로 들어갔다. 무료한 시간을 죽이기에 딱 좋은 채팅. 회항일만 남은 준하는 회귀선을 지나고 난 뒤 또다시 표류하고 있는 마음의 상태가 좀 지겨웠다. 채팅방을 연 주인은 '라이드 앤드 셰이크(Ride & Shake)라는 사이버 아이디를 갖고 있었다. 올라타서 흔들기라니. 대단히 포르노적인 아이디였다. 아이디와는 어울리지 않게 로코코풍의 풍성한 드레스에 보라색 머리 모양을 한 그녀의 아바타는 휘황찬란했다. 신이 인간이나 동물의 몸을 빌려 나타난 것을 의미하는 산스크리트어가 아바타라던가.

　돈깨나 발랐겠군. 준하는 사이버 공간에서 분신 역할을 하는 그녀의 아바타를 보며 혼자 이죽거렸다. 이런 애는 십중팔구 현실에서 실패하고 넘어져서 가상의 공간에서라도 보상 받으려 하는 철부지임에 틀림없어. 위풍당당이 아니라 허풍당당한 아바타를 보면서 준하는 또 한 번 비아냥거렸다. 정거장처럼 수많은 익명의 인간들이 떠돌다 사라지는 이 공간이야말로 제멋에 살고 제멋에 지껄이는 무책임이 가장 큰 매력이 아니던가 말이다. 본명을 밝히진 않았지만, 일본인이라던 여자애는 나이를 종잡을 수 없는 말을 했다.

　"결혼을 상징하는 아이콘이 뭔지 아세요? 지진이나 폭풍, 태풍 같은 예측 불가능한 자연 재앙이래요. 한마디로 결혼한 뒤에 갑자기 뒤통수 맞는 거고, 그러다 그게 뭐였는지 알게 된다는 말이죠. 불확정성의 원리가 자연뿐만 아니라 사람살이에도 정확히 적

용된다는 말이 아니겠어요? 사랑이란 풀어준다고 지속되는 것도 아니고, 조율한다고 지속되는 것도 아니고, 결국 기상예보만큼 예측 불가능한 거죠.”

말투는 분명 스무 살을 갓 넘었을 것 같은데, 맹랑하게도 제법 그럴듯한 말을 하고 있었다. 능치는 폼이 여간이 아니었다. 말을 할 때는 브로큰 잉글리시를 쓰면서도 작문 실력은 꽤 되는 일본 애들을 학교에서 여러 명 본 적이 있었다. 분명 올라타서 흔들기 양도 어릴 적부터 독한 부모 밑에서 닦달깨나 받았을 터. 준하는 파격과 반항이 그동안 눌려왔던 십 대를 보상하는 방식이라고 믿을 여자 아이의, 약간의 지적 허영심을 가지고 젠체하는 말을 가만히 들여다보았다.

“라이드 앤드 셰이크 양은 어떤 타입인가요?”

별 부담 없는 호기심을 드러내기 위해 준하는 그녀의 아이디 앞에 장난스럽게 부러 ‘미스’ 라는 호칭을 붙였다.

“제가 어떤 타입이냐고요? 타입 같은 것은 없어요. 내가 인기 있을 때는 성에 대해 진보적, 인기 없을 때는 보수적이죠, 뭐. 난 어떨 때는 예수를 믿는 척할 때도 있어요. 이곳에서는 남자들한테 예수 믿는다고 하면 좀 좋은 인상을 주는 것 같아요. 전 예수 믿어요, 이러면 이미지 상승에 아주 좋거든요. 하지만 난 예수 안 믿는 남자들이 좋아요. 성공을 위해 달리는 남자를 원해요. 빠질 거면 화끈하게 빠지고, 안 믿으려면 안 믿는 놈들이 좋아요. 단 현실성을 배제한 달리기는 원하지 않아요. 한때는 내가 완벽히 남자가 되어서, 남자의 사고방식으로 생각해 보는 훈련을 해봤어요. 나는 성욕 때문에 잠 못 이룬다고 상상해 보고, 나는 예쁜 여자 보면 하고 싶어 미친다고 생각해 보고, 그러니까 정말 이해가 되더군요. 어떤 건지……, 그러니까 남자의 심리에는 도가 트게 되더군요."

풋, 준하는 자신만만한 그녀의 태도에 웃음이 나왔다. 가벼운 연애를 할 때 리버럴리스트, 무거운 연애를 할 때 보수주의자라고 했던 대단히 현실주의적이었던 친구가 생각났다. 마흔 넘어서 딱 맞는 남자 만나 결혼이나 해볼까 한다고 준하가 말했을 때, 그 친구는 여자가 마흔 넘어서 첫 결혼을 할 확률은 런던 한복판에서 테러리스트의 공격을 받아 죽을 확률보다 낮다고 이죽거렸다. 너무나 실감 나는 비아냥이었지만, 그 친구 역시 결혼한 뒤에 준하에게 결혼 생활 역시 독신 생활만큼 전쟁이라는 것을 똑똑히 보여주었다.

같은 여자가 볼 때 끼로 보이는 허약함이 남자들에게는 무한정 안아주고 보호해 주고 싶은 나긋한 여성성으로 오해 받는 것을 준하는 보아왔다. 남녀 관계의 본질. 그 우습고도 귀엽고도 위선적인 관계의 속성. 수백 년이 지났고, 또 수백 년이 지난 뒤에도 거의 바뀌지 않을 것 같은 고답적인 역할극.

환상 속에 그대가 있다, 라는 태고 불변의 방정식, 혹은 답이 빤히 보임에도 불구하고 부러 미지수를 거듭제곱시키면서 답을 연기하는 함수. 러브 스토리의 여자 주인공들이 보여주는 여성성의 스테레오 타입. 저는 제 발로 걸을 수 있어요. 아, 그런데 자꾸 어지러워서 쓰러질 것 같아요. 철딱서니 없는 비극적 운명자로서의 여성성.

그럼 나는 너무 잘난 척해서 언제나 실패하나? 그런 것도 같네.

어떤 남자가 준하에게 했던 말이 기억났다.

남자로 태어났으면 정치판이나 어떤 판에서나 크게 한몫했을 것 같소.

결국 그 말이 품고 있는 솔직한 의도는?

너는 너무 세. 남자들은 센 여자들을 싫어하지. 고로 나도 네가 싫어.

남녀 관계의 대단히 복고적이고 반동 보수적인 삼단논법. 그 삼단논법에 휘둘려서 왜 자신이 매번 버림받는 것인지 별 의미 없고 소용없는 회의에 빠진 어떤 여자. 그 여자가 바로 자신이라는 것을 알고 있다 한들 별로 달라질 것은 없었다. 준하는 잘 알고 있었다. 자신의 가장 치명적인 한계는 스스로의 한계를 결코 뛰어넘지 못한다는 점이라는 걸.

일이 분쯤 지났을까. 컴퓨터 화면에 그녀의 글이 보이지 않았다. 컴퓨터 밖에서 피식거리며 웃는 준하를 느꼈던 걸까. 준하는 몇 차례 그녀의 아이디를 쳐봤다. 달리 할 일도 없었다.

"헉헉!"

컴퓨터 화면에 뜻을 알 수 없는 글자와 땀을 흘리는 얼굴 모양의 이모티콘이 휘릭, 나타났다.

“숨이 차는 소리예요.”

다시 미안해 죽겠다는 표정을 짓는 몇 개의 기호가 조합된 이모티콘이 연이어 떴다. 몇 개의 이모티콘과 의성어는 묘하게 건조한 사이버 공간을 인간적인 터치가 가미된 분위기로 만들었다.

“담배가 떨어져서 요 앞 편의점에 달려가 방금 사 가지고 들어왔어요. 안 나가셨네요?”

“담배를 피우나 보죠?”

“예, 피워요. 하지만 골초는 아니에요. 사이버로 채팅할 때는 이상하게 담배가 더 당겨요. 담배는 완만한 자살 행위에 다름 아니다, 라고 세르주 갱스부르가 말했다지요. 그 사람이 누구냐고요? 아마 프랑스 영화계와 샹송계의 거목인 사르트르 갱스부르의 아버지라지요. 언젠가 채팅 클럽에 들어갔더니, 오늘처럼 중독에 대한 주제로 얘기를 나누고 있더군요. 여러 종류의 중독에 대한 얘기들이었는데, 담배 중독도 나왔어요. 그때 무척 잘난 척하는 어떤 놈이 세르주 갱스부른가 뭔가 하는 사람 말을 하더군요. 폐암 발작 때 구급차에 실려 가면서까지 시가는 절대 놓지 않았다는 담배광이었다고. 중독 없는 인생을 사느니 차라리 무정부주의자로 자살하겠다고 말했대요. 저는 고집이 없어서 중독도 안 돼요. 싫증이 빨리 나서, 매사에……”

“라이드 앤드 셰이크 양도 자살을 시도해 본 적이 있었나요?”

허랑한 빈 소리만 할 것 같은 여자애가 의외로 그냥 흘려듣기에는 만만치 않은 말을 하고 있었다. 준하는 얄팍한 미끼를 던지고서 괜찮은 물고기를 낚고 싶어하는 얌체 낚시꾼처럼 그녀에게 질문을 던졌다.

"저요? 자살을 시도한 적……있어요. 가죽 허리띠를 목에 매봤는데, 얼토당토않게 그 튼튼한 허리띠가 끊어졌어요. 그때 그냥 난 살 운명인가 보다 생각했죠. 그 채팅 자리에서 죽음 중독에 걸린 사람 얘기도 나왔어요. 언제나 자살하고 싶어서 별 방법을 다 쓰는데도 재수 없게 다시 살아나곤 했다던 사람이 자기는 죽음 중독에 빠졌다고 해서 모두들 웃었어요. 죽음 중독, 그것도 꽤 골치 아픈 중독이겠다 싶어서요. 아, 참, 며칠 전에는 일 년 전에 키우던 개 추모일이어서 묻었던 데 갔다 왔어요. 암에 걸린 개였는데, 고통받는 게 너무 슬퍼서 동물 병원에 데려가 안락사 주사를 맞혔어요. 죽은 개에게 뭘 주냐고요? 소시지나 햄 같은 거죠, 뭐. 평소에 먹고 싶어했지만 안 줬던 거."

산만하게 묻지도 않은 말을 주저리주저리 늘어놓는 그녀. 남자친구랑 헤어졌나.

얼굴도 이름도 모르는 외국 여자에게 뭔가를 한없이 말하고 싶어하는 그녀는 외로운 모양이었다. 아닐지도 몰랐다. 외로울 거라고 생각하는 것은 준하의 마음을 투사한 것에 불과한지도. 사실 준하는 조금 외로웠다.

사이버 채팅을 그다지 즐겨 하지 않는 준하였지만, 가끔 잠 안 오는 저녁에 들어가 만나는 사람들은 쉽게 자기 속내를 드러내곤 했다. 가족이나 친구에게는 절대로 말하지 않을 비밀이나 절망에 대해 털어놓는 사람들. 익명이 가져다주는 편안함 때문이라는 것을 모르진 않지만, 그들의 헐거운 내면은 이상야릇하게 준하를 씁쓸하게 했다.

"저 오늘 피어싱했어요. 윗입술에요."

아물지 않았을 입술로 담배를 물고 있는 그녀를 상상하니, 입술에 미세한 통증 같은 것이 느껴졌다. 아무리 사이버라지만, 사람과의 소통은 감정이 실리게 마련인 모양이었다.

"아프지 않나요? 피어싱은 왜 해요?"

"피어싱하는 이유요? 예쁘고 섹시하니까요. 그냥이죠, 뭐. 근사한 말로는 관통의 미학이라고 하지만……, 그딴 말은 아무것도 아닌 것에 의미 붙이기 좋아하는 애들이나 하는 말이고. 어제 저녁 야근하고 새벽에 직장을 때려치웠어요. 편의점에서 아르바이트했거든요. 도쿄의 주오선 미타카 역 부근에는 한 시간에 몇 십 엔을 더 준다고 해서 한때 그곳까지 아르바이트를 하러 가기도 했어요. 일 끝나고 집에 돌아가는데 너무 힘들고 시간도 많이 걸려서 이 개월 하다 그만뒀어요, 거긴."

"그렇군요."

"편의점은 일 초도 쉬지 않아요. 가혹한 곳이죠. 편의점에서 술 취한 아저씨들이 토할 때가 가장 싫었어요. 누워서 자는 아저씨들도 있다니까요. 그것보다 더 밥맛은 돈 늦게 꺼내는 애들, 잔돈을 하나하나 보란 듯이 느리게 꺼내는 애들, 잔돈 모자란데 큰돈만 내는 애들, 그런 애들은 정말 짜증나요. 손님에게 인사 좀 잘 못하면 바로 잘리고, 돈 좀 계산 못해도 잘리고. 편의점에 오래 버티는 애들은 돈밖에 셀 줄 모르는 바보거나 감정이 둔한 애들이죠. 저도 마지막으로 대책 없이 취해서 편의점 바닥에 누워 있는 어떤 아저씨 지갑에서 몇 만 엔 훔쳐서……, 그만뒀어요."

짜증나는 손님이라. 준하는 아르바이트에 대한 이야기를 늘어놓는 그녀를 보면서 영국에서 유학하던 시절을 떠올렸다. 일본 여자애처럼 이것저것 가리지 않고 닥치는 대로 아르바이트를 했다. 벨기에산 초콜릿을 파는 가게에서 일하던 때, 머리끝에서 발끝까지 영국제 명품으로 휘감은 동양인 부부가 찾아왔다. 촘촘하게 영국제 명품으로 온몸을 발라버린 그들은 한눈에 봐도 한국인임을 알 수 있었다. 준하는 어떤 의미도 담지 않은 눈길로 그들에게 영국식 억양이 일부러 들어간 영어로 주문을 받았다. 노골적인 탐색의 눈길을 감추지 못한 그들이 준하의 등에 대고 한국말로 쏘아붙였다. 어? 한국 년이 아닌가 보네. 중국 년인가? 그러게 말이야. 눈 찢어진 것 하고 분위기로는 완전히 한국 년인데. 여보, 그치? 돈깨나 있어서 런던 관광차 납신 중년 부부의 너무도 뻔뻔스럽고 상스러운 대화가 쏙쏙 귀에 박혀서 하마터면 준하는 배를 잡고 웃을 뻔했다.

"그 돈으로 뭐할 건지 물어봐도 돼요?" 준하가 물었다.

"기념으로 피어싱했고요. 제 아바타에게 구두 한 켤레, 양산 하나 사주고, 나머지 돈으로는 제빵 도구들을 살 거예요. 은으로 된 계량스푼이랑 앙증맞은 저울, 성능 좋은 믹서 같은 것들이요. 이

사 가면 집 주위에 맛있는 빵집이 있는지 제일 먼저 살펴요. 나중에 케이크 전문점을 운영하는 것이 제 꿈이거든요. 요즘 이곳의 이십 대 여자들이 얼마나 케이크 전문점을 갖고 싶어하는지……, 아저씨는 잘 모르실 거예요. 아, 친구가 왔네요. 그 친구 오토바이 타고 요코하마까지 가서 스시 먹고 올 거예요. 안녕."

굿바이.

준하가 마지막 인사를 올릴 때 그녀는 화면에서 이미 사라지고 없었다. 날카로운 일본 칼로 얇게 저민 파닥거리는 날 생선이라. 날 생선을 한 점 베어 문 것처럼 입 안이 비릿했다.

아저씨는 잘 모르실 거예요.

그녀가 올렸던 마지막 문장을 보고 준하는 이마를 가볍게 쳤다. 주드(Jude). 채팅방에서 쓴 준하의 임시 아이디가 첸이 회사 내에서 불리는 애칭이었던 것이다.

개 같은 자식. 나쁜 놈. 바보 같은 자식.

준하는 딱히 누구를 향한 것도 아닌 욕을 퍼부었다. 자신의 사랑을 받아주지 않는 첸과 그런 첸의 사랑을 내팽개친 쿨만과 그 모든 것을 들여다봐야 하는 자신 모두를 싸잡아서 한 욕이었다.

준하는 컴퓨터를 껐다. 회귀선을 돌아 이제 가야 할 곳으로 회귀할 일만 남은 것이다. 하지만 런던이 가야 할 곳이라는 확신은 들지 않았다. 첸으로부터 자유로우면서도 지속적으로 함께 생을 나누는 합리적인 방식을 찾는 시간이 필요하다고 여겨 이곳까지 왔지만 어떤 결론도 얻지 못한 것만 같았다. 여전히 회귀선의 바

다처럼 막막하고도 막막했다. 막막한 것을 그저 보고만 있거나
견디고만 있는 것은 준하의 방식이 아니었다. 남은 휴가 기간 동
안 첸이 있는 곳으로 가보는 것도 또 하나의 회귀 방식일 수 있지
않을까.

안 첸이 있는 곳으로 가보는 것도 또 하나의 회귀 방식일 수 있지

6

첸은 오전에 일찍 조이 게스트 하우스를 나와 마더 테레사의 집으로 가는 대신에 콜카타 시내 변두리에 위치한 구루의 집으로 향했다. 구다키 구루라는 사내를 만나기 위해서였다. 마더 테레사의 집에서 만난 프랑스 남자가 구다키라는 이름을 가진 영적 스승을 소개해 주었다. 현실과 소통하기보다는 정신적 해방을 추구하는 쪽에 관심이 많다는 프랑스 남자는 인도를 열 번 넘게 왔고, 언제나 마지막 인도 여행의 귀착지로 콜카타를 찾는다고 했다. 특별히 다른 이유는 없고 세계 어느 곳에서도 맡을 수 없는 진한 냄새가 콜카타에서는 나기 때문이라고 했다. 인생에는 속도를 높이는 것 이상의 무언가가 있다는 간디의 말을 신봉하는 그도 어쩌면 프랑스에서는 시즌 최다 연속 패배 기록을 세운 운동선수처럼 고단한 실패자였을지도 몰랐다. 아무려나. 그가 말하는 냄새가 무엇인지는 알 수 없지만, 정신적 고도 비행을 즐기는 그에게서 소개 받은 구다키라는 사람을 한 번쯤 만나보고 싶었다.

영적 스승이라는 구루를 만나서 대단한 정신적 비약을 하겠다는 욕심까지는 아니지만, 속에서 다글다글 끓어대는 아우성을 잠재울 수 있는 훈련 정도는 받을 수 있겠다 싶은 마음이었다. 앞마당에 들어서자 구다키가 사람 좋은 웃음을 지어 보이며 첸을 반겼다. 프랑스 남자에게서 받은 전화번호로 미리 연락을 해둔 터였다. 영적인 존재가 히말라야 깊은 숲속에 있지 않고 전화로 연결이 가능한 도시 한복판에 있다는 것이 조금 낯설긴 했다. 하기는 런던에도 정신과에 다니기보다는 정신의 체조를 하듯이 도심 한복판에 있는 명상 센터나 요가원에 다니는 인간들이 넘쳐나는 판이었다.

"노모시카르!"

첸이 마더 테레사의 집에서 배워둔 벵갈어로 인사를 하자, 구다키는 제법인데, 하는 표정을 지으며 합장으로 답례를 했다. 향긋하고 고소한 차 향기가 구다키의 방에 은은하게 퍼졌다.

풀 먹인 새하얀 옷자락이 구루가 움직일 때마다 서걱서걱, 방안을 가르는 소리를 냈다. 구루는 오디오에 음반을 올려놓은 뒤에 꽃잎이 박힌 초에 불을 붙였다. 인도의 전통 악기인 시타르와 타블라의 소리가 공간을 채워갔다. 향과 차, 촛불과 명상 음악. 인도를 찾아온 이방인들을 위한 나름대로의 세련된 현대적 세팅인 셈이었다. 구루는 이제 영적 스승이기보다는 심리치료사와 같은 하나의 직업이 되어 있는 것 같았다.

"먼저 긴장을 푸시지요." 구다키가 말했다.

여전히 풀리지 않은 경직을 보았던 것일까. 구루가 조정해 놓은 분위기에 익숙하지 않은 첸이 멋쩍은 웃음을 지어 보였다.

구다키는 차를 천천히 찻잔에 따르며 굳이 들으라는 투도 아닌 편안한 말투로 말을 했다.

"하누만이란 자가 있지요. 그는 인도에서 레슬링 학교를 운영했지요. 그는 고아로 자랐어요. 하누만이 자라던 시절의 당시 인도는 영국의 식민지였고, 간디가 대륙 구석구석을 돌며 독립을 준비하던 시기였지요. 인도에서 레슬링은 가진 것 없이도 성공할 수 있는 유일한 신분 상승의 수단이었기에 가난한 이들과 하누만 같은 고아들은 너도나도 레슬링 선수가 되고자 했습니다. 아주 어렸을 때 홀로 남겨진 하누만은 증오심으로 가득 찬 소년이었습니다. 그런 그에게 사람들은 하느님을 믿으라고 말했지요. 그러나 어린 하누만은 하느님과 힘을 겨루어보고 싶어했습니다."

첸은 하느님과 겨루고 싶어하는 까만 소년을 상상하니 슬며시 웃음이 나왔다.

"당신은 무엇과 겨루고 있습니까?" 구다키는 첸의 미소를 보고 질문을 던졌다.

"저도 어린 하누만처럼 하느님과 겨루고 있습니다. 아니, 하느님과 겨루어보고 싶습니다." 첸이 웃으면서 대답했다. 구루는 첸의 농담 아닌 농담을 이해할 수 있을까. 콜카타에 고아처럼 남겨져 원한과 슬픔에 가득 차서 이미 자신의 하느님이 되어버린 쿨만과 겨루고 있다는 것을.

"세상은 괴로운 곳입니다. 농부들은 질기고도 고집 센 잡초나 예측 불가능한 기후와 겨루고, 장사하는 사람들은 변덕스럽고 이기적인 소비자와 겨루고, 선생들은 버르장머리 없는 학생들과 겨루고, 구루들은 의심 많고 불안한 대중과 겨루지요. 누구나 상대해야 하는 만만치 않은 고통이 있지요. 이 땅에서는 결코 완전한 행복을 체험할 수 없습니다"

구다키가 자신의 잔에 차를 따르며 말했다. 구다키는 의심 많고 불안한 첸처럼 수많은 사람을 상대한 사람답게 일반적인 이야기로 풀어나가고 있었다.

"어린 하누만은 하느님과 겨루어 이겼습니까?" 첸이 물었다.

"하누만은 청년 시절 인도 전역을 돌아다녔습니다. 당연히 하느님과 겨루어보고 싶었기 때문이지요. 열세 살이 되던 해, 히말라야 산맥에서 시작된 하누만의 레슬링 인생은 북부 고원을 따라 흐르는 갠지스 강 유역의 순례 도시 하드워에 이르렀습니다. 하드워에는 힌두교 사원에 사는 성인 샤두가 많았지요. 그때까지 비재이 팔이라는 본명을 썼던 하누만은 한 샤두에게 하느님과 겨룰 수 있는 곳이 어디냐고 물었습니다. 샤두는 '바로 여기야, 갠지스 강이 곧 하느님이지. 또 물에 사는 거북, 물고기, 뱀이 모두 하느님이야.' 라고 대답했습니다. 샤두는 나뭇잎 한 장을 돌 위에 올려놓았습니다. 얼마 지나지 않아 바람에 나뭇잎이 떨어졌지요. 그 모습을 함께 바라보던 샤두는 힘만 팔팔한 하누만에게, 약자는 곧 사라지지만 강자는 살아남는 법이라고 말했습니다. 레슬링에 미쳐 있던 비재이 팔에게 샤두는 하누만이라는 힌두교 신의 이름을 붙여주었어요. 원숭이 신인 하누만은 힘이 강해 인도 레슬링 선수들이 제일 존경하는 신이거든요. 그 이후로 하누만은 평생 채식을 하며 독신으로 살았습니다. 아흔 번째 생일을 맞은 하누만은 자신의 결혼에 대해 이렇게 농담을 던졌다고 합니다. '나는 늘 독신 생활이 남자를 더 강하게 만든다고 생각했습니다. 하지만 이제 결혼도 해봐야겠어요. 백 살이 되면 아흔 살 먹은 할머니를 찾아볼 생각입니다. 나이가 있으니 지참금은 틀니만 있으면 되지 않을까요?' 라고요."

방구석의 협탁 위에 놓인 길쭉한 목어, 그 목어의 등에 꽂힌 무스크 향이 방 안에 퍼져나가고 있었다. 한 번 피우면 좋이 세 시간은 제 몸이 연비처럼 타들어 가는 것을 묵묵히 견딜 줄 아는 향답게 몸통이 통통했다. 하루에 여덟 개면 신도 인간도 기분 좋은 시간을 즐길 수 있을 것이다. 적어도 구다키는 자신의 영성을 위해 벽돌로 이마를 깨며 피를 흘리거나 구덩이에 머리를 박고 하루 종일 물구나무 따위나 서는 좀 우스꽝스런 고행자는 아닌 것이다. 구다키는 고개를 빼서 첸의 찻잔을 들여다보더니 찻주전자의 뚜껑을 손바닥으로 누르면서 다시 채워주었다.

"하누만이 다음 세대를 책임져 줄 후계자를 기다리는 동안 학생들에게 늘 하는 말이 있었답니다." 구루가 말했다.

첸은 대답을 기다리며 고개를 잠깐 돌렸다. 구다키 구루의 집에 어떤 기척이 느껴졌기 때문이었다. 밖을 내다보니, 등이 불뚝 튀어나온 커다란 소 한 마리가 앞마당의 풀을 뜯어 먹기 위해 머리를 들이밀고 있었다. 구다키가 그 모습을 보고 미소를 지었다.

"절대 분노로 싸우지 말 것을 명심해라. 차가운 철이 늘 달군 철을 자른다. 냉정함을 유지하기만 하면 너희들은 승리할 것이다, 라고 말했습니다."

분노로 싸우지 말라. 차가운 철이 늘 달군 철을 자른다. 첸은 속으로 구루의 말을 반복했다. 첸은 분노나 공격성이 없이 세상과 화해하는 법을 아직 알지 못했다. 첸이 인도에서 가끔씩 떠올린 것은 '지오그래픽'이라는 프로그램에서 봤던 나무늘보였다. 화면에서 나무늘보는 온몸에 이끼가 돋을 정도로 하루 종일 잠만 자고 온 생애를 빈둥거렸다. 온몸에 덮인 이끼 덕분에 날카로운 매 발톱으로부터 몸을 지키고, 너무 느려터진 신진대사 덕분에 물에 빠져도 오래 버틸 수 있는 나무늘보의 생존 전략은 무시무시한 적자생존의 정글에서 살아남는 방식이었다던가.

뭔가를 하지 않으면 쉴 때보다 더 피곤하고 힘들던, 목표도 없는 일상과 관계의 중독에 빠져 살던 시절, 어느 계단에 앉아 두서없는 자신에 황망해하며 고개를 꺾던 시절, 이기지도 못할 술을 마신 뒤에 관 속에 들어앉아 있는 것 같은 쓸쓸한 심사로 깨곤 하던 시절, 젖은 조약돌처럼 단단하지 못하고 휘청거리던 시절. 그 시절들을 떠올리면 첸은 가슴이 저려왔다. 앉으면 일어나지 못하는 꿈을, 그 시절에는 꾸었다. 사람들로부터 떠나는 것, 허울 좋은 인연과 겉치레로부터 발 빼는 것, 떠나는 것, ……, 다른 삶 속으로 뚫고 들어가는 것, 빽빽하고 조밀한 곳을 떠나 한없이 느려터지고 아무 사건도 없는 무용한 시간들이 그를 구원하리라고 믿었다.

구다키 구루가 들려주는 이야기를 들으면서 첸은 생각 속으로 빠져들었다. 어디서부터 잘못된 것일까? 아니, 관계는 원래 그런 것일까? 첸은 아주 공들여 쿨만과의 관계 속에 들어 있는 모든 것을 세밀하게 살펴보고 유지하려고 노력했다. 아주 정성스럽게 오랫동안 아름다운 관계로 만들어가려 한다고 쿨만도 첸에게 몇 번을 말했다. 그럼에도 결과는 이렇게 되고 말았다. 자신이 상대에게 온전히 수용되고 있으며 상대의 무슨 행동이든 그에게 받아들여져서 그저 두 몸을 지닌 한 사람처럼 느껴지기도 했고, 떨어져 있는 게 너무도 날카롭게 가슴을 할퀴어서 가슴에 피가 주르르 흐르는 것을 느끼기도 했다. 그러나 그것은 오직 순간이었을 뿐이며, 그 순간들은 힘들게 노력하지 않고는 유지되지 않았다.

서로를 먹어치울 것 같이 격하게 섹스를 하고 나서도 채워지지 않는 욕망의 갈증을 느껴야 했다. 점점 그 순간의 강렬함과 일상의 권태로운 반복 속에서 쿨만도 첸도 지치기 시작했다. 어느 사이에 둘 사이에는 대화가 사라졌다. 무의미한 지껄임이, 있어야 할 대화를 대신했다. 그저 그런 관계로 안착하고 난 다음에 그 관계를 지속시킨 것은 길짐승 같은 욕구에 불과했다. 점점 잦아지는 만남 속에서도 첸과 쿨만은 어느 것 하나 뚜렷한 실체감을 가지지 못했다. 반복되는 사랑의 언어들, 쓴웃음을 지을 정도로 통

속화돼 버린 사랑의 직설적인 표현들 속에서 관계는 자꾸 허청거렸다. 첸과 쿨만 모두 최초의 격한 감정적 고양이 사라져버린 뒤에 지루하게 남아 있게 될 일상의 권태로움과 무의미함에 지나치게 민감했다.

한 남자를 사랑했던가? 서로가 가야 할 길이 정해지고 난 순간, 사랑은 미혹이 가져다준 욕망과 함께 사라지고 있었다. 곧게 뻗어 있는 길은 또렷한 표지와 함께 쿨만이 출발했던 그곳으로 그를 데려다 줄 것이었다. 둘의 영혼은 너무나 비슷한 색깔을 가지고 있어서 갈라놓는다고 떨어질 수는 없을 것이라며 서로 다짐을 주곤 했던 말들이 첸에게 비아냥으로 되돌아왔다. 너는 나고, 나는 너라고? 그래서 우리는 하나라고?

모든 것이 환하게 드러나 버린 순간, 미혹 속에 숨어 있던 관계의 황폐해져 버린 정신을 보게 된 순간, 쿨만이 자신을 더 이상 원하고 있지 않다는 것을 알았다. 첸은 밑바닥에 닿은 기분이 들었다. 견딜 수 없는 피로감과 치욕이 자신을 넘어뜨릴 것 같았다. 쿨만에 대해 언제나 이번이 마지막이라고 다짐을 하면서도 새로운 시작과 회복을 매번 꿈꾸는 자신이 누구보다 끔찍했다. 쿨만을 한 번 더 보고 떠나자는 욕구로 나섰다가 첸은 발길을 돌렸다. 집으로 향하는 길에 지하철 입구가 집어삼킬 듯 아가리를 벌리고 있었다. 떠나고 싶었다. 휘청거리는 발걸음을 지하철 계단에 딛으면서 첸이 낮게 읊조렸다. 아주 멀리. 새로운 세상, 새롭게 시작되는 시간 속으로…… 그리고 떠났다. 그냥 떠나는 것 말고는 그때는 아무것도 할 수 없었다.

첸은 구다키 구루에게서 향을 몇 개 얻어 조이 게스트 하우스로 향했다. 더위를 피해 새벽 일찍 학교를 갔다 돌아오는 여학생들이 재잘거리며 첸의 곁을 지나갔다. 푸른색 교복을 입고 삼단처럼 고운 타래 머리를 한 십 대 여학생들의 모습에 왠지 가슴이 뭉클해졌다.

첸은 만원 버스에 올라탔다. 1인치의 공간이라도 더 확보하려는 필사적인 몸부림. 손잡이를 잡고 매달려 있는 사람들의 겨드랑이에서는 인도의 양념인 맛살라 냄새가 후끈 코를 후비고 들어왔다. 첸은 인간의 체온이 36.5도라는 사실이 새삼 징그러웠다. 뱀처럼 체온이 차갑다면 낯모르는 인간을 사랑할 수도 있으리라는 어처구니없는 생각까지 들 정도였다. 구루에게 한 말씀 듣고 온 지 얼마나 되었다고. 첸은 고개를 저었다.

고개를 왼쪽으로 돌려 창밖을 내려다보았다. 함부로 갈겨댄 소똥으로 범벅이 된 콜카타의 길바닥, 머리통을 후려갈기는 듯 빵빵대는 수많은 차들의 경적 소리에도 아랑곳하지 않은 채 짚으로 엮은 거적을 깔고 이른 풋잠에 든 길바닥의 거지 일가족, 아무것도 걸치지 않은 네댓 살 계집아이의 맨 아랫도리, 팔베개를 하고 아이를 향해 모로 누운 어미의, 살이 잘 발려진 닭 뼈다귀처럼 가는 맨발의 복사뼈가 가냘팠다.

첸은 바깥으로 벽을 밀어, 바깥으로 나와 보니, 여전히 바깥이 벽이 되는 안에 들어와 있는 것 같은 심정이 들었다. 전쟁 같은 삶, 악을 쓰듯이 소리를 지르며 1미터의 길바닥을 차지하려는 생활의 전장 한복판을, 거리를 오가며 첸은 바라보았다. 생존의 본질적인 극한을 보며, 야생 생물처럼 뿜어내는 독한 가난의 냄새를 맡으며, 질척거리는 길바닥에서 잘린 팔다리를 떨어대며 구걸하는 거지가 내지르는 뜻 모를 벵갈어를 들으며, 첸은 고개를 주억거릴 수밖에 없었다. 삶이 그렇게 고상한 거냐고, 사는 것은 먹고 싸고 낳는 것 이상도 이하도 아니더냐고. 구루를 만나고 돌아가는 길인데도, 구루의 집에서 맡고 들었던 향과 음악과 촛불의 아름다운 아취가 그만 가짜처럼 느껴지고 말았다.

등판에 분홍색 물감을 들인 수십 마리의 양 떼들이 복잡한 거리를 '메에' 거리며 횡단하고 있었다. 집으로 돌아가는 두 명의 도시 목동이 나무 막대기를 들고, 시궁창에 코를 박고 무리에서 이탈한 양의 엉덩이를 세차게 내리쳤다. 그 뒤를 무심코 따르던 양 두어 마리가 엉겁결에 전차가 오는 방향으로 냅다 뛰었다.

전차가 지나가자, 네 명의 사내가 평상처럼 생긴 들것을 어깨에 지고 가는 것이 보였다. 들것은 꽃으로 장식되어 있었다. 사내들 뒤로 흰옷을 입은 사람들이 따라가고 있었다. 그 들것이 무엇을 의미하는지를 첸은 처음에 알지 못했다. 버스 안에 앉아서 들것의 꽃에 쌓인 사람의 발목을 보고서야 첸은 꽃상여인 것을 알았다. 불현듯 마더 테레사의 집에 있는 남네이 노인이 떠올랐다. 구루 구다키를 만나러 가는 바람에 오늘 하루 마더 테레사의 집에 누워 있는 아마르 남네이 노인을 만나지 못했다.

7

인도에서 가장 가난한 도시라는 콜카타. 마더 테레사가 땅에 입 맞춤했다는 콜카타에 준하는 내렸다. 시티 오브 조이, '기쁨의 도시'라는 다른 이름을 가진 콜카타의 국제공항에 내려서 제일 먼저 맞이한 것은 숨 쉬기가 어려울 정도로 습하고 뜨거운 공기였다. 먼저 『고독한 행성』이라는 여행지에서 본 대로 콜카타 시내 중심가에 있는 수데르 거리로 가기 위해 택시가 즐비한 곳으로 나갔다. 짙은 진회색의 택시 운전사 유니폼을 입은 사내들이 붉게 물든 잇몸를 드러내며 준하를 둘러쌌다. 그녀의 배낭을 냉큼 빼앗아 택시의 트렁크에 넣은 사내가 택시 기사는 아닌 듯했다. 막상 택시가 공항을 출발하려고 하자 짐꾼 역할을 했던 사내가 그녀에게 "박시시, 박시시."라며 손을 내밀었다. 허름한 옷차림과는 달리 사내의 손가락에는 네 개의 반지가 끼여져 있었다. 그가 내미는 손이 무엇을 의미하는지 알아차렸지만, 그에게 악수를 청하는 것

85

으로 그의 요구를 묵살했다. 사내는 어깨를 으쓱했다. 택시가 떠나자, 사내를 향해 그녀는 손을 흔들어주었다.

준하는 온갖 사람으로 법석대고 바글거리는 콜카타 풍경을 차창 밖으로 내다보았다. 한 평이나 됨직한 작은 가게들이 퍼즐 조각처럼 차양과 가판대를 맞대고 있었다. 준하는 건물의 담벼락에서 레닌과 모택동의 초상을 보았다. 먼지와 비에 인물의 형태가 흐릿해지긴 했지만, 레닌과 모택동의 쏘는 듯한 눈빛이 멀리에서도 강렬했다. 인물들의 특성을 잘 드러내는 사실성과 박진감이 느껴졌다. 썩 잘 그린 솜씨는 아니었지만, 그들을 그린 환쟁이는 공산주의를 무척 신봉하는 자였을 것 같았다. 허름한 바라크 건물에 조야한 색깔의 페인트로 그려진 영화 간판이 걸려 있는 영화관, 검은색 우산을 쓰고 달구지에 앉은 네댓 명의 여자들, 길가 잡풀 더미에 등을 돌린 채 쪼그리고 앉아 오줌을 누는 남자, 거리의 매연 때문인지 삼각 수건을 입에 두르고 수신호를 하는 경찰, 북적대는 거리를 한들거리며 걷는 얌체 같은 소 사이에 레닌과 모택동이 시치미 떼듯이 있었다. 그야말로 펌프질을 해서 검은 물이 왈칵왈칵 쏟아지듯 사람들이 사방팔방에서 거리로 몰려들었다.

어딘가 갈 곳이 있어야 하므로 인도에는 아직 안 가고 있다고, 물 위 그림자 큰 새가 피안을 끌고 가는 것을 보고 세상이 너무 아름다워 기절해 버린 청년이 있는 곳이 인도라고 어느 시인이 노래했던가. 첸은 무엇을 보기 위해서 이곳까지 왔단 말인가. 그리고 부득불 이곳까지 온 이유가 무엇인가.

준하는 눈이 내리지 않는 열대에 눈을 보러 온 심정이 들고 말았다.

수데르 거리에서 첸을 볼 수 있을까. 여행 정보가 틀리지 않다면 외국인 여행자들이 주로 머문다는 수데르 거리는 하루 이틀 정도면 충분히 파악이 가능한 범위고 동선이었다. 준하는 여행지에서 추천한, 싸고 괜찮다는 발로아첸 게스트 하우스에 체크인을 했다. 준하는 여섯 명이 함께 쓰는 방에서 짐을 풀었다. 두 명의 여자가 방에 있다가 준하에게 간단한 인사를 건넸다. 머리를 양 갈래로 땋은 사십 대 중반의 여자는 대낮인데도 눈이 몽롱하게 풀려 있었다. 누추한 여행자의 좁은 침대에서 그녀는 천국을 맛보고 있는 중이었다. 그녀가 끌어안고 있는 작은 가방 안에는 천국으로 가는 마약이 들어 있을 것이었다. 인도로 가는 길은 해시시와 마리화나의 환각으로 가는 길이라고 여기며 몰려드는 이방인들 때문에 인도는 골머리를 앓으면서도 돈 때문에 물리칠 수 없는 딜레마에 빠졌다는 기사를 준하는 본 적이 있다.

준하는 룸에서 내처 잠부터 잤다. 시차와 일정에 없던 첸 따라잡기가 되어버린 여행 덕에 무엇보다 몸이 견딜 수 없이 고단했기 때문이다. 배가 너무 고파서 잠이 깼다. 방 안에는 아무도 남아 있지 않았다. 준하는 슬리퍼를 질질 끌고 발로아첸 게스트 하우스를 나왔다.

더럽고 냄새 나는 골목의 목로 의자에 레게 머리를 한 유럽인

두 명과 동양 여행자 세 명이 쟁반을 무릎에 받치고 음식을 먹고 있었다. 준하는 인도식 튀긴 빵과 야채 카레를 시켰다. 후식으로는 뜨겁고 달고 향기가 독한 인도 차를 마셨다. 거리 식당에서 허겁지겁 헐한 음식을 먹어치우는 준하를 바라보던 릭샤꾼들이 차를 마시고는 찻잔을 길바닥에 함부로 던지고 있었다. 길바닥에는 박살 난 찻잔이 지천이었다. 준하는 그들처럼 찻잔을 보란 듯이 길바닥에 패대기쳤다. 진흙으로 만든 갈색 찻잔이 바닥에 떨어지는 소리가 시원했다. 어쩐지 이 기분이라면 첸을 만나는 것이 생각보다 쉬울지도 모르겠다는 이상한 호기가 생겼다. 개구리가 왕자인지, 아니면 흉측한 파충류에 불과한지 알기 위해서는 개구리를 벽에다 무수히 던져봐야 안다고 회사 동료인 사라가 말했던 것이 떠올랐다. 첸이 개구리인지 왕자인지는 알 수 없지만, 벽에 한 번 던져보는 것쯤은 나쁘지 않을 것 같았다. 준하 나이 서른다섯, 이제 더 이상 기다리고 말고 할 시간이 별로 없었다.

회귀선의 배 위에서 느꼈던 무료함이 신기하게도 시끄럽고 지저분하고 복잡한 콜카타에서 말끔히 사라졌다. 이 가난한 동네에 우격다짐하듯 온 사람들에 대한 묘한 동질감까지 느껴지는 것 같았다. 회귀선에서 앓았던 우울과 답답함이 왁자지껄한 콜카타에서 사라진 것이 신기했다. 사람이 그리웠던가. 첸이 처박혀 있는 이곳에 온 이유도 그리움 때문이었나. 왜 준하는 왔는가. 첸이 콜카타에 있기 때문에 왔고, 그가 무엇을 하는지 눈으로 보고 싶었기 때문에 왔다. 떠나온 애인은 이사 가버린 집과 같다고 하지만,

낯선 공간에서 새롭게 관계를 만들어볼 수 있지 않을까 하는 욕심이 아주 없지는 않았다. 첸을 가까이에서 볼 수 있다는 기대만으로도 심장에 피가 돌고 뇌가 말랑말랑해지는 것 같았다. 누구나 별 볼일 없는 회귀선이나 왁자지껄한 콜카타에 무슨 엄청난 의미가 있어서 쫓아다니는 것은 아닐 것이다. 악몽 같은 일상이나 복잡다단한 책임들로부터 한 번 빠져나가 도망쳐 보는 것, 그 이상도 이하도 여행에는 별 의미가 없다는 것이 준하의 생각이었다.

준하는 여행자들이 몰려 있는 수데르 거리를 쏘다니기 시작했다. 열대의 해는 뜨겁고 길었다. 몇 시간을 돌아다니자 등에서 고기 굽는 냄새가 날 지경이었다. 준하는 수데르 거리를 대충 익히는 것으로 콜카타의 첫날을 마감하기로 했다. 수데르 거리 뒤편에 있는 뉴 마켓으로 발길을 돌렸다. 여행자들이 철제 칸막이가 되어 있는 가게에서 술을 사는 것을 봐두었기 때문이다.

주류 가게를 향해 천천히 발길을 돌리고 있는데 사람들이 웅성거리는 모습이 보였다. 슬픈 곡조를 내는 악기 소리가 사람들 사이로 울려 퍼졌다. 준하는 사람들 틈으로 들어가 악사의 모습을 보았다. 누추한 인도 사내가 몸체 아래에 호리병박이 달려 있는 배 모양의 아름다운 악기를 연주하고 있었다. 현을 뜯고 있는 사내 옆에는 열 살 가량의 여자 아이가 우두커니 서 있었다. 준하는 눈이 멀어버린, 아니 눈이 아예 없는 여자 아이를 보고 자신도 모르게 뒤로 주춤 물러서고 말았다. 형편없는 작자가 눈 만드는 것을 잊어버리고 빚어낸 저주받은 테라코타처럼 여자 아이는 눈썹도, 눈알도, 눈구멍도 사라지고 없었다. 자신의 비참한 삶을 슬퍼하며 울어볼 눈이 없는 여자 아이. 그 아이가 악사의 딸인지, 앵벌이인지는 알 수 없지만, 준하는 아이를 앞에 두고 사내가 뜯어내는 가슴 저리도록 곱고 슬픈 곡조가 외려 잔인하게 느껴져 발길을 돌리고 말았다.

준하는 주류 판매점에서 맥주 여섯 캔을 샀다. 준하가 잠시나마 한방에 동숙할 여행자들의 몫이었다. 게스트 하우스로 들어오자 입구에서 한 인도 여인이 준하를 뚫어지게 쳐다보았다. 검정색 짧은 블라우스에 하늘하늘한 검정색 쉬폰 천을 두른 인도 전통 옷차림을 한 여인의 눈이 깊었다. 준하가 하루 동안 봤던 수많은 인도 여인들이 입었던, 거의 조야하다고 느낄 만큼 화려하고 번쩍이는 색깔의 전통 옷차림인 사리와는 다른 그녀의 옷차림이 묘하게 관능적으로 다가왔다. 동인도 여자답지 않게 낯빛이 희고 맑았다. 저잣거리의 흔전만전한 인도 여인네는 아닌 것 같은 기품도 느껴졌다. 너무도 솔직하고 뻔뻔할 정도로 외국인에 대한 호기심을 드러낼 만큼 못 배운 여자 같지도 않았다. 그런데 왜 준하를 정면으로 쳐다보는 걸까. 괜히 준하는 얼굴이 붉어졌다. 심상하게 지나치기에는 그녀의 크고 깊은 눈에 이상한 비애와 침통함이 서려 있었다. 느닷없이 깊숙이 다가오는 여인의 눈빛 때문에 준하는 문에 손이 낀 것처럼 어떻게 해야 할지 알 수 없는 심정이 되어버렸다. 그녀에게 더 다가갈까 주저하는 사이에 누군가를 부르는 소리가 내실에서 들려왔다.

“슈크라! 슈크라!”

‘슈크라’라고 부르는 소리에 그녀는 준하에게로 향하던 집요한 시선을 거두었다. 슈크라. 그녀의 이름인 듯했다.

“혹시 당신은 한국 사람입니까?” 그녀가 준하에게 다급하게 물었다.

“예, 저는 한국 사람입니다.” 외국인을 위한 한국어 교재에나 나올 법한 대화였지만, 준하는 진지하게 대답했다. 준하가 한국인이라는 것 자체가 그토록 궁금할 리가 없는 그녀의 태도 때문이었다.

“그럼 인천이라는 곳도 알고 있습니까?”

“인천? 한국에 있는 인천을 말하는 겁니까?” 준하는 그녀의 입에서 나온 인천이라는 지명이 너무나 생경해서 자신도 모르게 되묻고 말았다. 준하가 인천을 말하자, 그녀는 눈물이 그렁그렁한 채 대답 대신 고개를 끄덕거렸다.

“슈크라!”

게스트 하우스의 내실에서 한 사내가 그녀의 이름을 부르며 나왔다. 그녀는 준하에게 더 이상 어느 것도 묻지 않고 사내를 따라 내실로 들어갔다. 내실의 문을 열고 들어가기 전에 그녀가 준하를 한 번 더 돌아보았다. 그녀는 왜 인천을 묻는 것일까. 준하는 더 이상 나아가지 못한 미진한 대화 때문에 잠시 어리둥절했고, 그녀의 슬픈 눈 때문에 오래도록 그 자리를 서성였다.

8

똑똑똑. 정확히 세 번 문을 두드리는 소리에 첸은 깊은 사념에서 벗어났다. 문을 열자 머리를 묶은 동양인 남자가 서 있었다.

"시간이 되면 저희와 함께 술 한잔하시지요."

동양인 남자 뒤로 첸의 방 앞 작은 시멘트 마당에 놓인 플라스틱 테이블에 둘러앉은 두 명의 남자가 합석하라는 듯이 고갯짓을 했다. 테이블 위에는 인도산 맥주와 오목한 그릇에 담겨 있는 탁한 액체, 감자튀김이 널려 있었다. 첸은 맨발로 나와 그들이 내준 의자에 앉았다. 파란색 비닐 차일 밑으로 복사열이 고여서, 맨발에 닿은 시멘트 바닥이 뜨거웠다. 첸은 움찔, 잠깐 발을 바닥에서 뗀 후 다시 내려놓았다.

"어디에서 왔습니까?"

문을 노크했던 동양인 남자가 첸에게 맥주병을 하나 건네며 물었다.

"영국에서 왔습니다." 첸은 국적을 묻는 말인 줄 알면서도 부러 다른 말을 했다.

"아? 아! 그렇군요. 어쨌든 만나서 반갑습니다."

주홍색의 헐렁한 바지에 칼라가 없는 윗옷을 입은 남자가 인사했다. 자신을 한국인이라고 소개한 그는 예사롭지 않은 옷차림으로 보아 인도 여행에 정통한 사람인 듯했다.

"마더 테레사의 집에 봉사하러 다니지요?"

군데군데 찢어진 청바지를 입고 윗옷은 벗어젖힌 남자가 물었다. 이스라엘이 국적이라고 자신을 소개한 남자였다. 다부진 체격의 그 남자는 어쩐지 묻기보다 따지는 듯한 말투를 쓰고 있었다. 짧게 머리를 친 그 남자의 표정과 어투는 상당히 공격적이었다. 군기 맛을 병사들에게 보이던 습관에서 미처 못 벗어난, 막 전역한 하사관 같았다. 턱을 약간 쳐들고 있는 탓에 상대적으로 눈을 내리깔고 말할 수밖에 없는 그의 태도는 첸의 심기를 불편하게 했다.

"봉사하러 다닌다기보다는……, 그저."

엉겁결에 끌려 나온 첸은 갑자기 선제공격을 하듯이 묻는 질문에 말을 흐렸다.

"콜카타를 찾아오는 이방인들은 두 부류죠. 마더 테레사를 사랑하는 부류와 칼리 여신을 사랑하는 부류. 한쪽은 평화를, 한쪽은 파괴를 지향하는 점에서는 다르지만, 여자를 찾아 이곳까지 온다는 점에서는 동일하지요."

헐렁한 옷차림에도 작고 마른 체구가 느껴지는 한국 남자가 탁한 액체를 컵에 따르며 말했다. 그의 얼굴은 첸을 향해 있는데도 눈은 첸 너머에 있었다. 전작이 있었는지 그의 낯빛이 불쾌했다.

"말씀을 재밌게 하시는군요. 여자를 찾아 콜카타에 온다는 말. 하긴 세상의 모든 남자들은 평생 여자의 뒤꽁무니를 따라다니지요. 하지만 마더 테레사나 칼리 여신이나 쉽지 않은 여자들이지 않습니까? 당신은 어떤 여자를 찾아왔습니까?"

노란색으로 머리카락을 염색한 일본 남자가 첸에게 물었다. 첸의 방문을 노크한 남자답게 호기심이 많은 듯했다.

"글쎄요. 한 번도 생각해 보지 않아서……."

첸은 스스로 생각해도 얼뜨고 답답한 자신의 모습에 건짜증이 일었다. 인도가 이방인에게 가져다주는 강렬한 정서적 호소력을 첸도 실감하고 있긴 하지만, 그들이 은근히 드러내는 득의만만한 태도는 별로 달갑지 않았다. 인도 여행자 특유의 약간 초탈한 듯한 태도는 초보 여행자에게 일종의 우월감을 나타내는 형식으로 나타났다. 이곳에 온 얼치기 히피들과 지금 무슨 말을 하고 있는 건가. 첸은 마더 테레사의 집을 다녀온 뒤의 묵지근한 피곤과 기분 좋은 탈진이 신경전으로 다시 날카로워지고 있는 것을 느꼈다.

"저는 칼리 여신을 찾아왔습니다. 칼리의 붉은 혓바닥이 나를 유혹하는데, 그녀의 발밑에 칼리지 않고 배길 수가 있겠습니까? 칼리는 팜므 파탈이에요. 그러니 칼리 여신이 마더 테레사보다는 훨씬 유혹적이지요. 안 그렇습니까?"

격실격실한 목소리의 이스라엘 남자는 첸을 겨냥하며 대답을 촉구했다. 무엇이 그 남자를 뒤틀리게 하는지 첸은 전혀 이해할 수 없었다.

"……."

첸은 기묘하게 꼬인 유태인 남자의 질문에 전혀 대꾸하고 싶지 않았다.

"마더 테레사는 콜카타를 구제 받을 길 없는 지옥으로 만든 여자입니다. 그녀가 밑그림을 그린 지옥도에 수많은 유럽인과 세계 각처에서 온 배부른 자들이 끝없이 밑천을 대고 있지요. 별 영향력 없고 끗발 없는 현대의 교회 대신에 마더 테레사가 마련해 준 성소에 찾아와 면죄부를 받아 가는 인간들이 바로 당신 같은 인종들이지요. 마더 테레사는 중세에 이미 시효 만료된 면죄부를 현대에 복원시킨, 부활한 여자 그리스도라 이 말입니다. 마더 테레사의 집에 가보면 순교하고 싶어 안달 난 선지자들처럼 거룩하고 착한 표정으로 죽어가는 자를 시중드는 인간들로 득시글거리지요. 자기 나라에서 굶어 죽어가고 벌레처럼 살아가는 동족들에게는 돈 한 푼 건네지 않으면서, 이곳까지 바득바득 제 돈 들여 찾아오는 목적이 별로 숭고하게 보이지 않습니다."

청바지의 비아냥이 재미있는지 다른 두 남자는 킬킬거리며 웃어댔다.

"마더 테레사에 대한 새로운 관점이군요. 하지만 솔직히 말하자면, 콜카타가 지옥은 아닐지라도 연옥 정도는 되지 않습니까?

콜카타가 천당이라면 사실 별 재미가 없겠지만 말이지요.”

주홍색 바지가 새끼손가락만 한 잎담배를 연거푸 피우면서 말을 받았다. 탁한 액체를 빈 컵에 다시 따라 마시는 그의 안색이 창백해지고 있었다.

“콜카타에 온 지 얼마 되지 않아서, 마더 테레사나 칼리 여신에 대해 별생각이 없습니다.” 첸이 말했다.

“별생각이 없다……, 하지만 얼마 지나지 않아 원하지 않아도 많은 생각을 하게 될 겁니다. 하다못해 인생은 길이다, 라는 진부한 생각마저도…….”

노랑머리가 자리에서 일어서며 말했다.

“아, 그리고 잊기 전에 마더 테레사의 실책 하나, 더 말하지요. 그녀는 가난하고 병든 다수의 콜카타 사람들로 하여금 문제의 본질을 깨닫지 못하도록 만들었습니다. 콜카타를 세계 최악의 빈민굴로 인정한다 치고, 그렇게 만든 원인에 대해 정치적으로 행동을 취하지 못하도록 자선이라는 최악의 스크린을 쳐버린 것이 최대의 실책입니다.”

신랄한 비난과 독설이 마치 날카롭고 정확한 비판이라고 알고 있는 듯한 청바지는 자신의 말에 취한 것 같았다. 단 세 명의 이방인 앞에서 마더 테레사의 음험한 술수를 제대로 까발리고 있다는 자아도취가 청바지의 표정에 역력했다. 노랑머리가 다시 자리에 돌아와 앉으면서 탁자 위에 담뱃갑을 올려놓았다. 주홍색 바지가 의미 있는 웃음을 띠며 담뱃갑에서 한 개비를 빼서 불을 붙였다. 청바지도 한쪽 눈을 찡긋 감으며 담배 한 개비를 뺐다. 세 남자가 동시에 깊게 호흡을 들이마시며 담배를 빨아댔다. 습습한 허공으로 퍼져가는 연기는 첸에게도 익숙한 것이었다. 영국으로 유학을 갔던 스무 살 시절에 맡았던 냄새였다. 마리화나였다.

첸이 뉴 마켓 앞 광장이나 수데르 거리를 지나가면 콜카타 현지 마약 상인들이 은밀하게 옆으로 다가와서 "간자, 간자"라고 속삭이며 끈질기게 따라붙곤 했다. 그들은 마리화나를 '간자'라고 불렀다. 첸이 곤혹스러운 표정을 지으며 손사래를 치면, 간자의 뜻을 못 알아들은 줄 알고 속사포처럼 다른 종류의 마약 이름을 뇌까렸다. 마이크로 닥터, 차라스, 애시드, 브라운 슈거, 하시시……. '노'라고 응대해 주면 그들은 더욱더 악착같이 따라붙었다. 처음부터 '예스'라고 허락하지 않는 것이 마약을 구입하는 여행자들의 전형인 모양이었다. 파는 사람이나 사는 사람이나 나름대로 단속을 피하는 어설픈 위장인 셈이었다. 네팔이나 인도 같은 제3세계를 정신적 해방구로 찾는 21세기 히피들이 마약 상인들의 밥줄이었다.

"마더 테레사가 이곳 사람들을 비정치화하는 데 앞장섰다는 것은 좀 억측 같은데요. 콜카타를 장악한 집권당이 공산당인데, 그럼 그 집권당은 허수아비인가요?"

까칠하게 수염이 돋은 턱을 손으로 쓸며 주홍색 바지가 청바지에게 물었다.

"식민지 시대 때 웨스트 벵갈 주에 포함된 콜카타가 치열하게 싸운 전력이 있다고 압니다. 그 가열한 투쟁을 조직적으로 장악하던 세력이 지금 집권당의 모태가 되는 공산주의자들이었지요. 하지만 장기 집권한 모든 권력이 절대 부패하듯이 콜카타 공산당도 썩었어요. 완전히 썩었어요.”

기독교에 대해서도, 공산주의에 대해서도 청바지의 불신은 단호했다. 청바지의 단호함은 이스라엘이 끝없이 테러의 대상이 될 수밖에 없는 독선적인 경향을 대변하는 것 같았다. 눈에는 눈으로, 이에는 이로, 무식하게 적과 맞붙는 대책 안 서는 무뢰배의 나라에서 온 사람다웠다. 경멸과 조소는 세상과 대상에 대해 가래침을 뱉음으로써 얼룩을 만들 수 있을지도 모릅니다. 그러나 가래침만으로 세상은 바뀌지 않습니다. 경멸만으로 성취할 수 있는 것은 비아냥을 통한 자기 위안밖에 없을 것 같군요. 첸은 청바지에게 속으로 말했다. 제대로 대화가 안 될 것 같은 대상과는 차라리 말하지 않는 편을 선호하는 첸은 청바지에게 응수를 할 마음이 없었다. 습기와 취기가 뒤섞여 온몸이 끈적거리며 불쾌했다. 적당한 때에 일어날 기회만 찾는 자신의 어정쩡한 태도도 별로 마음에 들지 않았다.

첸과 두 남자가 마주 앉아 있는 곳의 건너편 위치에 있는 방에서 인기척을 의도적으로 알리는 헛기침 소리가 났다. 열린 문으로 들려오는, 톤이 약간 높은 소프라노 헛기침은 여자의 것이었다. 남자들이 무료한 오후에 벌인 탁상공론을 여태껏 듣고 있었다는 신호가 역력했다. 헛기침의 주인공이 누구인지는 모르지만,

그녀가 청바지의 마지막 의견에 맞춰 개입하겠다는 의사로 모두
들 받아들인 눈치였다.

　잠시 후에 헛기침의 주인공이 나타났다. 탑 탱크에 칠부 면바지
를 입은 여자였다. 첸이 마더 테레사의 집에서 보았던 벨기에 출
신의 한나 베르붐이라는 여자였다. 여행 책자에서 소개한 외국인
여행자들을 위한 호텔, 그것도 장기 투숙자를 위한 값싼 호텔에
대한 정보가 빈약한 데다 천편일률적이어서, 콜카타에 오는 외국
인들은 히말라야 깊숙한 곳이나 사막 한가운데로 가지 않는 한 자
주 부딪치고 만날 수밖에 없었다. 주홍색 바지가 서둘러 공동 수
돗가 옆에 놓여 있던 플라스틱 의자를 가져왔다. 청바지와 주홍색
바지, 노랑머리는 뜻밖에 나타난 그녀에 대한 호기심을 굳이 숨기
지 않는 표정이었다.

　"대화를 나누는 도중에 끼어들어 죄송합니다. 일부러 엿들은
것은 아닌데, 이야기가 재밌기도 하고 의미 있는 것 같기도 해서
요. 한데 마더 테레사 부분은 인정하기가 좀 어렵더군요."

　그녀의 말에 청바지가 제일 먼저 긴장하고 있었다. 그녀는 당
장 손해 보는 한이 있더라도 자신이 옳다고 믿는 것에 대해서는
좀체 타협하지 않는 직선적인 성격인 것 같았다.

　"아, 당신도 칼리가트에 나가시는가 보군요?"

　'마더 테레사의 집'이라는 명칭을 굳이 피해 가면서, 마더 테
레사의 집 옆에 있는 사원인 칼리가트라고 지칭하는 청바지의 수
순은 약삭빨랐다. 청바지의 질문에는 비꼬는 투가 역력했다. 그

녀가 이 대화에 끼어든 이유를 알겠다는 비아냥 섞인 조소가 청바지의 입가에 맴돌다 재빨리 사라졌다.

"예, 마더 테레사의 집에 나갑니다. 오늘도 다녀왔습니다. 당신이 의도하신, 모든 위대함 뒤에 도사린 음험한 이데올로기의 허상을 까발리고 진실에 좀 더 접근하려는 발상에 대해서는 저도 공감하고 박수를 보냅니다만……, 적어도 기본적인 토대와 총체적인 시각에서 논의를 전개하는 것이 최소한의 의무가 아닐까 생각합니다. 중·고등학생용 인도사만 읽어봐도 당신의 말이 얼마나 과장됐는지 알 것입니다. 수천 년 동안 도도히 이어져 온 카스트 제도와 힌두교가 어떻게 인도인의 대다수를 차지한 불가촉민과 하층 계급을 치유 불가능한 끔찍한 빈곤과 고통 속에 허우적거리게 만드는 원인을 제공하고 기초를 단단히 했는지 알기나 하십니까? 그 위대한 부처도, 마하트마 간디도, 네루도, 여타의 위대한 인도의 성자들과 정치가들도 끝내 해결하지 못한 고질적인 병폐인 카스트 제도와 종교의 위력을 알고나 하는 말인지 되묻고 싶습니다. 혹시 마더 테레사의 집에 가보신 적이 있습니까?"

그녀는 품위 있고 분명한 단어를 구사하면서 청바지와는 다른 자신의 견해를 개진했다.

"아, 저요? 물론 칼리가트에 가봤지요. 당연히 칼리 여신을 만나러 가기 위해서이긴 하지만……."

짓궂은 말 재치를 부리는 청바지는 정확하게 그를 겨냥한 비판을 비켜 가려 애쓰고 있었다.

"당신의 말을 빗대어 말하자면, 저 같은 사람은 콜카타의 가난한 사람들로 하여금 그들의 슬픈 운명을 말없는 위엄과 믿음으로 인내하면서 그리스도가 걸었던 십자가의 길을 반복하라는, 마더 테레사가 의도한 작전의 이데올로기적 이득을 위해 투입된 건가요? 그들이 자신의 곤란한 처지에 대한 원인을 찾아 나서지 못하도록 말리기 위해, 그들의 상황을 정치화하지 못하도록 말리기 위해 온 건가요? 아니면 그녀의 자비로운 활동에 금전적인 기부를 함으로써 제공해 준 일종의 대리 속죄의 기회를 찾아 지옥으로 순례의 길을 나선 부유하고 할 일 없는 속물 유럽인인가요? 이 대목에서 오해가 있을까 봐 미리 말씀드리지만, 저는 가톨릭과는 아무런 상관 없는 무신론자입니다."

"……."

노랑머리와 주홍색 바지는 골치 아픈 논쟁에 끼어들지 않겠다는 투로 팔짱을 끼거나 어색한 기침을 했다. 남자들만 있는 자리에 여자가 나타나서 야릇하고 부드러운 분위기가 연출되리라 여겼던 기대가 여지없이 무너지고 만 표정이었다. 무료한 오후, 심심파적의 한담이 팽팽한 긴장감 도는 어처구니없는 결과를 빚은 상황을 두 남자는 약간은 억지웃음으로 무마하려 들었다. 엎질러진 우유가 복사열에 부글거리다가 서서히 응고되어 가는 것처럼, 그녀의 질문은 대답 없는 침묵 속에 가라앉고 있었다.

첸은 공허감으로, 주홍색 바지는 권태로, 노랑머리는 움츠림으로, 청바지는 굳은 표정으로 질문 속에 상대를 충분히 공격하고 패배시킨 그녀의 웅변조의 말에 응수할 뿐이었다. 아무 결론도 맺지 못한 논쟁의 딱딱하고 어색한 분위기를 떨치려고 주홍색 바지가 허공에 손사래를 치며 짐짓 큰소리로 외쳤다.

"그러고 보니 술이 다 떨어졌군요. 술 한잔 더 하러 가지 않겠습니까?"

해변에서 노닥거리다가 갑자기 거센 물살의 파도를 세차게 얻어맞은 것처럼 얼떨떨해하던 청바지가 주홍색 바지의 제의에 제일 먼저 의자를 박차고 일어섰다. 그 뒤로 노랑머리가 탁자 위에 놓인 담뱃갑을 주섬주섬 챙겨 들고 나섰다. 함께 술래놀이를 하다가 술래만 두고 모두 떠나버린 것 같은 분위기에서 그녀만 남겨놓고 일어서기가 민망했다. 그녀도 그랬던가. 그를 쳐다보며 물었다.

"혹시 사막에는 다녀오셨습니까?"

"아니오, 아직 못 가봤습니다. 그렇지 않아도 여행자들이 타르 사막 한가운데에 있는 자이살메르가 썩 괜찮다고들 하던대요. 어떻습니까?" 첸이 그녀에게 물었다.

"저도 아직 가보지 못했습니다. 그곳에 가면 바람이 사막의 표면을 가르며 만든 무늬가 장관이라더군요." 그녀가 대답했다.

"다음 여행지인가 보죠?" 첸이 물었다.

"예, 자이살메르로 갈까 합니다. 사막 밑에도 나일 강의 백 배 수량의 지하수가 있다고 하더군요." 그녀가 말했다.

"아, 그렇군요." 첸이 고개를 끄덕이며 말했다.

맥락 없는 대화로 난감한 분위기를 무마하려는 첸의 노력에 그녀도 이야깃거리를 찾으려 애쓰고 있었다. 하지만 이내 말이 끊겼고, 결국 다시 어색한 침묵. 역시 첸보다 더 용감한 여자가 자리를 수습했다.

"그럼, 이만. 남은 시간 좋은 여행 하시길 바랍니다."

"당신도……."

첸은 한나 베르붐이 자리를 뜬 뒤에도 한참을 맨발로 우두커니 서 있었다. 타르 사막, 사막의 표면, 자이살메르, 바람 무늬, 사막 밑의 나일 강, 혹시 사막에는 다녀오셨습니까. 차양 밑 혼자 남은 뜨거운 어둠 속에서 첸은 중얼거렸다. 무엇에든지 끝까지 다다르지 못했다는 생각, 형과 끝까지 함께하지 못했고, 쿨만을 죽을 때까지 사랑하지 못했고, 생의 변두리만 어슬렁거렸고, 관계를 사막으로 만들면서도 지레 싫다고 툭툭 치고 다녔다는 생각이 들었다. 사막 안에도 오아시스가 있고, 사막 밑에도 나일 강보다 백 배는 많은 맑은 물이 출렁거리고 있다는데. 목이 말랐다. 첸은 뜨겁고 달고 독한 인도 차가 마시고 싶었다. 맨발로 게스트 하우스를 나섰다. 거리에는 맨발의 아이들이 뛰어다니고 있었다.

9

슈크라는 6시에 일어나서 몸을 씻었다. 두 번째 임신이어선지 사 개월째인데도 제법 배가 봉긋했다. 첫 딸을 낳은 뒤로, 남편과 시부모는 아들 생산을 위해 치성을 드리라고 노골적으로 요구했다. 허리까지 닿는 머리카락을 풀고 백단향 샴푸로 머리를 감았다. 세숫대야에 검은 수초처럼 풀려가는 머리카락을 헤집다가 슈크라는 눈물을 쏟을 뻔했다. 아이를 밴 뒤로 슈크라는 마음이 쓸쓸하고 슬펐다. 입덧이나 달라진 몸 상태 때문만이 아니라는 것을 그녀는 누구보다 스스로 잘 알고 있었다. 두 번째 임신을 하면서, 이제는 더 이상 물러설 수도 깨뜨릴 수도 없는 현실을 뼈저리게 느꼈다.

크리슈나와 헤어지고 난 후에, 그녀는 부모가 주선한 남자와 맞선을 보았다. 현물 거래를 하는 상인들처럼 별로 밑질 것도 남을 것도 없는 엇비슷한 위치의 남자와 선본 지 팔 개월 만에 부부의 연을 맺었다. 슈크라가 어렸을 적부터 친정어머니가 하나하나 모아둔 귀금속과 적정한 수준의 결혼 지참금인 다우리를 신랑 측에 건넸고, 신랑 측은 슈크라의 하얀 살빛에 대단히 만족스러워하며 가장 껄끄러운 지참금 문제에 대해 별다른 토를 달지 않았다.

신랑 측 친구들이 축하연에서 최신 힌디 유행가에 맞춰 광란의 춤을 추는 것도, 손바닥과 발바닥에 붉은 염료로 물들이며 메헨디를 하는 것도, 머리끝에서 발끝까지 현란한 빛깔의 비단 사리를 휘감고 보석으로 치장을 하는 것도, 이박 삼일의 길고도 끔찍한 결혼식도 슈크라는 남의 일처럼 느껴졌다. 신랑이 슈크라를 아내로 맞아들인다는 의미로 가르마에 붉은 가루를 엄지로 찍어 발라주는 시두 의식의 긴장된 순간에도 슈크라는 아무 느낌이 없었다. 아니, 오직 크리슈나만 생각하고, 신랑에게서 크리슈나의 모습만 떠올렸다.

초례를 치르던 날, 슈크라는 누워 천장에 매달린 팬이 원심력에 의해 날개의 형체를 지우며 돌아가는 것만 신랑의 벌거벗은 등 위로 올려다보았다. 크리슈나가 아닌 다른 남자에게 몸이 열리는 것이 서글펐다.

크리슈나가 슈크라를 갖고 싶다고 말했을 때 그녀는 이별이 가까워졌음을 직감했다. 그를 만나기로 했던 날, 슈크라는 햇감자를 얇게 채 썰어서 새 겨자 오일에 튀기고 양고기 카레와 빵을 만들어 이 인분의 도시락을 정성스럽게 쌌다. 콜카타 시내에서 크리슈나를 만나 함께 버스를 타고 식물원에 갔다. 정문에서부터 뱅골 보리수까지 걸었다. 크리슈나는 슈크라의 손을 잡고 단 한 번도 놓지 않았다. 한참 걷다가도 그의 손수건으로 슈크라의 이마에 맺힌 땀을 세심하게 닦아주곤 했다. 크리슈나의 절박한 애정 표현이 죽어가는 사람에 대한 마지막 헌신과 사랑인 것처럼 느껴져 마음이 아팠다. 연못에는 가시연과 수련이 말갛게 꽃을 피우고 있었다. 햇살 속에 빛나는 아름다운 풍경조차 슈크라에게는 황량하기만 했다.

세상에서 제일 큰 나무라고 하는 뱅골 보리수 근처의 나무 그늘 아래 풀밭에 앉아 슈크라가 싸 온 도시락을 펼쳤다. 슈크라는 살코기만 발라 빵에 싸서 크리슈나의 입에 넣어주었다. 그와 함께할 지상에서의 마지막 식사라는 생각 때문에 슈크라는 한 입도 먹을 수 없었다.

단 한 그루의 나무가 숲 하나를 이루고 있는 뱅골 보리수. 가지가 내려와 땅에 뿌리를 박고, 그 뿌리가 다른 가지를 엮어와 또 하나의 줄기를 만드는 나무. 세상에서 제일 큰 나무라는 이름을 듣고 찾아온 사람들은 나무의 몸피나 높이가 아닌 기이하고 낯선 방식으로 세상에서 제일 큰 나무가 된 뱅골 보리수를 보고, 그들의 안일한 상상력을 한 대 얻어맞은 표정을 짓곤 했다. 슈크라는 뱅골 보리수를 보면서 크리슈나와의 사랑이 현실을 뛰어넘는 방식은 없을까 생각했다. 선입견과 고정관념을 완벽하게 깨뜨리면서 세상에서 제일 큰 나무가 된 저 뱅골 보리수처럼. 하지만 나무가 아닌 바에는 카스트도 돈도 성별의 구별도 없는 세상은 이승 바깥, 저승뿐이리라.

파크 서커스 근방에서 길가의 먼지를 뒤집어쓴 백 년도 더 된 낡은 호텔 앞에서 머뭇거리는 크리슈나 대신 슈크라가 먼저 호텔 안으로 들어섰다. 호텔이 밀집되어 있는 수데르 거리에서는 내국인을 받지 않고 오직 외국인만 받는다는 황당한 규정 때문에 슈크라와 크리슈나는 이곳까지 올 수밖에 없었다. 주춤거리며 뒤따라오던 크리슈나에게 슈크라는 지갑에서 돈을 꺼내 내밀었다. 호텔비가 크리슈나에게 적지 않은 부담이 되리라는 것을 슈크라는 알고 있었다. 그녀에게서 돈을 건네받은 크리슈나의 표정은 목이 떨어지기 직전의 가네시 신 같았다.

객실에 들어온 뒤에도 크리슈나는 바지 주머니에 양손을 찔러 넣은 채 말없이 서 있기만 했다. 열어둔 창으로 거리의 온갖 소음이 밀려왔다. 슈크라는 창문을 닫고 커튼을 쳤다. 젖혀진 커튼 안쪽에 있던 쥐 한 마리가 화들짝 놀라 풀쩍 뛰더니 창밖 난간을 타고 달아났다. 창문도 닫고 커튼도 쳐버리자, 실내는 화로 속처럼 무더웠다. 그녀는 전등과 선풍기 스위치를 올렸다. 전등갓 위에 있던 연녹색 도마뱀 두 마리가 벽을 타고 잽싸게 올라갔다. 탁자 위에 올려진 물병을 들어 마개를 비틀었다. 석회 가루가 둥둥 뜨는 수돗물을 채웠을 물병은 이미 누군가 사용했던 것이어서 마개를 반쯤만 틀었는데도 쉽게 열렸다. 찌그러진 양철 재떨이 옆에 놓인 물 얼룩이 진 유리컵을 들어 물을 따랐다.

"물 마실래?"

물컵을 건네며 말을 붙이는 슈크라를 향해 크리슈나는 고개조차 돌리지 않았다. 무엇보다 스스로에게 화가 났다는 것을 슈크라는 잘 알고 있었다. 마르크스와 레닌의 사진이 전혀 닮지 않은 이란성 쌍둥이처럼 나란히 붙어 있던 학생조합실에서도 크리슈나는 슈크라를 뜨겁게 안고 격렬한 키스를 퍼붓지 않았던가. 돈이 없는 대학생들이 모두 그렇듯이 둘만 있는 공간만 생기면 서로를 미친 듯이 탐하는 것처럼, 그들도 강의가 끝난 강의실에 숨어들듯이 찾아가 안타깝고 절박하게 당기지 않았던가.

"이리 와."

슈크라는 가방에서 붉은 면실을 꺼내며 크리슈나에게 말했다.

"나한테 이래라저래라 하지 마!"

크리슈나가 갑자기 버럭 소리를 질렀다. 바보 같으니라고. 그는 괜한 심통을 부리며 어깃장을 놓는 어린애처럼 굴고 있었다. 크리슈나는 발을 쿵쿵 울리며 걸어가더니 화장실 문을 왈칵 열었다. 쪽 창문 하나 없는 컴컴한 화장실에서 물비린내가 훅 실내로 끼쳤다. 크리슈나는 세차게 문을 닫고는 안쪽에서 걸쇠를 채워버렸다. 녹슨 쇠붙이를 억지로 뜯어내는 것 같은 둔탁한 쇳소리 끝에 세차게 물이 쏟아지는 소리가 들렸다. 물소리에 섞여 주먹으로 박살 낼 듯이 벽을 치는 소리가 둔중하게 울렸다. 슈크라는 문을 열고 들어갈 수가 없었다. 그가 자신의 슬픔과 싸우면서 통제력을 유지하기 위해 안간힘을 쓰고 있다는 것을 너무나 잘 알기 때문이었다.

문을 열고 나온 크리슈나가 슈크라의 옆에 가만히 앉았다. 슈크라는 그의 어깨에 머리를 기댔다. 슈크라의 손을 덮은 그의 손등이 벌겠다. 인도의 모든 신부들이 붉은 인장이 새겨진 사랑의 계약서 같은 손바닥을 하듯이, 슈크라도 지난밤에 영원한 사랑을 가져다준다는 전통 헤나 문양을 손바닥에 새겼다. 슈크라는 준비한 면실을 크리슈나의 손목에 감아주었다. 락샤였다. 세상의 모든 악으로부터, 불행으로부터 크리슈나를 막아주기를 바라는 의미였다. 더 이상 크리슈나의 곁에 머물 수 없는 슈크라가 해줄 수 있는 최선의 바람이었다. 마지막으로 묶은 락샤의 매듭 위로 눈물이 툭, 떨어졌다.

"미안해."

잘못됐다고 말할지언정 미안하다고 말하지 않는 것이 인도 남자이다. 크리슈나의 입에서 나온 그 말이 슈크라를 목메게 했다. 가슴에 크리슈나를 안고 그의 등을 갓난아이 어르듯이 쓰다듬고 또 쓰다듬으면서 슈크라는 그를 향해 속으로 되뇌었다.

'피리 부는 자가 한 음을 짚으면 한 음을 잃듯이, 어떤 것을 손으로 붙잡으면 또 다른 것을 손에서 놓아야 하는 것은 삶이 우리에게 가르쳐준 진실이지. 외부의 것을 잃으면 내면의 깊이를 얻듯이……. 그런 의미에서 삶은 공평하지. 땅이 낯설어 하늘을 본다지. 삶이 누추하고 덧없어지고 쓸쓸해지면 너를 기억할게. 이미 내 안에 있는 네가 실체가 아니어도 괜찮아. 내 삶에 의미를 부여할 환상은 앞으로 절대적으로 필요할 테니까……. 때론 달래지지 않는 울음이 쏟아져도, 세상에서 가장 뜨겁고 쓸쓸한 사랑이어도, 삶이 아무리 추악한 것이라 하더라도 사랑을 감추고 있다는 사실 하나로, 네가 이 땅에 존재하는 것 하나로, 나는 살아볼 만하다고 생각해. 어느 시인이 그랬다지. 무작정 사랑의 말을 하고 사랑의 말을 들려주는 것, 바로 그것이 우리가 숨 쉬는 유일한 방법이라고…… 모든 사랑은 증오로 가득 찬 세상 안에서만 피는 꽃이라고…… 사랑으로 가는 먼 길, 그 먼 길로 가기 위해서는, 도피가 아니기 위해서는, 우리는 무작정 건강해야 한다고……. 우리 열심히 살자. 살아보니, 네가 홀연히 내 앞에 놓여 있었듯이……. 아주 아름다워져서 이 억지 같은 삶을 견뎌보자. 아름다운 네 앞에 서기 위해서는 나도 아름다워야 할 테니까. 그 아름다움에 취해 네가 내 곁을 떠나지 않을 테니까. 비록 우리가 지금 헤어진다 해도…… 크리슈나야, 아미 또마께 발로바시, 나는 너를 사랑해.'

그날 슈크라는 크리슈나를 몸속 깊이 받아들이면서 신음처럼 오래 혼잣말을 되뇌었다.

슈크라는 남편이 운영하고 있는 수데르 거리의 게스트 하우스에서 보았던 한국 여자를 떠올렸다. 그 여자라면 인천이 어떤 곳인지 알 수 있을 터였다. 슈크라는 남편에게 저간의 속내를 들키지 않고 크리슈나가 일했다던 한국의 인천에 대해 물어볼 방법을 고민했다. 여간해서는 게스트 하우스에 나오지 않던 슈크라였다. 무엇보다 남편이 마뜩잖아 했다. 외국인들을 상대로 돈을 벌고는 있지만, 이방 여자들의 자유분방한 행실에 대해서는 늘 못마땅해 하는 남편이었다. 그런 남편 때문에 게스트 하우스 근처에 있는 뉴 마켓에 장을 보러 나올 때조차도 게스트 하우스에 들르지 않고 집으로 곧장 들어가곤 했다.

하지만 크리슈나와 헤어진 이후로 그의 소식을 접할 수 없었던 슈크라에게 그의 동생인 아존이 소식을 전한 뒤로는 그저 눈치만 보고 있을 수가 없었다. 아존이 슈크라에게 서류와 몇 통의 편지를 전했다. 그것들을 받아 들었을 때 슈크라는 온몸에서 피가 다 빠져나가는 것 같았다. 그 종이 묶음이 뭘 의미하는지 읽어보지 않아도 알았다. 크리슈나를 한국으로 내몬 것도, 크리슈나를 죽게 만든 것도 자신이라는 죄책감에 슈크라는 미칠 것만 같았다. 아존은 슈크라에게 서류를 건넴으로써 일말의 책임을 지라는 의도를 전한 것이었다. 한국을 전혀 모르는 크리슈나의 가족이 어떤 경로로든 서류에 담긴 그의 죽음을 이해할 수 있는 방법을 찾으라는 뜻이라는 것을 슈크라는 절절하게 알고 있었다. 슈크라가 그나마 우선 당장 찾아낼 수 있는 방법이라야 고작 남편의 게스트 하우스에 투숙하는 한국인 여행자를 통해 작은 실마리라도 잡는 것밖에는 없었다.

그래서 슈크라는 남편 몰래 게스트 하우스 숙박 일지에서 한국인을 찾아보았다. 강준하. 한국인. 여자. 슈크라는 그녀가 투숙한 룸을 찾아갔지만 아무도 없었다. 슈크라는 게스트 하우스 객실로 들어가는 입구에서 강준하라는 여자가 오길 기다렸다. 삼십 대 중반의 서글서글하고 주의 깊은 눈매를 가진 여자가 나타났다. 왠지 다정다감하고 인간적인 사람 같아 보였다. 어쩌면 그런 사람을 만나고 싶다는 간절한 바람 때문에 그녀를 그렇게 보았는지도 몰랐다. 그녀라면 슈크라가 묻고 싶은 것을 대답해 줄 수 있고, 그녀라면 크리슈나의 가족에게 서류가 무엇을 의미하는지 설명해 줄 수 있을 것만 같았다. 그녀가 그렇게만 해준다면 슈크라는 그녀에게 무릎을 꿇고 맨발에 입을 맞추는 극진한 예를 다할 수 있을 것 같았다. 하지만 아직 그녀와 이야기를 나눌 수 있는 기회조차 갖지 못했다. 그녀는 게스트 하우스를 자주 비웠고 슈크라는 남편의 눈치를 살펴야 했다.

10

준하는 크리슈나의 집에 가기 위해 버스를 탔다. 크리슈나의 집이 있는 바라샤트라는 곳은 온갖 사람으로 법석대고 바글거리는 전형적인 소읍이었다. 준하는 서류가 든 가방을 다시 추슬렀다. 얼굴 한 번 본 적 없는 크리슈나라는 사내의 고향 집을 찾아가는 마음을 추스르기 위해서였다. 어떻게 그의 가족을 만나야 할지, 어떻게 소식을 전해 주어야 할지 준하는 마음이 무겁기만 했다. 듣지도 보지도 못한 바라샤트 행은 슈크라가 애절하게 부탁했던 일이었다. 처음에 주저하고 머뭇대던 태도와는 다르게 슈크라는 준하와 절박하게 만나길 요구했다. 인천을 들먹거리는 것도 예사롭지 않거니와 슈크라가 내민 서류와 편지들은 준하에게 선택의 여지가 없음을 일러주었다. 한 여자와 한 남자가 했던 사랑과 이별만으로 흘려듣기에는 슈크라의 고해성사가 너무 절망적이었고 크리슈나라는 사내의 죽음이 너무 비극적이었다. 정말

인정하기 싫지만 한국인으로서 어쩔 수 없는 일말의 책임 의식도 찾아들었다. 첸을 만나기 위해 온 인도가 죽은 크리슈나라는 사내를 만나라고 등을 떠민 꼴이 되고 말았지만, 달리 뾰족한 수도 없었다.

한낮의 태양이 머리맡에서 자글자글했다. 준하의 뒤꽁무니에 매달려 다니는 키 작은 난쟁이 그림자. 그녀는 자신의 그림자를 돌아다보았다. 그림자는 냉큼 그녀 뒤로 물러섰다. 준하는 앞으로 몇 발자국을 내딛었다가 다시 돌아섰다. 약삭빠른 땅개처럼 그림자는 준하의 뒤에 있었다. 햇빛 쩡쩡한 주택가에 난데없이 기타 선율이 들려왔다. 열린 문 사이로 거리를 적시는 서늘한 기타 선율, 낯설고 애수 어린 인도 음악이 흘러나왔다. 어둑한 방의 침대 위에 걸터앉아 젊은 인도 사내가 시타르를 퉁기고 있었다. 현을 짚느라 그의 짙은 눈썹 아래에 있는 검은 눈은 거리 밖에서 선율에 귀를 맡긴 준하를 전혀 의식하지 못했다. 그의 뜨거운 집중과 그 집중에서 나오는 선율이 준하의 땀에 젖은 귓바퀴에서 맴돌고 있었다.

집집마다 베란다나 울짱에 걸려 있는 인도 여인들의 길고 긴 사리들이 미풍에 펄럭거렸다. 벵갈의 여인들은 흑단처럼 검은 머리카락을 똬리처럼 꼬아서 꼭뒤에 얹었다. 낡고 허름한 형광색 사리를 걸치고 검은색 박쥐우산을 들고 정오의 한산한 거리를 걷는 벵갈 여자가 건너편에서 오고 있었다. 정수리에서 이마 끝으로 가르마를 탄 여자의 이마 정중앙에 손톱 크기만큼 둥그렇고 붉은색이 선명했다. 비쩍 마른 탓에 움푹 팬 그녀의 눈이 청바지 차림의 준하를 위아래로 쳐다보았다. 검은 우산 탓에 짙게 그늘이 진 얼굴 속에 흑단석 같은 그녀의 눈이 암팡졌다. 귀기스러웠다.

준하는 수첩에 적힌 크리슈나의 집 주소를 다시 한번 확인했다. 125 바라샤트 웨스트 벵갈. 집 앞에서 준하는 심호흡을 했다. 대문은 열려 있었다. 문으로 들어서려는 순간, 준하는 등 뒤에 꽂히는 눈빛을 느꼈다. 외국인을 향한 천진난만한 호기심이 가득한 벵갈 여인네들의 눈빛이 커튼 뒷자락 틈에서 반짝였다. 그녀들을 향해 고개를 돌려 손을 들고 아는 체를 해줬다. 인기척에 놀라 재재거리며 사라지는 연초록 작은 도마뱀처럼 하늘거리는 커튼 속으로 냉큼 들어가 버리는 눈빛, 눈빛들.

집 안으로 들어서던 준하와 담장에 널어놓은 사리를 걷으려던 아가씨의 눈길이 마주쳤다. 어린 얼굴에는 도장 부스럼이 심했다. 아가씨는 얼굴을 숙인 채 그냥 집 안으로 들어가 버렸다. 잠시 후에 이십 대 초반으로 보이는 청년과 오십 대의 아주머니가 준하를 맞으러 나왔다. 청년은 슈크라가 말한 크리슈나의 동생 아존인 듯했다.

"안으로 들어오세요."

청년이 옆으로 몸을 비키고 준하를 안으로 맞을 자세를 취하며 말했다. 준하가 샌들을 벗자 풀썩, 마른 먼지가 일었다. 문 앞에 놓인 거친 깔개에 준하는 맨발을 부걱부걱 문질러댔다. 준하는 청년이 내민 의자에 주춤거리며 간신히 엉덩이 끝부분만 걸친 채 그들과 마주 앉았다. 집 안에서는 인도 향이 타는 특유의 냄새가 진동했다. 준하를 바라보는 그들의 표정은 두려움과 기대가 어지럽게 교차되고 있었다. 준하는 네 번 접힌 몇 장의 종이를 그들에게 내밀었다. 아존이 슈크라에게 가져다준 서류였다. 슈크라에서 준하로, 이제는 준하가 아존과 그의 가족에게 해명해야 할 서류였다.

검시(檢屍) 증명서

1. 등록 번호: 2043756

2. 이름: 크리슈나(KRISHUNA)

3. 성별: 남자

4. 생년월일: 1974년 1월 1일(직업: 무직)

5. 본적: 인도

6. 주소: 인천광역시 세구 석남 2동 587-**

7. 사망 시간: 200*년 7월 28일 새벽 3시 25분으로 추정

8. 사망 장소: 위의 주소와 상동

9. 사망 종류: 불확실

10. 사망 원인

   1) 직접 사인: 미확인
      실행에서 사망까지

   2) 위의 1)에서 언급한 것 외에 다른 신체적 조건 없음

화장(火葬) 증명서

1. 주소: 바라샤트, 웨스트 벵갈, 인디아

2. 이름: 크리슈나(KRISHNA)

3. 주민등록번호: 740101-1000000

4. 사망 장소: 자신의 집

5. 사망 시간: 200*년 7월 28일

6. 성별: 남자

7. 화장 번호: 6732

8. 화장 장소: 인천광역시 화장터

9. 주소: 대한민국 인천광역시 세구 석남 2동 587-**번지

10. 참석자의 주소: 대한민국 인천광역시 부평구 부평 2동 산 57-*번지

11. 참석자의 이름: 안명식(주민등록번호: 520518-1018***)

12. 사망자와의 관계: 친구

13. 화장일: 200*년 8월 1일

위는 화장과 매장의 제10조 시행 조항에 의해 고인(故人)을 화장했음을 증명함

빨래를 걷다가 도망간 아가씨는 고개를 숙인 채 한쪽 구석에 조용히 앉아 있었다. 아존은 준하의 설명을 먼저 듣겠다는 눈길로 말없이 쳐다보았다. 준하는 사망 원인을 찾아 검시를 시행한 신체에 살해 혐의가 발견되지 않아 한국에 있는 인도 대사관에 시체를

넘긴 저간의 암울한 상황을 어떻게 설명해야 할지 난감하기만 했다. 한국에 돈 벌러 갔던 그들의 피붙이가 일 년여 만에 통지서로 돌아온 내막을 준하는 되도록이면 간명하게 얘기하려고 애썼다. 객석에 있던 관객이 부조리극의 주인공 역할을 맡아버린 것 같은 불편하고 거북한 심정을 준하는 애써 눌렀다. 며칠 뒤면 이들의 생에서 빠져나와 런던으로 돌아갈 수 있으리라는 생각과, 심정적으로라도 그들의 고통에 더 깊이 들어가야 한다는 생각이 엇갈렸다.

"형은 저희 집 가장이었습니다. 이렇게 돌아올 수……, 아닐 겁니다. 크리슈나라는 이름은 이곳에서 아주 흔한 이름입니다. 다른 사람일 겁니다. 그렇지요?"

충격이 채 갈무리되지 않은 듯한 아존의 추진 목소리가 형을 잃은 동생의 고통과 슬픔을 곱다시 드러내고 있었다. 아존은 알고 있었을 것이다. 다만 정면으로 받아들일 수 없었고, 가족에게 잔인한 소식을 전하는 역할을 피하고 싶었을 것이다. 아존이 슈크라를 찾아갔던 것도 형의 죽음에 대한 참을 수 없는 고통을 그런 식으로 표현했으리라는 것을, 준하는 슈크라를 통해 전해 들었다. 아존의 어머니는 사리 자락으로 얼굴을 감쌌다. 그녀의 좁장하고 민틋한 어깨가 파들거렸다. 준하는 크리슈나의 죽음을 설명해야 하는 자의 위치와 문상객으로서의 위치 사이에서 난감하기만 했다. 크리슈나의 죽음 이전을 알지 못하는 자신이 그의 죽음 이후에 남은 의문에 대해 무엇을 해명해 줄 수 있단 말인가.

죽은 자의 가족을 만나서 나누며 회상해야 할 크리슈나의 추억이 그녀에게는 없었다.

"원 락이 들었어요. 비행기 삯은 빼고 말이죠."

한국으로 들어가기 위해 아존의 형, 사망 통지서에 고지된 이름, 크리슈나가 바친 돈을 얘기한 듯했다. 원 락, 한국 돈으로 270만 원의 비용과 비행기 삯은 그의 성공을 담보로 한 가족 전체의 미래가 달린 돈이었을 것이다. 1974년 1월 1일생, 삼십 대 초반의 인도 사내가 타국으로 자신의 몸을 답삭 올리게 된 곡절이야 준하가 제대로 알 수 없지만 입맛이 쓰디썼다. 크리슈나는 정글의 아가리 속으로 말랑말랑한 머리통을 냅다 들이밀다 먹힌 것일 게다.

바라샤트 웨스트 벵갈 인디아에서 인천시 세구 석남 2동 587-** 번지로, 인천시 부평구 부평 2동 산 57-*번지로 다시 인천광역시 화장터로의 숨 가쁜 세 번의 이주. 크리슈나의 주민등록번호는 740101-1000000번. 한국 남자임을 나타내는 주민등록 뒷자리 1 다음에 있는 여섯 개의 000000이 크리슈나가 한국에서 누릴 것도 얻을 것도 없는 떨켜, 따라지 인생임을 조롱하듯 쪼란히 붙어 있었다. 한 달만 열심히 일하면 인도에서 벌어들일 일 년분의 목돈을 만질 수 있는 한국은 이즈음 이곳 남자들의 유토피아라는 말을 듣지 않아도 준하는 익히 알고 있었다. 몇 년만 이 악물고 참아내면, 남 보란 듯이 자신의 고국에서 어연번듯한 가게도 내고 한평생 가족을 먹여 살릴 수 있는 금의환향을, 그들이 꿈꾸고 있다는 것쯤은 누구나 알고 있는 것이었다. 준하가 한국에 있을 때 신문

지상이나 텔레비전 뉴스에서 간혹 접하곤 했던 재수 없는 금의환
향이 된, 아니 죽어서도 조국에 돌아가지 못한 제3세계 유랑민 한
사람이 준하 앞에 날것으로 놓여 있었다. 얼굴도 모르는 크리슈
나의 죽음이 준하를 곤혹스럽게 했다.

준하가 도망치듯 떠나왔던 그곳에 전 생애를 걸고 뛰어든 사람
들. 콜카타에 머물면서 준하는 걸망 하나만 메고 운수행각을 하
듯 떠도는 수많은 외국인들을 보았다. 따뜻하고 편안하고 안락한
곳에 반항하듯, 바라나시에 있는 싸구려 호텔의 후미진 방구석으
로, 고아 해변의 허름한 술집과 질척거리는 해변으로, 아그라의
삭아 내릴 것 같은 성벽으로, 다르질링과 다람살라의 뼈를 망치
질하듯 추운 바람이 이는 산등성이로, 히말라야 설산이 보이는
강고트리로, 사람의 발길이 거의 없는 히말라야 계곡 깊숙한 곳
으로 필사적으로 들어가려고 하는 그들을 짧은 시간 동안 질리도
록 만났다. 크리슈나 같은 이들이 탈출한 곳으로 죽을힘을 다해
오려는 자들은 또 무엇이란 말인가. 인생이 아이러니고, 모순투
성이며, 난센스이기 때문이라고 이유를 붙이는 것만으로는 어딘
가 부족했다.

“형이 어떻게 죽은 건가요?”

사내가 떨리는 목소리로 물었다. 사망 원인, 불확실, 직접 사
인, 불확실…… 인천시의 한 작은 병원에서 크리슈나의 몸을 가
르고 헤집은 검시 결과의 내용은 어처구니없을 만큼 요령부득이
었다. 검시관의 소견은 살해의 흔적이 없다는 것뿐이었다. 살해

의 흔적이 없다는 것은 크리슈나가 자살했음을 돌려 말한 것이었다. 사망 진단서나 검시 소견서에 자살이라는 단어를 관례적으로 쓰지 않는지도 몰랐다. 자살이 다만 타살의 흔적이 없는 죽음이라는 것을 의미한다면, 그것보다 더 정확한 표현은 없을 터. 얄밉고도 냉정한 소견서였다. 준하는 사내의 파르르 떨리는 짙은 숱의 속눈썹에 잠깐 시선을 두었다가 슬쩍 거두었다.

"……이 진단서만으로는 잘 모릅니다……."

잘 모릅니다, 라니. 절박한 그들에게 자신의 말이 말도 안 된다는 것을 잘 알고 있었다. 하지만 검시관처럼 타살의 흔적이 없다는 애매한 말로 비껴 갈 수는 없는 노릇이어서, 준하는 감정을 누그러뜨리고 낮게 뇌까렸다. 까악, 까악까악. 크리슈나의 집 너머 나무숲 속에서 까마귀 떼들이 짖어댔다. 바락바락 악을 쓰고 대들듯 짖어대는 까마귀 떼. 하늘을 시커멓게 덮으며 붉은 입속을 쩍쩍 벌리고 불길하게 짖어대는 까마귀 떼는 여간해서 익숙해지지 않는 풍경이며 소음이었다. 우는가. 아존의 좁장한 어깨가 파들거렸다. 까마귀 소리만이 방 안의 침묵을 북극의 쇄빙선처럼 가르고 있었다.

"……형은 절대로 제 목숨을 스스로 끊을 사람이 아니에요. ……형은 계란도 못 먹는 채식주의자인걸요……."

눈자위가 벌게진 아존이 갈고리로 창자를 끄집어내듯이 말했다. 준하는 달리 할 말이 없었다. 대답 대신 쓴 침을 연이어 삼킨 탓에 목젖이 고약처럼 끈적거렸다.

"시체는 찾을 수 있습니까?"

"이미 화장을 해버렸다고 되어 있네요."

"재라도 있을 것 아닙니까?"

"재도 이미 한국 땅에 뿌려진 것 같습니다."

"보, 보상은 받을 수 있겠습니까?"

"……보상 문제는 제가 알 수 없는 부분입니다. 죄송합니다."

제3세계 노동자들에 대한 한국인의 무관심과, 고단하고 힘든 노동판에서 가랑잎처럼 떠돌았을 크리슈나의 헛걸음과, 입에 맞지 않는 한국 음식을 꾸역꾸역 넘기고 한뎃잠을 잤을 크리슈나의 추위와, 여행 비자로 들어가 몇 달 만에 불법 체류자가 되어 오갈 데 없는 범법자로 헤맸을 그의 전락 과정이 고스란히 눈에 밟혔다. 하지만 크리슈나의 가족에게 형벌과도 같은 말을 해줄 수는 없었다. 더구나 자발적으로 제 목숨을 끊은 사내의 보상 문제는 맨발로 히말라야를 오르는 것처럼 무모하고도 소용없는 일이라는 것은 불을 보듯 뻔한 일이지 않은가 말이다. 크리슈나의 가족이 할 수 있는 것은 오로지 가슴에 그를 묻는 일밖에 없어 보였다. 이래저래 아무런 해결책도 제시할 수 없는 준하는 체증이 인 것처럼 가슴만 답답했다.

준하는 보상 문제를 꺼내는 크리슈나의 동생에게 이곳 사람들 특유의 당당한 어투로, '노 프라블럼'이라고 말해 주고 싶었다. 한 치 앞도 안 보이는 안개 낀 도로를 달리는 운전사에게 괜찮겠냐고 물어도, 머리를 왼쪽 어깨 쪽으로 약간 삐딱하게 젖힌 제스처로 "노 쁘라블럼!"이라고 호기롭게 말하고, 카슈미르 분쟁으로 파키스탄의 무샤라프 대통령이 핵폭탄을 인도에 던지겠노라고 협박할 때도, 무사태평한 표정으로 "노 쁘라블러엄!"이라고 말하는 '노 쁘라블럼' 의 나라, 인도.

준하는 '노 프라블럼' 이라는 그들의 외침 속에서 다른 이방인들이 보았다는 건강한 낙천성을 보지 못했다. 그들의 외침은 어쩌면 벵골 보리수처럼 징글징글하게 인생을 파고 들어가 몸통인지 뿌리인지 알 수 없을 정도로 얽히고설킨 카스트와 업으로부터 절대로 도망칠 수 없다는 한계 상황에 대한 힘없는 자기 위안일지도 몰랐다.

준하가 내민 서류를 챙기는 크리슈나 어머니의 손이 거칠고 불그죽죽했다. 사리 안쪽에 서류를 천천히 넣고서 어머니는 돌아섰다. 아존은 문 밖까지 준하를 배웅했다. 문 앞에서 아존은 준하에게 더 할 말이 있다는 듯 머뭇거렸다.

"한국에는 언제 돌아가십니까?" 아존이 물었다.

"한국에는 아직, 아니 곧 돌아갈 겁니다." 아존에게 준하는 돌아갈 곳이 한국이 아니라는 말을 하지 못했다.

"한국에 돌아가면 형이 있었던 인천의 공장과 병원에 한 번 들러주십시오. 그리고 이 주소로 형이 어떻게 죽었는지 알려주십시오. 형이 보낸 마지막 편지에, 형이 크롬에 중독된 것 같다고 했습니다. 어쩌면 형이 자살했다고 하더라도, 바보같이 죽은 것이 아니라 형을 죽음으로 몰고 간 무언가가 분명히 있었을 겁니다.

그리고 이 편지가 도움이 될지 모르겠습니다. 형이 한국에 있으면서 제게 보냈던, 아니 슈크라에게 보내고자 했던 편지들입니다. 형의 꿈과 사랑, 한국에서의 일상이 들어 있습니다. 몇 장의 사진도 드리겠습니다. 형의 얼굴을 사람들에게 보여주시면 도움이 될까 싶어서 들고 왔습니다. 영어로 쓰여진 것들이기 때문에 이해하는 데 별 어려움은 없을 것입니다. 아주 무례한 부탁인 줄 압니다. 힘없는 제가 할 수 있는 일이 이것밖에 없습니다. 도와주십시오."

준하는 아존이 우격다짐으로 건넨 몇 통의 편지와 몇 장의 사진을 받았다. 아존의 솔직하고 강력한 요구는 그가 직면한 딜레마와 고통에 대한 무력함을 반증하고 있는 것 같았다. 인도를 여행하는 한갓 한국인에 불과할 뿐인 준하에게 이토록 절박하게 매달리는 것이 확실한 해결책일 리 없다는 것을 알면서도 아존이 가까스로 취할 수 있는 방식일 터. 한 사람의 인생이, 한 가족의 인생이, 한 여자의 인생이 준하의 손에 실리는 느낌이었다. 편지와 사진과 인생 모두 빌어먹게도 가뭇없이 사라질 것이 뻔했다. 준하는 깊은 슬픔과 연민이 내부에서 출렁거리는 것을 느꼈지만, 짐짓 아무 내색도 하지 않으려 애썼다. 현실적인 어떤 대안도 없는 위로의 말은 그들이 받고자 하는 실제적인 보상과 어긋나는 것이라는 생각 때문이었다. 아존은 준하에게 두 손을 모으고 고개를 수그려 인사를 했다.

"감사합니다!"

미안합니다. 끝까지 무너지지 않으려고 애쓰면서 인사를 하는 그에게 준하는 끝내 마음속에 담아두었던 말을 하지 못했다.

크리슈나의 가족을 만나고 다시 게스트 하우스 앞에 도착한 준하는 다시 한번 뒤를 돌아보았다. 그림자는 여전히 준하의 꽁무니에 매달려 땅바닥에 엎드려 있었다. 준하는 인도의 사막을 건넜다던 일본 사내인 후지와라의 그림자 이야기가 떠올랐다.

사막의 한가운데에서 길을 잃었던 그 사내는 사막에서 불어오는 바람으로 몸 주변의 온도가 높아져 극심한 고통을 겪고 있었다. 수통의 물마저 끓는 물이 되어버려 목을 축일 수도 없는 상황. 그것보다 그 사내를 더욱 괴롭게 한 것은 주위 풍경 속에 그늘이 한 점도 없다는 것이었다. 그 살풍경 속에 가장 시원한 부분은 다름 아닌 자신의 그림자! 세로 167센티미터, 가로 50센티미터쯤의 작은 그림자를 어떻게 유효하게 쓸 수 없을까를 정말 어리석을 정도로 진지하게 생각했던 사내. 그러나 아무리 바라보아도 어떻게 그 아래로 들어가 볼 수 없는 그의 그림자. 자신의 그림자 속으로 들어가고자 했던 그 열망은 끔찍한 오해였다고, 그는 능청스럽게 말을 맺었다.

들어갈 수 없는 제 안의 그림자에 대한 끔찍한 오해처럼, 크리슈나 역시 한국에서의 성공에 대한 끔찍한 오해를 하지 않았을까. 준하는 한 번도 만난 적 없는, 단지 사망 증명서로만 조우했던 인도의 사내가 누군지 궁금했다. 크리슈나는 누구였을까.

첸을 수데르 거리에서 만나지 못한 채 콜카타에서의 하루하루가 지나갔다. 첸을 만나려면 마더 테레사의 집을 찾아가는 것이 제일 빠르고 정확한 방법임을 잘 알고 있었다. 하지만 막상 첸을 직접 만날 엄두가 나지 않았다. 뜨거운 솥을 들고 뛰듯이 이곳까지 왔지만 어떤 망설임이 강하게 그녀를 막고 있었다. 첸, 당신을 보러 여기까지 내가 왔어. 이런 식의 신파는 드라마틱하지도 않고 걸맞지도 않았다. 러시아워의 인파처럼 콜카타로 몰려드는 외국인들 사이에서 준하를 발견하고는 아주 따뜻하고 환하게 빛나는 첸의 얼굴을 기대했던가. 준하는 기적 같은 만남을 기대했던 자신이 객쩍기만 했다. 막상 첸을 만난다 해도 개구리인지 왕자인지 확실하게 알아버리기 위해 냅다 벽에다 던져버릴 자신이 없었다.

준하는 게스트 하우스의 침대에서 아존이 건네준 편지를 읽기 시작했다. 콜카타에 오기 전에 단 한 번도 예상해 보지 못한 시나리오가 손에 놓여 있었다. 인천의 한 바닷가에서 찍은 듯한 사진 속 크리슈나라는 사내는 눈썹이 짙고 쌍꺼풀이 큰 눈을 가진 서글서글한 수파련에 밀동자같이 선이 고운 미남형이었다. 동생인 아존과는 달리 장남으로서 가족을 돌보고 책임을 지며 자기 갱신을 해왔던 사람답게, 누구에게든지 안정된 믿음을 줄 수 있는 침착한 표정이 얼굴에 배어 있었다. 동료들과 함께한 사진에서도 그는 배경처럼 뒤에 서서 그들을 껴안는 포즈를 취하고 있었다.

사소한 것 같지만 남을 배려하면서 커온 사람의 확고한 정체성이 묻어나는 크리슈나의 사진을 보며, 준하는 이상하게도 마음 한구석이 짠해졌다.

한국에서 보내온 크리슈나의 편지는 두고 온 가족에 대한 그리움, 슈크라에 대한 사랑과 회한, 한국에서의 꿈과 고통에 대한 내밀하고도 절절한 심사가 담겨 있었다.

'그리운 아존에게'로 시작된 편지들을 통해 준하는 한 사내의 인생을 들여다보았다. 손에 잡힐 듯이 크리슈나의 생이 그려졌다. 준하는 노트를 꺼내 크리슈나의 편지를 그녀의 방식으로 적어나가기 시작했다.

크리슈나의 꿈과 사랑

현관문을 힘차게 밀고 크리슈나가 나섰다. 어깨로 흘러내리는 사리를 한 손으로 추어올려 등을 감싸던 어머니가 크리슈나를 내려다보며 미소를 지었다.

아슈르 바트!

신의 가호가 함께하기를. 흐뭇함과 자랑스러움이 밴 어머니의 목소리. 크리슈나는 고개를 돌려 그녀에게 손을 흔들어주었다. 어머니의 맨발 언저리에서 향 연기가 가늘게 흩어졌다. 계단을 살며시 훑고 내려오는 향 연기가 크리슈나의 코끝에 머물다 사라졌다. 어머니는 이른 새벽부터 크리슈나와 시바, 가네시 신상을 모셔놓은 제단에 붉은 꽃과 향을 바쳤다. 과부인 어머니는 크리슈나를 매일 만나며 남편을 여읜 슬픔을 달랬다. 가네시 신에게는 장남 크리슈나가 하는 일의 번영을 기원하고, 시바 신에게는 고통 없는 내세의 환생을 빌었을 터였다.

코코넛 기름을 머리에 바른 어머니의 검은 정수리가 다른 집들과 빼곡하게 맞닿은 지붕 틈 사이로 흘러 들어온 아침 햇빛에 반짝였다. 화장기가 전혀 없는 어머니의 정갈하고 맑은 얼굴은 눈시울이 시리도록 고왔다. 이제 쉰 살도 되지 않은 어머니는 어떤 장식도 하지 않았다. 과부가 된 어머니는 시두도 팔찌도 하지 않았다. 남편이 죽으면 시체를 태우는 장작불에 살아 있는 아내가 생목숨을 함께 던지는 삭티라는 악습은 이제 사라지고 없지만, 지금도 과부는 죽은 목숨과 같았다.

아버지가 돌아가시자 어머니는 브린다반으로 가겠노라고 했다. 브린다반은 힌두교 신들 중의 하나인 크리슈나 신의 탄생지로 유명한 성지 마투라에서 10여킬로미터 떨어진 곳에 있었다. 지상에서 악이 위세를 떨치던 때, 이를 막기 위해 크리슈나 신이 파견됐던 곳이 바로 브린다반이라는 것쯤은 삼척동자도 알고 있는 이야기였다. 소 치는 신이 키웠다는 크리슈나 신의 생애는 많은 전설을 남겼다. 크리슈나는 그가 사랑했던 여인 라다와 젖 짜는 소녀 고피들을 위해 피리를 불었다고 했다. 그 뒤 크리슈나는 사랑의 신으로 불렸고, 이 사랑의 신과 영적으로 재혼하고자 하는 과부들이 브린다반으로 몰려들었다.

크리슈나는 어머니를 브린다반으로 절대 보내지 않겠다고 고집을 부렸다. 사랑의 신인 크리슈나와 이름이 같은 자신에게 어머니를 붙잡아 두어야겠다고 엉너리를 치기도 했다. 어머니가 거두어야 할 자식이 셋이나 있지 않느냐고 제법 심각하게 을러대기도 했다. 어머니를 봉양하고 두 동생을 거두는 것, 그것은 돌아가신 아버지가 장자인 크리슈나에게 가장 바라는 일이라는 것을 잘 알고 있었다.

남동생 아존과 여동생 프리앙카를 생각하면 크리슈나는 위에 뭔가가 얹힌 기분이 들었다. 승자라는 뜻의 이름을 가진 아존은 외려 이름 때문에 언제나 실패한다고 믿는 심약한 녀석이었다. 이제 겨우 8학년인 프리앙카, 백선증을 앓고 있어서 가무잡잡한 피부가 얼룩덜룩해진 막내 프리앙카. 장애는 아니지만 피부색을 우선으로 치는 이곳에서 백선증은 결혼하는 데 치명적인 결함으로 작용할 것이 뻔했다. 프리앙카를 시집보내려면 보통 신부들이 가져가야 할 결혼 지참금의 두세 배는 더 얹어주어야만 할 것이다. 아존이 독립하도록 도와주고 프리앙카의 결혼 지참금인 다우리를 모으기 위해서 크리슈나는 시바 신처럼 팔이 여러 개이길 바랄 정도였다. 크리슈나는 가족이 부담스럽게 느껴질 때마다 아버지가 이루 말할 수 없이 그리웠다.

서른 먹은 노총각으로 열여덟 살 어린 처자를 아내로 맞아 세 명의 자식을 낳았던 아버지는 가족을 끔찍이 사랑했던 남자였다. 고향 우툴푸로데시 주에서 콜카타로 힘든 이주를 결심한 것도 자식들의 교육을 위한 아버지의 바람 때문이었다. 수많은 이향자들의 도시인 콜카타에 아버지는 작은 둥지를 틀었다. 크고 서글서글한 눈매를 가졌던 아버지, 구릿빛으로 검게 탄 얼굴에 구레나룻을 길렀던 아버지, 우렁차지만 따뜻한 음색을 지녔던 아버지, 노동으로 다져진 탄탄한 근육의 아버지. 어렸을 적 크리슈나는 그런 아버지를 볼 때마다 진정한 사나이가 무엇인지 가슴 벅차게 느끼곤 했다. 건초 더미를 태우는 듯한 아버지의 잎담배 냄새는 어린 크리슈나의 가슴속에 아련한 훈증처럼 따뜻하게 남아 있었다.

모든 인도의 아버지가 그렇듯이, 크리슈나의 아버지도 장남인 그를 무척 사랑했다. 아버지는 벵골 호랑이의 맹렬한 야수성을 들려주면서 사내의 힘을 가르치고, 델리와 뭄바이라는 대도시의 문명을 얘기해 주면서 더 넓은 세상의 안목이 필요함을 일러주었다. 모든 깨달음은 힘이고, 그 힘은 경험에서 나온다는 것이 아버지의 생철학이었다. 그 힘을 키우는 데 필요한 것은 인내와 체력, 동시에 지식이라는 것이 영어 한 마디 할 줄 모르는 아버지가 어린 크리슈나에게 가르친 교훈이었다.

낡았지만 언제나 윤이 번쩍번쩍 나는 아버지의 자전거 안장에 올라타 콜카타 시내를 돌아다니면 세상은 황홀한 만화경이었다. 시장과 거리는 삶의 활력을, 전차와 버스는 기계의 아름다움을, 수많은 사람들은 세상의 다양함을 보여주는 교과서였다. 아버지는 자신은 평생 한 번도 타지 못한 비행기를 보여주기 위해 지하철을 타고 콜카타의 덤덤 공항으로 크리슈나를 데려가기도 했다.

땅속을 달리는 지하철도 어린 크리슈나의 가슴을 쿵쾅거리게 할
만큼 대단한 것이었지만, 공항에서 본 비행기의 은빛 기체는 상상
조차 할 수 없었던 충격 그 자체였다.

아버지가 오토바이를 사지 않았더라면, 새벽에 일하러 나가지
않았더라면, 콜카타에 처음부터 오지 않았더라면 어머니를 홀로
남겨두지 않았을까. 모든 가정법은 헛되다. 하지만 아버지의 죽음
이 마치 크리슈나 자신의 책임인 것 같은 후회막급의 심정은 끝내
사라지지 않았다. 매끈하게 잘 빠진 새 오토바이 앞에 꽃과 향과
과일을 바치며 무사고를 기원했건만, 칼리 여신은 아버지의 목을
요구했다. 언제나 피에 굶주린 칼리, 그 칼리 여신이 모셔진 동네
사원 앞을 지날 때마다 크리슈나는 성호를 긋고 싶은 마음이 좀체
들지 않았다.

빗길에 커브를 돌던 아버지 앞에 불쑥 나타난 것은 덤프트럭이
었다. 밤새 야간 운전으로 지친 트럭 운전사의 운전 부주의가 일
으킨 대형 사고였다. 공중에 부웅 떴다가 몇 미터 전방으로 날아
가 떨어진 뒤에 아버지는 즉사했다고, 충돌음 때문에 뒤집어쓴 이
불을 젖히고 보지 않을 수 없었노라고, 길거리 거지들이 말했다.
당연히 트럭 운전자는 뺑소니를 쳤다. 아마 잡혔더라면 주위 사람
들의 돌팔매와 거친 야유, 무수한 매질을 받아야 했을 것이다. 차
사고가 나면 무조건 도망가는 게 먼저라는 것은 브레이크를 밟는
것보다 더 먼저 이곳 운전자가 배우는 운전 법칙이지 않던가.

아버지의 시신을 수습하러 사고 현장에 갔을 때, 크리슈나는

피 냄새를 맡고 주위를 어슬렁거리던 굶주린 개들과 망토 자락처럼 검은 날개를 퍼덕이며 주둥이를 들이밀던 까마귀 떼에게 맹렬한 살의를 느꼈다. 그리고 쯧쯧거리면서도 오래간만에 만난 구경거리를 맘껏 즐기던 사람들에게도 참을 수 없는 적개심을 느꼈다.

림탈라 가트에서 크리슈나는 아버지를 화장시켰다. 고향의 사내들이 마지막 안식처로 생각하는 바라나시에 아버지를 모시고 갈 수가 없었다. 우기가 시작된 콜카타의 습기는 아버지의 부서진 두개골과 찢긴 몸통에 사정없이 파고들었다. 시체 냄새가 역하게 풍겼다. 부패가 시작되는 아버지의 시신에서 시액이 줄줄 흘러내렸다. 수의를 입히고 급하게 장의사에게서 사 온 나무판자에 꽃장식을 한 뒤 일일 장으로 아버지를 모셨다. 장작 대신 가스로 아버지는 한 줌 재가 되었다. 황망한 이별이었다. 세차게 쏟아지는 뜨거운 비를 우산도 없이 고스란히 맞은 채, 흙탕물이 넘실거리는 후글리 강에 아버지의 재를 담은 항아리를 띄웠다.

크리슈나는 아버지가 절대 가족 곁을 떠나지 않았으리라고 지금도 굳게 믿었다. 이승에서 사랑했던 아내를 홀로 남겨두고 떠난 사내들의 영혼은 겁의 끈을 놓지 못한다는 것을 알기 때문이었다. 아버지는 영혼이 되어 어머니로부터 멀리 떨어져 있으면서도 가장 가까이 곁에 머물러 계실 것이라고 믿었다. 어머니마저 이승을 떠날 때 아버지는 어머니의 손을 붙잡고 진정한 귀명이 이루어지는 영혼의 강가로 데려갈 것이라는 상상을 하며 상실감을 달랬다. 그런데도 크리슈나는 홀로 남겨진 어머니를 볼 때마다 울컥, 서러움 같은 것이 일곤 했다. 크리슈나는 손가락을 좌악 펴서 이마에서부터 뒤통수 너머로 머리카락을 쓰윽 쓸어 올렸다. 감정이 흐트러질 때마다 머리카락을 몇 번씩 쓸어 올리면 마음이 추슬러지곤 했다.

골목에는 벌써 아이들이 맨발로 튀어나와 뛰어놀고 있었다. 동네 아저씨들은 쿠마르 씨의 노점 앞 목조 긴 의자에 앉아 뜨거운 김이 모락모락 나는 차를 마시고 있었다.

"출근하는가? 안 바쁘면 한잔하고 가지?"

한 손에 잎담배를, 다른 한 손에 토기 찻잔을 들고 있던 옆집 아저씨가 그를 불러 세웠다.

"노모시카르! 다다!"

크리슈나는 동네 아저씨들을 향해 합장하고 인사를 했다. 그는 성큼 발걸음을 옮겼다.

뉴 마켓에 물품을 납품하러 갔다가 크리슈나는 슈크라를 보았다. 양 갈래로 머리를 땋은 팔랑거리는 원피스 차림의 귀여운 여자 아이와 함께 과일 가게로 들어가는 슈크라를 보자 크리슈나는 숨을 쉴 수가 없었다. 자줏빛의 비단 사리를 걸친 슈크라. 주홍색 양산을 받쳐 든 슈크라의 팔목에 흰색과 붉은색의 팔찌가 다른 금 팔찌에 섞여 선명하게 빛났다. 딸을 향해 고개를 수그린 슈크라의 이마에서 정수리를 가른 가르마에도 붉은 줄, 시두가 그어져 있었다. 총각들 사이에 농담처럼 접근 금지 구역이라고 이름 붙인 붉은 줄, 그 줄이 슈크라의 가르마를 분명하게 가르고 있었다. 슈크라가 자신과 헤어진 후 결혼한다는 소식을 듣고 한 번 찾아간 적이 있지만, 기혼녀가 된 그녀를 직접 보게 될 줄은 꿈에도 몰랐다.

명치끝을 어퍼컷으로 맞은 것처럼 얼얼했다. 크리슈나의 팔목에는 붉은 면 실타래 몇 가닥이 여전히 묶여 있었다. 사악한 모든 것들로부터 크리슈나를 보호해 주길 기원하며 슈크라가 벽사의 의미로 그의 팔목에 직접 묶어주었던 락샤였다. 처음의 곱고도 선명한 붉은 면 실타래는 본래의 형체를 알아보기 어려울 정도로 너덜너덜해지고 바랬지만, 크리슈나는 아직까지 락샤를 풀지 못했다. 아니 풀지 않았다. 아직도 크리슈나는 그녀를 떠나보내지 못했기 때문이었다.

크리슈나는 오후의 일정을 다 접어두고 무작정 빅토리아 메모리얼의 호숫가로 달려갔다. 그는 하염없이 걷고 또 걸었다. 화려한 추리다를 입고 선글라스를 낀 아가씨와 청바지에 티셔츠를 차려입은 청년이 호숫가 벤치에 앉아 잔물결 이는 호수를 들여다보고 있었다. 한 쌍의 연인은 이제는 슬프고도 아릿한 추억이 되어버린 예전의 크리슈나와 슈크라의 모습이기도 했다.

크리슈나는 호수 건너편 노란 꽃이 초롱처럼 매달려 있는 자귀나무를 보았다. 다른 연인들이 차지해 버린 벤치 대신 나무 그늘에 숨듯, 크리슈나와 슈크라는 자귀나무 둥치 언저리에 앉곤 했다. 그는 자귀나무 그늘에 팔베개를 하고 누웠다. 슈크라의 무릎을 베고 누웠던 때가 둥두렷이 떠올랐다. 슈크라의 무릎에서는 달콤한 망고 향이, 그녀의 부드러운 젖가슴에서는 우유 냄새가 났다. 크리슈나의 턱과 귓불을 쓰다듬던 슈크라의 작고 예쁜 손. 그녀의 애무를 받으면 크리슈나는 황홀함과 동시에 평온이 느껴졌다.

토부 모네 레코,

토부 모네 레코 조디 두레 자이 출레 토부 모네 레코

조디 푸라던 프렘 다카 포레 자이 너보 프레므 잘레

조디 타키 카차카치

데키테 나 파오 차야르 머톤 아치나아치 토부 모네 레코……

언제나 마음속에 나를 담아둬요.

당신에게서 내가 멀리 떠나더라도

언제나 당신 마음속에 내가 있어요.

새로운 사랑의 그물이 우리의 옛 사랑을 덮을지라도

나는 항상 당신 안에 있어요.

당신이 마치 그림자처럼

내가 존재했는지 가물거릴 때조차도

언제나 당신의 마음 깊은 곳에 있어요.

당신의 눈에서 눈물이 흘러나올 때면

우리가 함께했던 아름다웠던 봄날을 기억해요.

어느 가을날 아침에

문득 당신이 모든 빛으로부터 가려졌다고 느껴질 때
여전히 나는 당신 안에 있어요.
훗날 당신이 나를 기억할 때 눈물조차 흐르지 않는다 해도
여전히 당신 안에 내가 있어요.

타고르가 만든 노래를 즐겨 부르던 슈크라. 토부 모네 레코. 여
전히 당신 안에 내가 있어요. 시타르의 현처럼 구성지고 애조 띤
노래를 부르던 슈크라, 크리슈나의 화이트……. 곡조가 애절하고
구슬펐지만, 그 노래를 부르던 슈크라 옆에 있을 때 크리슈나는
조금도 슬프지 않고 행복하기만 했다. 멋없는 고무나무에도 멋진
슈크라가 있었고, 매연으로 뿌연 거리에도 아름다운 그녀가 있었
고, 1루피짜리 차를 담은 작은 종지에도 슈크라가 출렁거렸던 날
들 속에서 크리슈나는 의기양양했다. 슈크라가 그를 부르는 소리
에 세상의 모든 사물들이 춤췄다.
　아름다운 슈크라, 지금도 그녀를 떠올리고 그녀의 애칭으로 불
렀던 '슈가'를 입 밖에 내면 목이 멨다. 세상을 다 얻은 것 같던
날들이 이제는 세상을 다 잃은 것만 같은 상실감으로 얼이 나갈
지경이었다.
　'누군가에게 자신이 잊히지 않게 하려면 노래를 들려주래. 사람
은 잊혀도 노래는 사라지지 않으니까. 시간이 흐른 뒤에 누군가가
불렀던 익숙한 노래를 들으면 문득 잊힌 사람이 떠오를 테니까.'
　슈크라의 말은 옳았다. 이미 떠난 슈크라가 보고 싶다고 칭얼

거리고, 슈크라와 함께하고 싶다고 징징거리고, 슈크라가 없다고 투덜대는 크리슈나를 달래듯이 그녀가 들려주던 노래 따위나 떠올리는 것으로 볼 때, 떠난 뒤에도 당신 안에 내가 있어요, 라고 읊조린 그녀는 언제나 그랬듯이 크리슈나 자신보다 명민했다.

제기랄, 그런데 이제 보니 노래의 의미가 이별 연습을 위한 전주곡이지 않은가. 엄마가 없는 자장가가 아기에게 아무 의미가 없듯, 허전함만 더 느끼게 해주는 그녀의 노래에 대한 기억이 무슨 소용이 있단 말인가. 슈가는 시간 속에 속절없이 녹아버렸는데, 그는 단맛을 잊지 못해 맹목적인 집요함으로 잃어버린 시간과 기억 속에서 찢기고 있었다.

크리슈나가 슈크라를 처음 본 것은 러시아어 시간이었다. 새 학기가 시작된 7월은 우기임에도 찌는 듯이 더웠다. 영국 식민지 시대에 세워진 대학의 석조 건물 높은 천장에서는 후텁한 바람을 내며 대형 함석 팬이 쉴 새 없이 돌아가고 있었다. 강의실이 길가에 있는 탓에 전차 지나가는 소리며 인력거 바퀴 구르는 소리 따위가 끊임없이 들려왔다. 예전에 비해 러시아어가 별 인기를 누리지 못하는 어학 과목이 되었다고는 하지만, 수강생들은 크리슈나가 예상했던 것보다 많았다. 최근 인기 과목인 영어를 신청했지만 수강생이 너무 많아서 크리슈나는 할 수 없이 러시아어를 선택했다.

신입생들답게 서로에 대한 호기심을 감추지 않는 강의실 분위기는 활기에 넘쳤다. 몇 되지 않는 여학생들은 손수건으로 이마의 땀을 가볍게 누르며 강의실 맨 앞자리를 차지하고 있었다. 크리슈나의 옆자리 남학생은 카를 마르크스 사진을 복사한 종이를 노트 맨 앞장에 붙여놓았다.

이놈은 기회주의자이군. 아니면 제 아버지가 코뮤니스트 당의 하급 관료라도 되는 모양이지.

크리슈나는 갓 스무 살을 넘긴 주제에 새카맣게 콧수염을 기른 그 남학생을 곁눈으로 슬쩍 쳐다보며 속으로 뇌까렸다. 체 게바라 정도의 코뮤니스트는 크리슈나도 좋아하지만, 레닌이나 마르크스는 조금 염증을 일으키는 존재였다. 대영제국 시절의 인도 수도였던 콜카타를 인도 최악의 빈곤 지역으로 전락시킨 장본인들이 바로 콜카타를 접수해 이십오 년 넘게 장기 집권한 코뮤니스트 당원들이 아니던가 말이다. 그들은 여전히 정권 창출을 위해 선거철이면 문맹의 대중에게 되지도 않는 사탕발림에 온갖 협박을 일삼는 말발만 센 인종들이었다. 실제로 지난 선거에 어느 노파 뒤통수에 권총을 들이대고 자기네 당을 찍으라고 위협하는 모습을 크리슈나는 목격했다. 그렇지 않아도 팍 곯아버린 과일처럼 쭈그렁 할머니가 되어 있는 그녀는 숫제 얼이 나가 바닥에 주저앉아 버렸다. 야비한 미소를 입가에 흘리며 그 권총을 겨눈 놈은 그녀를 끌고 가 기표소 천막을 들추고 냅다 대신 기표를 하고 나왔다.

어느 철학자의 말처럼 경제적 기반을 더 이상 갖지 않은 콜카타의 코뮤니즘은 더없이 공소하고 어떠한 도덕적 기반도 갖지 않은 탓에 맹목으로 전락했다. 중국도 소련도 도도한 자본주의의 물결에 그 큰 몸통을 잽싸게 움직여 흐름을 타고 있는데, 콜카타에서 코뮤니스트를 기회주의자로 부른다는 것을 그 남학생은 아직까지 모르는 철부지임에 틀림없다고 크리슈나는 생각했다.

귓구멍을 쑤셔대듯 차임벨이 울리며 강의 시작 시간을 알렸다. 러시아어 교수가 느릿느릿 강의실로 들어왔다. 이십 대 초반에 모스크바로 건너가 십 년 넘게 러시아어를 공부했다는 교수는 묘하게 골동품 분위기가 났다. 벵갈어와 영어를 제멋대로 섞어가며 오리엔테이션을 하는데 제대로 맞지 않는 틀니를 낀 것처럼 발음이 불명확하게 웅얼거렸다. 얼굴의 삼 분의 일을 덮는 짙은 갈색 안경테며, 곧 흘러내릴 것 같이 아슬아슬하게 아랫배에 걸친 낡은 바지며, 흰색이라고 부르기에 무색할 만큼 더럽고 낡은 와이셔츠며, 까맣게 때가 긴 맨발이 낡은 슬리퍼 앞으로 삐죽 나온 것 하며, 전반적으로 그의 행색은 교수라고 하기엔 지나치게 비루했다.

그가 옆구리에 끼고 온 러시아어 교재를 교탁 위에 놓자 풀썩 마른 먼지가 날렸다. 제본된 풀이 세월에 삭아서인지 그가 책장을 넘기자 낱장으로 떨어져 나왔다. 지나치게 바싹 구운 빵처럼 만지면 금세 부스러질 것 같은 책을 넘기는 그의 손이 미세하게 떨리는 모습은 2, 3미터 떨어진 곳에서도 보였다. 건반을 펼쳐둔 채로 좋이 이십 년 이상 방치된 아코디언 같은 그 교수의 거동을 바라보던 학생들이 어색하고 불편한 분위기를 깨려는 듯 헛기침을 했다.

그때 그녀, 슈크라가 강의실 안으로 햇병아리처럼 불쑥 들어왔다. 연노랑색 샬와르 카미즈를 입은 그녀는 발갛게 상기된 얼굴로 교수를 향해 고개를 숙여 인사했다. 교수는 떼꾼한 눈길로 그녀의 인사를 받고서 맨 앞자리에 비어 있는 자리를 턱으로 가리켰다. 부끄러움으로 빨개진 귓불 너머 선이 고운 턱을 감싼 그녀의 피부가 막 짜낸 암양의 젖처럼 뽀얬다. 숱 많고 검푸른 그녀의 머리카락이 몇 가닥으로 굵게 꼬인 삼줄처럼 그녀의 등 뒤에 묵직하게 얹혀 있었다. 바이올렛 향인가. 달콤하고 향긋한 꽃향기가 그녀 주위에서 풍겨 나온 것처럼 코끝이 상쾌하게 아릿해져 왔다.

강의실 안의 몇 녀석들 가슴이 불쑥 들어 올려졌다가 내려앉는 것이 느껴졌다. 크리슈나는 갑자기 러시아어를 잘 선택했다는 생각이 들었다. 전쟁에서 백전백패한 전력밖에 없는 한물간 러시아 퇴역 장교 같은 교수가 갑자기 사랑스럽게 느껴질 정도였다. 러시아어가 아니라 인도 중세의 골치 아픈 팔리어를 배운다 해도 황홀할 지경이었다. 강의실 창가에 앉아 목쉰 소리로 짖어대는 시커먼 까마귀 녀석도, 강의실이 동굴인 줄 착각하고 천장을 맴맴 돌며 정신 사납게 하는 박쥐 녀석도 귀엽기만 했다.

웅얼거리며 러시아어의 자음과 모음 체계를 설명하는 교수의 강의를 뜻 모를 외국 노래처럼 귓결로 들으며 크리슈나는 그녀의 주홍색 머플러가 팬이 일으키는 바람에 가볍게 팔락거리는 것만 뚫어지게 쳐다보았다. 크리슈나는 두 눈썹 사이 중간, 제3의 눈이 있다고 믿는 곳에 힘을 주고 마음속으로 염원했다.

크리슈나여! 당신은 불과 죽음의 신이시며, 바람과 달과 물의 신이시며, 창조주 브라흐마요, 조상의 조상이십니다. 아, 당신 앞에 절하고 또 절합니다. 또다시, 또다시, 천 번도 만 번도 당신께 또 절하오니, 그녀와 제가 사랑의 복락을 누리게 해주소서. 크리슈나인 당신이 영원토록 사랑했던 라다처럼 그녀를 죽을 때까지 사랑하겠사오니, 이생에서 제 사랑 이루어지게 해주소서!

자귀나무 잎사귀에 매달려 있던 자귀 꽃 한 송이가 허공에 흩날리다가 크리슈나의 얼굴에 내려앉았다. 자귀나무 주위로 까마귀 떼들이 낮게 공중을 선회했다. 빅토리아 메모리얼 본관에 돔 형식으로 올려진 대리석 지붕의 형태가 짙은 먹장구름에 뭉개지고 있었다. 천둥이 자귀나무 둥치를 안고 있는 지반을 흔드는 것이 느껴졌다. 번개가 콜카타 시내를 덮은 흐릿한 하늘 한가운데를 톱으로 썰듯 날카롭게 가르고 있었다. 크리슈나의 얼굴에 거친 빗방울이 떨어졌다. 곧이어 쏟아지는 비에 자귀나무 꽃잎들이 그예 가지를 떨구고 크리슈나 주변에 소복이 쌓였다. 죽은 자를 장식하는 꽃들처럼 여겨졌다. 크리슈나는 온몸이 흠뻑 젖을 때까지 그 꽃 무덤에 쌓인 채 누워 있었다.

닿지 못하는 그리움은 차라리 치욕에 가까웠다. 보고 싶은 사람의 부재가 가져다주는 통증, 그것은 기계 톱날에 온몸을 들이미는 것 같은 고통이었다. 그녀가 떠났을 때 크리슈나는 뿌리를 다쳤다는 생각밖에 들지 않았다. 그 뿌리 다침은 크리슈나가 느끼는 슬픔의 마지막 심급이었다. 그녀 없는 세상을 상상할 수나 있었던가.

그녀를 잊고 그녀 없이 살 수 있으리라는 생각을 해본 적이 없다. 그러나 지금 크리슈나는 그녀 없이도 산다. 하지만 그는 그녀 없이 살 수는 있어도, 그녀에 대한 추억 없이는 단 하루도 살 수 없다.

얼굴이 희고 고운 슈크라가 스케줄드 카스트라는 사실을 안 것은 학과 사무실 앞에 붙여진 러시아 강의 수강자 목록을 보고서였다. 슈크라 사카(Shukla Sarkar)라는 이름 옆에 S. C라는 이니셜이 괄호로 묶여 있었다. 크리슈나의 이웃이나 친구 중에도 스케줄드 카스트가 몇 있기는 하지만, 슈크라의 이름 옆에 붙은 이니셜을 보고는 좀 멍해지는 기분이었다. 대체로 낮은 계급에 속한 사람들의 얼굴이 까만 것에 비해, 슈크라는 살빛만으로는 바르나가 높은 것처럼 보였기 때문이었다.

초기의 아리안들이 비아리안들을 구별할 때 주로 사용했던 기준이 피부색이었기 때문에 원래는 카스트라는 말 대신 바르나라고 불렀다. 피부색이 희면 혈통이 고귀하고 우수하다고 생각하는 사고방식은 몇천 년 전부터 세대를 거치면서 굳어져 온 것이었다. 카스트가 신의 창조에 의해 비롯되었다는 종교적 신념과 카르마라는 철학적 이론을 바탕으로 개인의 의지나 노력만으로는 결코 바꿀 수 없다는 숙명론은 거의 유전인자로 굳어진 것이었다. 지금은 시골구석에나 가야 오염된 자로 구별되는 불가촉천민을 만날 수 있지만, 여전히 카스트 의식은 무의식적으로 사람 사이를 가르는 경계선이었다.

학생들 사이에서는 스케줄드 카스트를 노골적으로 무시하지는 않지만, 은밀한 목소리로 아추트라는 용어를 사용하면서 다른 계급에 대한 얄팍한 구별을 하곤 했다. 인도 통합이 이루어지지 않는 것을 안타까워하던 간디가 불가촉천민을 '신의 아들'이라는 의미의 하리잔으로 부르며 신분 계급을 타파하려고 했지만, 이곳 사람들에게 불가촉천민은 여전히 상종하기 싫은 오염된 자들이었다.

서구에서는 칭찬을 받았을지 모르지만 간디의 비폭력 무저항 운동까지 싸잡아 나이브하기 짝이 없는 것으로 여겼다. 심지어는 간디가 품에 안으려 했던 불가촉천민 출신의 지식인이나 지도자들은 그가 철저한 계급의식이 없이 온정적으로만 불가촉천민을 인식한 탓에 문제만 더 악화시켰다고 씹어댔다. 한쪽 뺨을 맞으면 상대의 양쪽 뺨을 사정없이 갈기라고 했던 네타지 슈바지를 더 존경하는 이곳 사람들은 간디의 하리잔 운운을 현실성이 없는 한갓 수사적 구호로 받아들였다. 지금도 노인들은 네루가 네타지 슈바지를 암살하도록 교사했다고 은근하지만 철석같이 믿고 있는 판이었다. 네타지 슈바지가 살아 있었다면 지금의 인도가 훨씬 나았을 것이라고 애석함을 감추지 못하는 사람도 있었고, 심지어는 그가 부활했다고 믿는 사람도 있었다. 간디가 인도 독립에 걸림돌이 된 것은 아니지만, 적어도 노인네가 보여준 단식 투쟁 따위로는 저 교활하고 잔인한 영국으로부터 감동 어린 선물로 독립을 가져다주리란 생각은 하지 않았다. 무엇보다 인도의 근간인 힌두교의 핵심이라고 할 수 있는 카스트를 부수겠다는 일념과 무슬림까지

한 품에 안아보겠다는 망령이 결국 그의 황천길을 재촉했다고들
여겼다.

영국이 전근대적인 카스트 제도를 없애겠다는 의지로 불가촉민
을 포함해서 하위 카스트들을 한 묶음으로 스케줄드 카스트라고
명명했지만, 이름이 바뀐다고 철벽처럼 단단한 계급의식이 바뀔
리 만무했다. 스케줄드 카스트의 지위 향상을 위해 정부가 공무원
이나 학교 입학 같은 제도적 할당과 여러 특혜를 부여했지만, 게
토 안의 유태인 표식처럼 언제나 따라붙는 스케줄드 카스트 증명
서는 천사의 얼굴을 한 악마의 뒷면처럼 야누스적 반향을 불러일
으키곤 했다.

무슬림 여학생을 사랑하는 힌두교 남학생, 하층 계급 남학생을
사랑하는 브라만 여학생들도 어렵지 않게 보곤 했지만, 그들의 결
말은 언제나 똑같았다. 관습과 종교의 금기로 그들은 끝내 사랑을
이루지 못했다. 무슬림과 이웃으로 선린 관계를 이룰 수는 있지
만, 인도 내 무슬림을 언젠가는 파키스탄을 향해 냉큼 돌아설 인
간들로 생각하는 한 임시 휴전처럼 잠정적인 것이었고, 수드라 계
급을 사랑하는 브라만 여학생은 가족이나 집안 어른들로부터 철
딱서니 없는 망나니 취급을 받고, 심지어는 감금을 당해야 할 만
큼 혹독한 대가를 치르거나 죽음에 이르기까지 했다.

이곳에서는 사랑이 국적과 나이를 뛰어넘을 수는 있지만, 계급
과 종교를 넘어서지 못한다는 것을 크리슈나는 잘 알고 있었다.
다만 계급과 종교를 뛰어넘는 위대한 사랑은 돈과 명예와 권력을

쥔 자들의 몫이었다. 국보급 영화배우인 무슬림이 브라만 계급의 힌두교 여자를 거머쥐고, 지정 할당된 이점을 잽싸게 활용해서 국립대학 교수가 된 스케줄드 카스트가 상층 계급 미녀를 쟁취한 이야기는 동화 속의 영웅담 정도로 여겨질 뿐, 소수를 제외한 십억이 넘는 인간들은 여전히 끼리끼리를 고집했다. 가끔씩 이루어지는 연애결혼은 두 집안이 인정할 수준의 계급과 위치 내에서 안전하게 연애를 했던 연인들을 위한 선물일 뿐, 여전히 연애 따로, 결혼 따로인 중매결혼이 보통 남녀의 공식 결말이었다.

그래서였을 것이다. 슈크라가 가족과 그녀 중에 누구를 더 사랑하느냐고 물었을 때, 그녀를 더 사랑하지만, 끝내 버릴 수 없는 사랑이 또한 가족이라는 말을 하지 못한 것은. 그녀와 이별하는 것은 죽음보다 더한 영혼의 생매장이지만, 이별 뒤의 지옥을 끌어안고 갈 수밖에 없는 현실을 그녀도 크리슈나도 이미 다 알고 있는 한계였다. 그 한계를 밀어버리고 부술 수 있는 것은 오직 하나, 크리슈나가 가족도 그녀도 완벽하게 책임질 수 있는 돈을 버는 길밖에 없었다. 하지만 크리슈나가 거의 불가능한 임무를 완수하기까지 슈크라는 노처녀로 남아 가족의 닦달을 받는 고초를 겪어야 하고, 그녀를 둘러싼 주위와 사회의 편견과 오해와 위협은 크리슈나가 대신 감당해 줄 수 없을 만큼 그녀에게 위협적이라는 것을 잘 알고 있었다.

사랑하면서도 아무런 힘도 되어주지 못하고 그녀를 슬프게 하고 고통스럽게 하는 것은 크리슈나의 사랑을 역설적으로 배반하는 것이기도 했다. 목이 가는 호리병 속의 보물을 깨뜨리지도 부수지도 않으면서 꺼내기에는 크리슈나의 현실적인 손이 크고 무식하고 무디고 무력했다. 그는 너를 사랑하기 때문에 너를 떠나보낸다는 말, 유치하고 비겁한 그 유행가 가사를 뇌까릴 수조차 없었다.

결말을 예감했던 것일까. 슈크라는 마지막으로 떠나면서 그에게 카드 한 장을 건네주었다. 카드 속에는 슬픔이니 고통이니 따위의 단어는 단 한 자도 없었다.

"어떤 사랑이라도 없는 것보다는 낫다."

『바가바드기타』의 한 구절이 적혀 있을 뿐이었다.

이틀에 걸쳐 크리슈나의 삶을 재구성하는 글을 끝맺은 준하는 혈관이 펄떡거리는 크리슈나의 심장을 손가락으로 훑어 내리는 것 같은 아릿함을 느꼈다. 그저 옮겨 적는 것에 불과할 뿐인 글을 쓰는 동안 내내 그랬다. 크리슈나의 갈망이, 슈크라의 아름다움이 고스란히 느껴졌다. 준하가 할 수 있는 것은 그들을 향해 손을 내미는 것, 그들의 삶을 이해하는 것이라는 걸 알았다. 준하는 처음으로 자신에게 작가적 재능이 없다는 사실이 안타까웠다. 문학적 상상력과 갈망이 누군가의 진정한 삶을 견고히 떠받쳐 주고 의미 있는 삶으로 재창조할 수 있는 힘이 될 수도 있겠다는 생각이 절실하게 들었다. 문학에 문외한인 그녀가 알고 있는 소설은 부분적으로는 사회적 탐구이고, 부분적으로는 환상이며, 부분적으로는 고백이라는 것 정도이다. 수많은 다른 크리슈나와 다른 슈크라가 살고 있는 인도에 대해 준하는 알지 못한다. 크리슈나를 통해서 사랑의 환상을 보기보다는 환멸을 보았고, 무엇보다 크리슈나와 슈크라의 고백은 준하의 것이 아니었다. 그리고 이야기를 들려주는 부드럽지만 강한 작가의 혀가 그녀에게는 없었다.

아직 첸을 찾아가지 못했다. 어쩌면 크리슈나의 삶을 들여다보면서, 그 핑계로 첸을 찾아갈 시간을 짐짓 미루어왔는지도 모른다. 콜카타를 떠나기 전에 한 번쯤은 보리라는 다짐은 스스로와의 약속일 뿐인지도 몰랐다. 하지만 첸이 편지에 썼던, 깃털도 뽑고 몸도 가혹하게 줄여서 인도로 날아온다는 히말라야 산록의 백로처럼 스스로를 고행자로 과장하는 그가 어떻게 되었는지 꼭 보리라 마음먹었다.

11

　슈크라는 옷장에서 사리를 꺼내 입은 뒤 화장대 앞에 앉았다. 둥그런 칠보 함을 열어 엄지에 붉은 가루를 찍어 이마에서 정수리로 이어지는 가르마에 발랐다. 거울 속에서는 남편이 침대에서 딸아이의 배에 손을 얹고 새벽잠에 들어 있는 모습이 보였다.

　스케줄드 카스트에게 할당된 쿼터를 이용해 정부 공무원이 된 시아버지는 인도가 영국 식민지 지배를 통해 바꾸려고 했던 여러 행정적 제도를 영리하게 포착했던 사람이었다. 급격한 산업의 발달로 인해 불가촉민에게도 생기게 된 일자리가 가져다주는 기회를 삶의 전환으로 삼았던 시아버지는 특히 토지의 자유로운 매매를 이용해서 땅을 싼값에 사두었다. 카멜레온처럼 급격한 변신을 한 것은 아니었지만, 기민하게 상황을 자신에게 유리한 쪽으로 이끌었던 시아버지 덕에 시댁의 형편은 이전과 비교할 수 없을 정도로 부유해졌다. 일상과 관계에 열대의 습기처럼 아직도 끈덕

지게 남아 있는 카스트를 완전히 없앨 수는 없었지만, 시댁은 몇 번의 변화를 통해 콜카타에 서구식 2층 저택을 마련하고 수데르 거리의 발로아첸 게스트 하우스를 운영할 수 있게 되었다.

남편은 자신의 일을 천직으로 알고 성실하게 일하는 남자였다. 게스트 하우스가 앞으로 인도로 몰려드는 외국인 여행자들을 받아 안전한 밥줄이 될 수 있다는 것을 알고 있었다. 남편은 여행사와 연계해서 또 다른 투자 이익을 남겼고, 인건비가 싼 호조건을 이용해서 게스트 하우스를 벗어나 하얏트 호텔이나 셰러턴 호텔 같은 특급 호텔을 운영하는 꿈을 향해 뛰고 있었다. 돈에 대해서는 동물적이고 현대적인 감각으로 무장한 남편도 삶의 방식과 관습에 대해서는 철저히 인도의 전통적 사고로 굳어 있었다. 남편은 여전히 지나치게 현실적이고, 지나치게 고집 세고 보수적이다. 그런 남편에게 대항할 힘이 슈크라에게는 없었다.

못 배워서 가난하고 가난하기 때문에 교육을 받을 수 없었던 하층민들의 질곡에서 벗어난 남편의 집안은 철저한 채식주의를 고집했다. 처음에는 고기를 사 먹을 형편이 못 돼서 할 수 없이 채식주의자가 되었겠지만, 살생을 금하는 계율을 최고의 도덕률로 치는 상층 계급의 채식주의 생활을 추종하는 쪽으로 흘러갔으리라는 것은 슈크라도 많은 사람들을 보아 익히 알고 있었다.

삶의 위계를 높이기 위한 그들의 몸부림은 처절하게 느껴졌다. 대다수가 육식을 하지 않는 브라만이나 크샤트리아처럼 되기 위한, 고단하고 힘겨운 산스크리트화의 길을 가려고 기를 쓰는 시댁 식구들이 신혼 시절 슈크라에게는 위선자들처럼 보였다. 불가 촉민위원회에서 신분 상승을 꾀하며 쇠고기 육식을 금하고는 있지만 시댁처럼 극단적인 채식주의를 강요하지는 않았다. 적어도 동물성 단백질의 부족을 막기 위해 응결된 우유인 기나 버터로 튀긴 팍카 정도는 먹어도 상위 계급으로 올라가는 데 큰 문제가 없다고 슈크라는 생각했다. 하지만 달걀 한 쪽은 고사하고, 버터나 치즈와 같은 유제품조차 일절 먹지 않는 시집의 식단은 신혼 시절의 고단함과 더불어 슈크라를 더욱 힘들게 했다.

간단한 것 같지만 다양한 요리를 만들어내기 위해서는 품도 시간도 많이 들었다. 고기와 야채와 몇 가지 기본양념만 적당히 섞어 끓이면 맛이 나는 고기 요리와 달리, 콩으로 만든 요리는 까다로워서 슈크라는 부엌에 들어설 때마다 스트레스를 받았다. 무엇보다 일주일에 두세 번 정도는 닭고기나 염소 고기를 먹는 친정의 식단에 익숙한 슈크라는 짐승처럼 고기를 뜯고 싶은 소중이이는 자신이 혐오스러워 견딜 수가 없었다.

첫아이를 임신하고서 시작된 입덧으로 솥에서 부글거리며 끓어오르는 콩 비린내를 맡으면 염치없이 심한 구역질이 일곤 했다. 기름기가 흥건한 염소 고기를 뜯어 먹으면 살 것 같았다. 시장 간다는 핑계로 나갔다가 식당에서 허겁지겁 고기를 사 먹고 돌아오면, 시어머니는 귀신같이 슈크라에게서 역한 짐승의 누린내를 맡았다. 그럴 때면 같은 카스트이면서도 시어머니는 슈크라를 더 갈 데 없는 백정처럼 쳐다보았다. 과거에 대한 구체적이고도 의도적인 부정은 수천 년 동안 브라만으로 살았던 진성 브라만보다 더 브라만다운 삶을 살도록 가족들을 채찍질하고 있었다. 모든 것을 계급적 관점으로만 바라보는 콜카타 공산주의자들보다 더 끔찍하게 시댁은 카스트로만 삶을 판단하고 조정했다.

과거 없는 현재 속에서만 산다는 것이 슈크라는 혼란스럽고 불편했다. 시댁 식구들이 세워놓은 원칙을 맷집 좋게 따라붙을 수도 없고, 따져 물을 수도 없었다. 이미 슈크라는 전통적인 인도 여인들이 따르는 삼종지도의 길에 들어섰기 때문이었다. 시댁과의 관계를 더욱 공고히 다지고, 서로 같은 편에서 공생하는 길밖에 없다는 것을 알면서부터 슈크라는 크리슈나를 그리워하는 것이 사치라고 치부하려 애썼다. 소증처럼 일어나는 크리슈나에 대한 그리움의 몸살도 조금씩 수그러지리라 여겼다.

시간이란 얼마나 두렵고도 광폭하고 어지러운 물살인가. 이제 더 이상 슈크라는 소증으로 스스로를 덧내지도 않고, 가끔 친정 나들이를 갈 때 피붙이들이 고기 기름으로 번들거리는 손으로 밥을 비빌 때마다 지난날 시어머니가 슈크라에게서 맡았던 고기 누린내가 끼쳐서 슬며시 고개를 돌리곤 했다.

지금도 가끔은 크리슈나에 대한 기억 때문에 마음이 몸의 그릇을 자꾸 빠져나오고, 마음이 빠져나간 텅 빈 몸이 추억 속에서 넘어지곤 했다. 그녀가 크리슈나에게 기울인 감정은 절실했으며 그 또한 그녀를 사랑했다. 단 한 사람이 슈크라를 실제의 그녀보다 더 크고 아름답게 받아들여 주었다. 카스트 밖에서 나누었던 사랑

속에서 그녀는 절망적이었던 스스로를 일으켜 세우는 기적을 맛보았다. 아무 두려움 없이 아주 말랑말랑한 살결을 가진 아기처럼 세상을 향해, 사랑을 향해 한 발을 내디려 보고 싶었다.

크리슈나가 부여해 준 세상은 온통 빛으로 가득 찼고, 그 빛 속에서 그녀는 회생을 꿈꾸었다. 그와 만나는 그 순간을 아무도 엿보지 않기를, 회의로 되짚어 보지 않기를, 사회가 그 순간만은 눈을 감고 지나치기를 바랐다. 그의 고운 숨결을 느끼면서 뒤척이지 않고 깊은 잠을 자고 싶었으며, 곤히 자고 일어난 다음에도 자책이나 거리낌 없이 편안한 마음으로 아침을 맞는, 그 정도의 평화만 꿈꾸었다. 살아가는 동안 숨 쉴 만한 귀퉁이를 한 곳 찾은 느낌, 그 느낌 때문에 그녀는 어느 때보다 순정하고 착해진 자신을 만났다. 그를 만났던 시간들을 돌이켜보면 그에 대한 슈크라의 순수한 감정은 의심할 수 없었다. 그 같은 순수함은 한동안 계속됐다. 하루도 거르지 않고 만났으며, 미친 듯이 서로를 탐했다. 그리고 헤어졌다.

하지만 이제 이미 그녀의 운명이 된 딸과 남편을 향한 마음 또한 거짓 없이 애틋했다. 잘 익은 망고보다 더 달콤한 단내를 풍기는 딸아이를 끌어안으면 온몸의 핏줄이 끌려가는 듯한 애착과 행복을 느꼈다. 남편이 그녀를 살갑고 따뜻하게 안아주며 건네는 정겨운 말에서 정직하고 오롯한 지아비의 애정을 확인할 수 있었다. 크리슈나와 나누었던 애타고 간절한 사랑의 감정만큼은 일어나지 않았지만, 담백하고 편안한 남편의 애정 속에서 그와 평생 함께할 두터운 유대감을 느꼈다. 관계의 조건은 비겁하게도 함께 나누는 새로운 시간 속에서 굳어진다는 것을 그녀는 이제 잘 알고 있었다. 아늑하고 평화로운 일상, 그 일상을 뒤로하고 크리슈나와 함께했던 지난날의 시간들은 검은 강물로 흘러 사라질 것이라고 믿었다. 그렇게 믿지 않는다고 한들, 이승에서의 삶을 뛰어넘을 수 있는 어떤 방법도 알지 못했다.

슈크라는 머리카락을 묶어 뒤로 틀어 올린 뒤 거실로 나갔다. 앞집에서 시타르를 연주하는 음악 소리가 건너왔다. 슈크라는 현관으로 발걸음을 옮겼다. 망고 나무 옆에 있는 인디언 핑크빛 부겐빌리아 꽃송이가 탐스러웠다. 제 키보다 더 큰 장대를 들고 망고 열매를 따려는 푸로비네 막내 녀석이 보였다. 휘청거리는 장대를 조절하지 못해서 매번 망고가 달린 가지를 잡아채지 못한 아이는, 그러나 쉽게 포기하지 않았다. 나무 꼭대기에 달린 잘 익은 망고는 까마귀 몫이고, 무성한 잎사귀 그늘에 묻혀 제대로 자라지 못한 풋망고는 아이의 몫. 허름한 반바지를 입은 녀석의 가느다란 종아리가 10센티미터 폭의 담벼락 난간에서 위태위태했다.

슈크라가 살았던 친정집 마당 한구석에도 커다란 망고 나무가 있었다. 통통히 단 즙이 막 오르려는 망고, 채 익지도 않은 그 망고가 너무도 먹음직스러워 보여서 나무 아래를 한참이나 서성였던 기억이, 그녀에게는 있다. 그러다가 언제였을까. 비어 있는 집, 장대로 망고 나무를 실컷 두들겨 떨어진 망고를, 그것도 덜

익은 망고를 입이 부르트도록 정신없이 주워 먹는데 바로 앞에 떡하니 버티고 계시던 어머니.

"망고 나무 다치게 지금 뭐하는 거냐?"

슈크라는 그날 자신이 두들기던 망고 나무보다 더 실컷 맞았다. 그녀가 아픈 것보다 망고 나무가 다치는 것이 더 걱정이라는 어머니는 분명 계모가 아닐까 하는 생각에 어찌나 서럽던지, 그날 밤은 제대로 잠을 이루지 못했다. 까마득한 옛날이다. 지금은 그 망고 나무도 베어지고 없고, 그녀는 설렘으로 망고 나무 아래를 서성일 마음의 여유가 없이 살았다. 그리고 어머니는 더 이상 그녀를 때리지 못하신다.

갓난아이가 투레질하듯 정전이 잦은 어릴 적 친정 마을의 불빛 없는 밤하늘, 망고 나무 아래 돗자리를 깔아놓고 누우면 사파이어보다 더 반짝이는 별들이 어린 슈크라의 긴 눈썹 끝으로 우박처럼 쏟아졌다. 하늘이 파란 이유는 하늘 저편에 거대한 사파이어가 빛나고 있기 때문이라고 믿었다던, 아주아주 먼 나라인 페르시아 사람들에 대한 이야기를 아버지는 들려주었다. 흥이 많은 아버지는 술이 당기면 아침 녘에 케줄 나무줄기에 생채기를 내어 수액을 통에 받아 한나절 만에 발효된 천연주를 마시거나, 그것도 모자라면 카시네 가게에 가서 밀주를 사다 마셨다. 화요일이 토요일이고, 수요일이 일요일인 마을. 몽골발인 화요일에는 강으로 나가 마구르마츠라는 메기를 잡고, 붇발인 수요일에는 시타르를 들고 연가를 몇 시간이고 불러대는 떠돌이 악사 바울의 구성진 가락에 장단을 맞추는 곳. 어린 슈크라는 자신의 내부에서만 의미를 갖고 스스로가 만든 시간 속에 둥글게 침묵하는 그곳에서 아무런 고통 없이 성장했다. 마을 한구석에 뜨거운 뙤약볕을 고스란히 받으며 멍하니 입 벌리고 있는 붉고 허름한 우체통처럼 텅 비어 있는 시간 속으로 편지처럼 사랑이 오리라고 믿고 기다렸다. 그때는 카스트도, 이별도, 죽음도 알지 못했다.

사내아이는 바닥에 떨어진 망고 두 알을 손에 쥐고 바지춤에 쓱쓱 닦아댔다. 슈크라의 시선을 느꼈던지, 사내아이는 잇몸을 드러내고 그녀를 향해 씨익 웃었다. 까만 녀석의 시큼한 미소를 향해 슈크라가 손을 흔들었다. 녀석이 냉큼 골목 끝으로 웨죽웨죽 걸어갔다.

슈크라는 맨발로 마당에 내려섰다. 집집마다 담 밖으로 휘어져 내려오는 꽃들. 붉은 꽃이 집 담벼락을 휘감고 넘쳐났다. 새벽이면 이슬의 무게를 이기지 못해 마당이 낙화로 벌건 우물 바닥처럼 되어버렸다. 크리슈나와 사랑에 빠져 있을 때에는 있는 대로 벌어진 부겐빌리아 꽃송이가 너무나 농염해서 만져볼 수도 없었다. 벌어진 꽃송이 뒤로 우묵한 그늘과 날카로운 햇빛이 벌이는 한낮의 정사가 질펀하게 느껴졌던 때, 자신도 모르게 목덜미가 시큰해져 꽃나무 밖으로 성큼 뒷걸음질을 쳤던 때, 모든 것이 사랑으로 비쳐졌던 때, 그런 때가 있었다.

슈크라는 크리슈나의 죽음이 모두 자신 탓인 것만 같아서 가슴이 찢어질 듯 아팠다. 마음 놓고 통곡할 수도 없는 처지가 저주스

러웠다. 크리슈나의 동생인 아준이 들고 온 서류를 앞에 두고 그
녀는 자신의 책임을 묻는 것 같아 통렬한 죄책감을 느꼈다. 남편
의 게스트 하우스에서 묵고 있는 준하라는 한국인에게 부탁을 한
것은 두려움 때문이었다. 크리슈나가 한국에서 겪었을 고통을 낱
낱이 알아버린다면, 슈크라는 자신의 생 전체를 내놓아야 할 것
같아 두려웠다.

끝까지 그녀를 잡지 못하는 크리슈나의 무력함에 대고 슈크라
는 억지를 부렸다. 크리슈나는 남자니까, 남자는 강하니까, 어떻
게든 해보라고 슈크라는 화를 내기도 했다. 콜카타에서 살 수 없
다면 크리슈나와 어디든지 도망이라도 가고 싶었다.

크리슈나를 만난 마지막 날, 슈크라는 그에게 말했다.

"크리슈나, 네가 가자고 하면 나는 갈 거야. 어디든지."

"가고 싶어."

한참을 망설이다 그 말을 꺼내놓고 크리슈나는 서둘러 함께 가
지 못하는 이유를 늘어놓았다. 그저 그의 변명을 듣고만 있던 슈
크라는 이미 그런 결말을 알고 있었고, 더 이상 아무 말도 하지
않았다. 거리에서 헤어졌을 때, 크리슈나는 고개 한 번 돌리지 않
고 사람들 속으로 섞여 들어갔다. 슈크라는 사랑하는 사람의 뒷
모습이 그토록 차가울 수 있다는 사실을 그때 처음 알았다. 떠나
자고 할 때는 머뭇거리던 크리슈나가 슈크라의 결혼 소식을 듣고
찾아왔을 때, 슈크라는 해서는 안 될 말을 하고 말았다.

"크리슈나, 네가 나를 가지려면 네 목숨과 맞바꿀 만큼 큰돈을

가져와야 할 거야. 그게 우리 현실이잖아."

절망과 분노, 갈망과 슬픔으로 몸을 가눌 수조차 없었지만, 슈크라는 관계의 벼랑으로 크리슈나를 밀어버리고 말았다. 그 순간에도 크리슈나가 손을 잡고 도망가자고 했으면 슈크라는 따라 나설 수 있었을까. 슈크라가 겪는 자가당착 속에서 어리석고도 잔인하기 짝이 없는 말을 듣고 크리슈나는 더 이상 아무 말도 하지 않았다. 슈크라는 크리슈나보다 더 심하게 모든 것을 무화시켰으면서도, 끝내버린 관계의 종말을 들여다보면서 그 뒤로도 오랫동안 서성거렸다.

슈크라는 새벽이슬을 함초롬히 머금은 부겐빌리아 꽃을 몇 송이 땄다. 집 안으로 들어와 크리슈나와 시바 신의 아내인 두르가 여신에게 향을 사르고 꽃을 바쳤다. 슈크라는 제단에 놓인 크리슈나 신의 조각상을 내려 품에 안았다. 크리슈나 신의 차갑고 딱딱한 발에 슈크라는 입을 맞추었다. 톱날이 몸에 들어오는 것처럼 날카로운 슬픔이 슈크라를 가르고 있었다. 살아서 크리슈나는 그녀 곁을 떠났고, 죽어서 그녀 속으로 들어왔다. 죽은 크리슈나는 살아 있는 슈크라를 오래도록 죽음으로 이끌 것이다.

'마치 사람이 계절을 따라 헌 옷을 버리고 새 옷을 입는 것과 같이, 이 몸속에 살고 있는 그 실재인 영혼도 낡은 몸뚱이를 버리고 다른 새것으로 옮겨 가리니, 칼도 그 영혼을 자를 수 없고, 불도 그 영혼을 태울 수 없고, 물도 그 영혼을 젖게 할 수 없으며, 바람도 그 영혼을 말려버릴 수 없으리라. 영혼은 자를 수 없는 것

이요, 태울 수도 없는 것이요, 적실 수도 없는 것이요, 말려버릴
수도 없는 것이라. 그것은 영원히 모든 존재 의식 속에 깊게 두루
퍼져 있는 불변이요 부동이니라. 영혼은 언제나 한결같은 하나이
니라.'

언젠가 슈크라도 헌 옷을 버리듯 삶을 버리고 떠날 것이었다.
독하고 아리게 참아왔던 뜨거운 눈물이 흘러내렸다. 눈물이 크리
슈나 신의 차가운 발을 따뜻하게 적셨다. 두 손을 합장하고 그녀
는 마음 깊이 음송했다. 죽은 크리슈나를 위해 그녀는 기도를 바
치고 고통 없는 내세를 기원했다. 앞으로도 오래, 어쩌면 평생 동
안 새벽마다 슈크라는 꽃을 따서 바치고 향을 사르게 될 터였다.

12

　아침에 마더 테레사의 집에 도착하자마자, 첸은 눈으로 노인을 먼저 찾았다. 노인이 있어야 할 자리에 다른 사내가 누워 있었다. 첸은 병상 하나하나를 둘러보고, 바로 옆 여자 환자들이 거처하고 있는 곳까지 헛되이 뒤졌다. 회복의 가망이 전혀 없는 노인이 마더 테레사의 집을 나갈 방법은 오직 하나, 시신을 운구하는 사람들에 의해 실려 나가는 것뿐. 그렇다면 노인은 첸이 봉사를 끝내고 마더 테레사의 집을 떠난 후 다잡지 못한 마음을 추스르려고 숙소에 머물렀던 며칠 동안에 사망한 것인가. 마더 테레사의 집에 머문 자들이 가야 할 마지막 거처로 떠난 것은 너무도 당연한 것임에도 첸은 황망하기 그지없었다.

　포도당액이 든 링거를 들고 잰걸음으로 바삐 움직이는 현지 벵갈인 수녀를 붙잡았다.

　"아마르 남네이 씨는 어디에 있나요?"

위생 마스크를 쓴 수녀의 큰 눈이 첸의 물음에 어리둥절한 빛을 띠며 휘둥그레졌다.

"아마르 남네이 씨라뇨?"

"저쪽이요. 벽에서부터 세 번째 침상에 있던 노인 말이에요. 그분은 어디 갔습니까?"

첸이 손가락으로 그 노인이 누워 있던 자리를 연거푸 가리키며 물었다.

"림탈라 가트에 갔습니다."

"림탈라 가트라니요?"

"후글리 강변에 있는 화장터로 어제 사람들이 싣고 갔습니다."

"⋯⋯?!"

"그리고 '아마르 남 네이'는 그분의 이름이 아닙니다. '아마르 남 네이'라는 벵갈어는 '제 이름은 없습니다'라는 뜻입니다."

"⋯⋯."

첸은 마더 테레사의 집을 급히 나와 택시를 잡아타고 림탈라 가트로 향했다. 기찻길 옆 슬럼가에서 아이의 머리통을 뒤적이며 한가롭게 이를 잡아주는 여인네와, 등 지퍼가 반쯤 열린 낡은 원피스를 입은 계집애와, 반바지만 걸치고 텅 빈 철로의 침목을 깨금발로 뛰어다니는 사내아이가 창밖으로 보였다.

건널목을 건너자 후글리 강이 누런 물살을 뒤채며 도도히 흐르고 있었다. 후글리 강안에 화장터가 있었다. 네 명의 사내들이 평상처럼 생긴 나무판을 어깨에 들쳐 메고 화장터 입구로 향하고 있었다. 바로 그 뒤를 이어 소형 트럭을 개조한 장의차가 화장터에 도착했다. 장의차의 뒷부분에 투명한 유리 상자가 놓여 있었다. 유리 상자 안에는 한 구의 시신이 얼굴을 드러내고 꽃에 둘러싸인 채 잠자듯 누워 있었다. 마지막 이승을 떠나는 자들의 위계가 확연하게 드러나는 광경이었다.

화장터 입구로 들어서자 불티와 재가 섞인 매캐한 연기에 눈이 따가웠다. 흰 꽃다발이 텅 빈 구덩이에 놓여 있는 것이 먼저 눈에 띄었다. 다른 구덩이에는 장작단 위에서 시체가 한창 타고 있는 중이었다. 첸은 노인을 찾기 위해 한창 타고 있는 시체 가까이 다가가 꼼꼼히 들여다보았다. 이미 얼굴은 흔적도 없이 그을렸고, 장작더미 밖으로 나온 양발과 양팔만이 불길에 서서히 먹혀 들어가고 있었다. 발도 팔도 노인의 것이 아니었다.

고개를 왼쪽으로 돌리자 화장 의식을 막 시작하는 한 구의 시신이 보였다. 첸은 체면 불구하고 격자 형태로 쌓아 올린 장작더미에 누운 시체 곁으로 다가갔다. 흰머리가 성성한 할머니가 합죽한 입을 다문 채 장작더미에 얌전히 누워 있었다. 치마처럼 생긴 흰색 도우티에 원피스 같은 흰색 상의를 입은 혈색 좋은 사내들이 원탁의 제전에 앉은 사제들처럼 콘크리트 의자에 앉아 의식을 지켜보고 있었다. 장례식을 마치 관람하듯이 도도하게 지켜보는 사람들이 첸은 낯설기만 했다. 의식의 집전자와 뒤통수에 몇 가닥의 머리카락만 남기고 머리를 민 사내가 시체 옆에서 의식을 진행하고 있었다.

　남의 장례에 무턱대고 끼어든 첸을 조문객들이 힐끔거리며 쳐다보는 시선이 불티처럼 닿았다가 스러졌다. 머리를 밀고 직접적으로 화장 의식에 참여하는 사내는 망자와 가장 가까운 사람인 듯했다. 상주임에 틀림없는 사내의 표정이 너무 흔연스러워서 첸은 사내를 가리키며 곁에 서 있는 사람에게 물었다. 안경을 쓰고 손가락에 반지를 서너 개쯤 낀 혈색 좋은 남자들은 영어를 할 줄 안다는 나름대로의 계산으로 물었던 것이다.

　"저 사람은 누군가?"

　"죽은 자의 장자다."

　사내가 위아래로 첸을 훑으며 짧게 대답했다.

　"어머니가 죽었는데, 왜 그는 울지 않는가?"

　"슬픔으로 넘어질 만큼 이미 충분히 울었다."

　별 싱거운 놈 다 보겠다는 표정으로 사내가 대답했다. 슬픔으로 쓰러진다는 말 대신에 넘어진다는 말과 충분히 울었다는 말에 첸은 할 말을 잃었다. 죽음에 비례한 슬픔의 크기는 얼마만 한 것이며, 얼마나 울어야 충분히 울었다고 당당히 말할 수 있는 것인가.

　죽은 부모의 살을 뜯어 먹으며 영원을 새기는 부족이 있고, 죽은 자의 몸을 마음껏 쓰다듬으며 통곡하는 여자 대신에 무기를 장전하고 소리를 지르며 허공을 향해 총을 쏘는 것으로 죽음을 애도하는 사내들도 있다는 사실을 첸은 알고 있지만, 죽음 앞의 무표정은 뜨악하기만 했다.

　첸은 고전적인 방식으로 화장을 하는 화장터를 벗어나 바로 옆에 있는 화장터로 발길을 옮겼다. 오전인데도 열 구가량의 시체가 화장을 기다리고 있었다. 옆 화장터와 비교될 정도로 시체 옆에 쭈그리고 앉아 있는 사람들의 행색이 남루했다. 하나하나 시체를 확인해 보았지만 노인은 없었다. 가스실 앞에서 순서를 기다리는 시체 주위에 사람들이 원을 돌고 있었다. 곡을 하는 사람도, 우는 사람도 없었다. 사람들은 시체에 꽃을 뿌리며 낮은 목소리로 노래를 불렀다. 느린 곡조의 노래를 들으며 첸은 몸이 떨려 오는 것을 느꼈다. 삶과 죽음, 이승과 저승, 망자와 산 자, 성과 속, 그 모든 것을 가름하는 것조차 아무 의미 없음을 들려주듯, 그들의 노랫소리에는 유한한 인간 실존에 대한 다함없는 인정이 깔려 있었다.

장례 의식의 집전자가 뿌리는 향냄새가 허공에 흩어졌다. 사람들의 손에 들렸던 꽃들이 남김없이 시체에 뿌려졌다. 바로 뒤이어 시체를 받은 화로가 안으로 들어가 닫힘과 동시에 쉬식, 불이 타오르는 소리가 울렸다. 그 소리에 아낙네 몇이 바닥에 주저앉아 얼굴을 감싸며 낮게 흐느꼈다. 첸은 밖으로 나왔다. 또 한 구의 시체가 들것에 실려 오고 있었다. 첸은 재를 단지에 담아 떠나보내는 후글리 강으로 내려가는 계단에 섰다. 탁류의 물살이 계단 몇 개를 핥아대고 있었다. 네댓 살 된 여자 아이의 이마에 더러운 강물을 찍어 엄숙하게 발라주는 아낙, 양은 단지에 물을 한가득 담아 양치질을 하는 사내, 강물에 몸을 담그고 목욕을 하는 청년, 치렁거리는 사리를 무릎까지 올리고 발을 적시는 여자를 첸은 하염없이 쳐다보았다.

환생을 통해 무한 반복되는 생의 영원성도 믿지 않고, 생사의 완강한 틀을 부수고자 하는 종교적 집념도 없으며, 고독을 통해 역설적으로 고독의 비상을 갈구하는 사두도 아닌 첸에게 더러운 강물에 몸을 적시는 그들은 낯선 이방인일 뿐이었다. 아마르 남네이. 이름이 없는 노인을 찾아 화장터까지 득달같이 달려온 첸은 어디로 가야 할지 막막했다.

"한 사람이 있었다. 그는 매우 평범한 사람이었다. 누구나 마찬가지겠지만 그 또한 자신이 평범한 인간이라는 것을 부정했다. 하긴 이 세상에 수십 억 인간들은 모두 다르다. 평범한 인간은 그래서 없는 것일지 모른다. 다들 자기만의 세상을 만들어가고 있는 것이다. 평생 행려로 떠돌다 한 줌 재로 사라진 아마르 남네이 씨에 이르기까지, 누구나 다 자기만의 세상을 갖고 있을 뿐이다. 그런데 평범하다니 될 말인가. 그럼 이렇게 시작해 보자.

한 사람이 있었다. 그는 매우 독특한 사람이었다. 누구나 마찬가지겠지만 그 또한 자신이 남들과 다르다는 것을 두려워했다. 하긴 이 세상의 수십 억 인간들은 모두 비슷비슷할 뿐이다. 아침에 일어나서 잠들 때까지 지랄같이 똑같은 행위를 반복할 뿐이다. 그야말로 단 한 줄로 모든 걸 끝낼 수 있을 만큼 밋밋하다. 그런데 독특하다니 말도 안 된다.

그럼, 그럼 어떻게 시작한다?"

쳰은 뭔가를 쓰고 있었다. 쳰 옆의 의자에 앉아 있는 이방인들 역시 모니터를 쳐다보며 자판을 열심히 두드리고 있었다. 어떤 소식을 전하는 그들과 달리 쳰은 어떤 소식을 전할 수가 없었다. 하지만 모니터에는 뭔가 자꾸 쓰여지고 있었다. 모니터에 입력된 글자들. 처음에는 아무 뜻 없는 음소가, 음절이, 단어가, 구절이, 문장이 차례로 떠올랐다. 자판을 두드리고 있는 인간이 누구인가는 중요하지 않았다. 뭔가 말하고 싶은 한 사람이 여기 있을 뿐이었다. 이 말을 들어줄 인간이 누구인가도 알 필요가 없었다. 쳰에게는 중요하지 않았다. 다만 내키는 대로 무슨 말이든 하고 싶을 뿐이었다.

수데르 거리의 인터넷방에 컴퓨터 하나를 꿰차고 앉아 쳰은 검색도 하지 않고, 전자메일도 쓰지 않은 채, 화면 위에 뭔가를 채우고 있을 뿐이었다. 금제에 대해 생각하고 있었던가. 금이 그어져 있다는 것은 분명 쳰의 호기심을 자극했다. 무슨 일이 시작될 것 같은 불길하면서도 흥분된 예감이 금이라는 단어에 깔려 있다. 동시에 금이 그어져 있다는 것은 지독히 권태로웠다. 아무것도 가능하지 않고 더 이상 일어날 사건도 이미 사전에 봉쇄되어 있기 때문이었다. 기하학에서 위치만 있을 뿐 넓이를 갖고 있지 않은 것으로 정의되는 금, 기묘한 이중성이 그 금에는 깔려 있다.

처음에 그 금을 밟고서 혼란과 두근거림과 자책과 무서움 때문에 잠조차 자기 힘들었다. 쿨만이 말했던가. 그저 우연히 맞부딪친 두 인간이 가까워지는 것은 서로를 이해하거나 알고 난 다음이 아니라는 말. 어쩌면 서로를 안다는 것은 의미 없는 일인지도 모른다. 그와의 관계 속에 놓인 그는 그저 그 안의 그일 뿐. '…이었던 그'는 이미 사라져버렸기 때문이다. 환영에 불과할 뿐인 쿨만 속의 자신만이 뚜렷한 실체로 느껴질 뿐, 일상을 꾸려가는 그의 존재는 그의 삶 뒤로 물러앉는 것을 느끼곤 했다. 역전된 존재의 질감에 당황해서 떠나왔음에도 여전히 첸은 낯선 현실의 불확실하고 모호함 속에서 헤매고 있는 중이었다.

첸에게는 쿨만에게 가는 길이 멀고도 멀었다. 스스로 만든 덫, 스스로를 해치는, 또 어쩔 수 없이 스스로 봉합해야만 하는 마음과 싸우고 나면 참혹했다. 차라리 한 번쯤은 철저하게 마음의 바닥에 내려가 볼 필요가 있다는 생각이 들었다. 그래서 콜카타까지 왔다. 마음이 아프다고 생각할 때 몸도 따라 아파오는 것은 쿨만의 실체에 근거한 감정이기 때문이라고 여겼다. 하지만 사랑이 끝나면 상처를 받고 앓다가 언젠가 회복하는 정도를 넘어서 살아가는 힘 자체를 송두리째 상실할 수도 있다는 것을 첸은 알지 못했다.

컴퓨터 화면을 모조리 지우고 첸은 일어났다. 전자메일을 검색하고, 답장을 쓰고, 끊임없이 사이버 공간과 사이버 인간들을 떠도는 여행자들이 콜카타의 뒷골목 인터넷방의 비좁은 의자에 몸을 쑤셔 박고 말없이 앉아 있었다. 안을 떠나 바깥으로 나온 자들이 다시 그 안으로 용을 쓰고 들어가려 하고 있었다.

진정으로 속을 내뱉지 못하는 손가락 수다나 떨어대는 자신이 좀 지겨워졌다. 첸은 인터넷방을 나와 거리로 나섰다. 막막했다. '피에스디/아이에스디(PSD/ISD)'라고 적힌 곳으로 들어갔다. 참고 참다가 쿨만에게 전화를 걸었다. 전화기만 달랑 한 대 놓여 있는 비좁은 칸막이 안으로 들어가 전화번호를 눌렀다. 키가 큰 첸의 머리통 바로 옆에서 먼지가 솜뭉치처럼 얹혀 있는 작은 선풍기가 덜거덕거리며 돌아갔다. 미적지근한 바람만 뿜어내는 선풍기의 소음 때문에 쿨만의 목소리를 듣지 못할까 봐 첸은 귓구멍에 쑤셔 넣을 듯이 수화기를 오른쪽 뺨에 밀착시켰다. 수화기를 그러쥔 손아귀에 식은땀이 찼다. 발신음이 가는 동안 심장이 오그라드는 것 같았다. 자신을 내친 주인에게 미친 듯이 달려드는 맹목적인 애완견처럼 헐떡이는 자신이 혐오스러웠지만, 더 이상은 참을 수 없었다.

"예스."

전화를 받을 때면 '헬로'라는 말 대신에 그가 즐겨 쓰곤 하던 예스. 막상 낯익은 쿨만의 목소리를 듣자 다리에 힘이 풀렸다. 수화기 안으로 쿨만 주위의 왁자한 소음이 빨려 들어왔다. 무사태평한 그 음성과 견고한 일상을 과시하는 듯한 전화기 밖의 소리들이라니.

제기랄. 나란 놈은 안중에도 없었군.

"헬로, 헬로……"

상대방에게서 아무런 응답이 없자, 쿨만은 예의 심상한 목소리로 송신자의 대답을 요구하듯이 말했다. 상대는 다만 5밀리미터 구리선을 타고 들려오는 음성, 기계적으로 조합된 가상의 존재로 첸에게 다가올 뿐이었다. 갑자기 전화선을 타고 전달되던 합성된 음성이 인간의 냄새를 띠기 시작했다. 인간의 냄새? 그건 무슨 소리지? 인간이 다른 인간에게 접촉하는 순간, 그는 다만 자신 속에서 만들어진 영상으로만 존재할 뿐인걸. 타인을 감지하게 만드는, 아니 타인으로 들어가는 것은 가능한가.

첸은 전화기를 가만히 내려놓았다. 좁디좁은 전화방에서 긴장으로 땀을 흠뻑 흘린 탓인지, 귓등과 먼지가 더럽게 긴 발가락 사이, 손이 닿기 어려운 등과 허리의 접합부에 빈대나 벼룩 따위에 물린 자국이 사정없이 가렵기 시작했다. 등짝부터 오른쪽 어깨 쪽으로 벌겋고 넓적하게 번진 물린 자국을 때가 꼬질꼬질하게 긴 긴 손톱으로 북북, 사정없이 긁어댔다. 지금 이 시간에 쿨만은 그 놈과 함께 있을까? 옆에 아무도 없는 것을 의외로 잘 견디지 못하는 쿨만은 절대로 혼자 있지 않을 게 틀림없었다. 보고 싶었다고 말하지 못할 바에는 차라리 욕이라도 퍼부어야 했을 터였다. 병신 같이 전화기만 맥없이 내려놓다니. 언제나 이런 식이지, 나란 놈 은. 수은이 녹아 내려 얼룩덜룩한 작은 거울 속의 첸이 주먹을 쥐 었다가 가운데 손가락만 하나 들고 스스로를 향해 내밀었다.

"내가 아는 흑인 놈이 하나 있어. 그놈은 자기가 부분 모델 출 신이라는 것을 언제나 자랑 삼아 떠벌리곤 했지. 그놈이 모델이 된다면 나는 슈퍼맨 시리즈의 주인공이 될 거라고 응수했지. 왜

냐하면 그놈은 다리 한쪽이 무릎 아래에서 잘려 나간 불구거든. 그런데 그놈 말이 완전 뻥은 아니었더라고. 제목은 생각이 안 나는데, 암튼 백인 주인공과 짝을 이룬 버디 형식의 영화에 출연한 흑인 남자가 불의의 사고로 다리 한쪽이 잘려 나간 모양인데, 그 흑인 주인공의 잘린 다리 모델이 되어준 거야. 무릎 밑이 날아간 다리로나마 부분 모델이 되긴 한 거지.”

언젠가 쿨만과 첸, 쿨만이 언급했던 예의 그놈과 셋이 합석한 자리에서 사이먼을 보았다. 레게 머리를 한 놈의 눈빛, 상처로 단련된 침착하고 어두운 힘이 느껴지는 눈빛이 예사롭지 않았다. 세상에 대한 적응과 화해를 위해 쓸데없는 소모전을 하지 않겠다는 투의 심드렁한 표정과 어깻짓은 언제나 쩔쩔매기만 하는 소심한 첸과는 다른 놈이라는 것을 보여주고 있었다.

사이먼이 바로 쿨만이 새로 접수한 애인이라는 사실을 깨닫는 데는 오래 걸리지 않았다. 왜냐하면 머릿속이 휑 비면서, 동시에 피부 밖으로 혈관이 튀어나올 것 같이 벌떡거렸으니까. 쿨만이 피우는 시가에도, 음미하는 와인에도, 심지어는 그의 입술이 닿는 와인 잔의 모서리에도, 들이쉬는 공기에도 질투를 느낄 만큼 쿨만의 모든 것에 집중해 있었으니까.

치 떨리는 질투로 첸은 아무 생각을 할 수가 없었다. 죽이고 싶다는 생각, 놈도 쿨만도 죽이고, 자신도 죽이고 싶다는 생각만 들었다. 첸은 옆에 놓인 철제 의자와 쿨만의 급소 사이, 앞에 놓인 생맥주 잔과 놈의 머리통 사이의 간격을 가늠해 보았다. 그 둘을 바쉬버린 다음에 누가 자신을 죽여줄 것인가, 라는 어처구니없는 생각이 뒤이어 떠올랐다. 단지 수초 사이에 첸의 상상 속에서 저질러진 광란극을 알기나 하듯, 그 둘은 일어나서 플로어로 나갔다. 고막을 찢는 듯한 음악 소리와 천장에 매달린 스트로브스코프에서 쏟아지는 수백 개의 불빛 속에서 둘이 춤을 추는 것을 첸은 멍하니 바라보아야만 했다. 옆에 놓인 빈 철제 의자를 마치 보조 받침대로 붙잡고 있지 않으면 곧 무너질 루게릭병 환자처럼.

첸은 전화방 문을 열고 전화비를 지불하고 밖으로 나왔다. 손목시계를 보았다. 오후 5시. 콜카타 시내는 여전히 무덥고 지나치게 햇빛이 밝았다. 뉴 마켓 왼편의 주류 도매점 앞에 낯익은 여자가 계단에 앉아 있는 것이 보였다. 준하였다. 회귀선에 있거나 런던으로 돌아갔어야 할 준하가 왜 여기에 있는 것일까. 첸은 더위와 노인의 죽음 때문에 자신이 살짝 맛이 간 것은 아닌가 싶었다. 이전보다 얼굴이 더 가무잡잡해진 것 같기는 했지만 그녀는 틀림없는 준하였다. 준하는 네댓 살 정도 되어 보이는 거지 아이를 무릎에 앉히고 아이에게 귓속말을 하고 있었다. 새 둥지처럼 부스스한 머리의 거지 아이가 웃음을 터트렸다. 계단 꼭대기에 앉은 거지 엄마는 정겹게 놀고 있는 그들의 모습을 흐뭇한 표정으로 바라보고 있었다.

첸은 준하를 한참 동안 바라보았다. 당장 달려가 준하를 포옹하고 싶은 마음과 모른 척하고 돌아서고 싶은 마음이 뒤죽박죽

섞였다. 준하가 이곳까지 달려온 이유는 길 잃은 동료를 찾아내서 따뜻한 귀갓길에 함께하자는 것이 아니라는 걸 첸은 잘 알고 있었다. 단지 우정 어린 동료 의식만으로 불원천리 찾아오는 여자는 이 세상에 없을 것이다. 첸은 마더 테레사의 집에서 수많은 죽음을 보았고 구루를 찾아가 영적 지도도 받았지만, 자신의 삶에서 어떤 터닝 포인트도 만들어내지 못했다는 것을 알았다. 여전히 들끓는 분노와 뜨거운 절망 사이에서 헤매고 있었다. 바보 같은 욕망의 줄타기에서 위태위태하게 서성이는 꼴을 준하에게 보이고 싶지 않았다. 콜카타에서 뜻밖의 만남을 통해 관계의 실마리를 애매하게 보여주는 짓은 준하에게 더 잔인한 일일 것이다. 무엇보다 첸은 준하를 위해 준비해 둔 것이 하나도 없었다. 마음은 다른 곳에 있으면서 시선을 주는 사팔뜨기 사랑이 쿨만이 말하는 사랑의 플러썸 게임은 아니라고 그는 믿었다. 더 많은 애인을 끌어안을수록 사랑에 대한 권력이 더 커지는 미친 놀음도 아니라고 생각했다. 막판 떨이하듯이 남은 감정을 준하에게 줄 수는 없었다. 첸은 준하에게 사랑보다 더 맑고 고운 우의를 느끼고 있지 않던가.

거지 아이와 노는 것도 무척이나 자연스럽고 편안하게 즐기는 것처럼 보이는 준하를 보며 첸은 초라해지는 기분이 들었다. 억지와 과장과 과잉으로 범벅된 자신을 생각하니 쓴웃음이 나왔다. 고개를 숙이고 준하가 있는 풍경을 빠른 걸음으로 벗어났다. 첸은 소방서 앞을 지나 수데르 거리의 숙소가 있는 골목으로 들어섰다. 골목 앞에 한 마리 늙은 염소가 두꺼운 눈꺼풀을 내려 닫고 선 채로 잠을 자고 있었다. 그 옆에 어린 염소가 담벼락에 붙은 영화 포스터를 풀 대신 맛있게 뜯어 먹고 있었다. 염소 옆에서 여자 아이가 뚜껑이 없는 하수구에 엉덩이를 까 내린 채 똥구멍을 대고 국수 다발 같은 누런 똥을 싸고 있었다. 첸은 그 모습을 보느라 앞에서 좁은 골목을 세차게 달려오는 인력거꾼과 부딪칠 뻔했다. 맨발로 달리는 인력거꾼의 인력거 의자에는 80킬로그램이 족히 넘을 것 같은 감자 포대 같은 여자가 비단 사리를 펄럭이며 앉아 있었다.

첸에게 뭐라고 벵갈어를 쏘아대던 그녀의 뒷모습을 돌아보았다. 사리 안에 받쳐 입은 블라우스 아래 살덩이가 게으른 암소의 등심처럼 울룩불룩했다. 웬일인지 첸은 자꾸 웃음이 터져 나왔다. 한 번 터진 웃음은 멈출 줄을 몰랐다. 첸은 찔끔거리며 나오는 눈물을 손등으로 쓰윽, 한 번 닦아내고 발길을 돌렸다.

사막에는 다녀오셨습니까?

헛된 논쟁을 마무리하기 위해 말 변죽만 울렸던 그날의 대화 한마디가 떠올랐다. 사막에 가려면, 첸은 먼저 기차표를 파는 비비디 박이라는 곳으로 가야만 했다.

13

며칠간 런던에서는 햇빛을 볼 수 없었다. 하늘은 짙은 스모그에 가려서 뿌옇게 흐려 있고, 간혹 가로수를 흔드는 바람마저 가라앉은 대기를 휘젓기에는 힘이 부친다는 표정이었다. 오전에 일과 관련된 몇 사람을 만난 뒤에도 이런저런 일에 시달렸던 쿨만은 사무실에 놓인 소파에 누워 두 시간 가까이 깊은 잠에 빠져들었다. 오후 5시쯤 몸을 일으키고 나서도 한동안 의자에 꼼짝 못하고 앉아 있다가 산보라도 할 요량으로 사무실을 빠져나왔다.

비가 오고 있었다. 쿨만은 혼자서 소호 거리에 있는 단골 바에 앉아 찬 맥주를 마셨다. 말쑥하게 차려입고 열정적 사랑에 대한 기대로 들뜬 표정을 짓고 있는 게이 청년들이 건너편 탁자에 모여 앉아 수다를 떨고 있었다. 술자리가 끝나면 몇은 윤활제와 콘돔 간의 마찰에 불과할 관계를 맺을 것이다. 준하도, 미셸도, 첸도, 심지어 사이먼도 옆에 없는 시간. 겁 없이 쿨만을 뚫어지게 처다보는 놈도 있었다. 채워지지 않는 호기심과 수단을 가리지 않고 원하는 것을 차지하려는 욕심이 녀석의 두 눈알 속에 가득 차 있었다. 쿨만은 그저 어깨를 으쓱하며 맥주를 마셨다. 오늘만큼은 혼자이고 싶었다.

첸에게서는 엽서도 이메일도 전화도 없다. 첸이 그리운가. 쿨만은 고개를 저으며 버드와이저 병을 기울였다. 첸은 쿨만에게, 가족들에게 사랑하는 사람이 있다고, 그 사람과 함께 살겠다고 고백했다고 했다. 첸의 우회적인 프러포즈를 쿨만은 적극적으로 거절하지도 수락하지도 않았다. 함께라니, 평생이라니. 쿨만은 부모의 결혼 생활을 보면서 삶의, 관계의 폭력을 보았다.

한 사람은 다른 한 사람을 위해 평생 음식을 만들고, 다른 한 사람은 평생 노새처럼 일하고 돈을 벌어들였다. 미치광이 같은 커플, 쿨만은 사랑이라곤 털끝만큼도 찾아볼 수 없는 아버지와 어머니를 보면서 오히려 부부 생활의 외설스러움을 느꼈다. 사랑하지 않으면서 함께 침대에 눕고, 사랑하지 않으면서 섹스를 하고, 그 섹스의 결과가 고작 씨를 보존하는 자식 낳기라면, 그 관계는 명백히 외설이라고 느꼈다. 쿨만에게 부부라는 것은 함께 지리멸렬하게 늙어가는 생을 받아들인다는 의미였다. 쿨만은 그런 사랑을, 죽어도 할 수 없을 것 같았다.

자식의 잘잘못에 대해 관심이 없던 부모. 삶에 너무 지쳤던 부모. 누군가 말을 걸어올까 봐 피곤한 얼굴로 인상을 구기던 노동자, 아버지. 하녀와 별반 다를 바 없었던 어머니. 처자식을 먹여 살린다는 명목으로 직장에만 처박혀 있던 아버지. 집에 돌아올 때면 모서리가 떨어져 나간 서랍장이나 쥐똥이 꺼멓게 앉은 책상, 하다못해 녹슨 못이라도 들고 오던 아버지만 기억날 뿐, 쿨만은 그때의 아버지 얼굴을 기억하지 못한다.

독일 남부 바이에른 출신의 시골뜨기였던 어머니. 전형적인 가정주부로 살던 어머니가 대면한 호주는 그녀가 품기엔 너무나 거대한 땅이었다. 사내아이들을 키우면서 집에만 살았던 어머니. 중졸 학력이 전부인 어머니에게 영어는 필요 이상의 좌절감을 심어주었다. 호주의 힘없는 코알라처럼 어머니는 자주 울증을 앓았다. 산더미처럼 쌓인 집안 사내들의 빨래를 하루 종일 주무르던 어머니의 가는 손목과 지문마저 엷어진 손가락들은 이민의 힘겨움을 슬프게 증거하고 있었다.

이민 생활의 정착을 위해 지나치게 노동만 한 결과, 아버지는 부성적 권위를, 어머니는 모성적 주의력을 상실했다. 쿨만은 그들이 왜 아이를 다섯 명이나 낳았는지 이해할 수 없었다. 진정으로 사랑하지도 않을 아이들을. 집은 언제나 고아원 같았다. 모두 제멋대로이고, 모두 관심에 굶주리고, 모두 다 외로움을 독감처럼 앓는 고아 같았던 형제들.

일 년이면 키가 10센티미터 이상 자라 뼈마디가 쑤시는 성장통을 앓던 시절, 성장통보다 더 아픈 것은 정강이뼈가 민망하게 드러나는 짧은 바지를 입고 어리보기처럼 등굣길에 나서야 하는 창피함이었다. 촌충처럼 툭툭 끊어지는 독일식 발음을 없애고 미끈

한 영어를 구사하기 위해 쿨만은 아침마다 침대에서 혓바닥을 손가락으로 잡아 빼곤 했다. 독일어가 마구 섞이면서 영어도 뭣도 아닌 도이글리시가 되어버리는 통에 어린 쿨만은 돌아버릴 지경이었다. 아래턱과 목구멍에 깊게 박힌 질기디질긴 혀뿌리라니. 그 덕분에 쿨만은 말을 할 때마다 격렬한 긴장을 느껴야만 했다.

셋째였던 쿨만이 튀긴 감자가 너무나 싫어서 학교 하수구에 몰래 내다 버리는 것도 모르던 어머니의 몰취향적인 요리. 그 지긋지긋한 요리처럼 나긋함이라곤 눈 씻고 찾아볼 수 없었던 어머니의 무뚝뚝함. 빈혈로 쉬이 코피가 터지는 것도 모르고 "울리히, 밖에서 싸움질이나 하고 다니지 마라."고 제법 엄숙하게 지청구를 놓던 아버지, 같잖은 명령어만 쓰던 아버지. 그 뒤로 쿨만은 다쳐도 위로를 구하지 않는 아이가 되었다.

밤이 깊어지자 펍에 넘쳐나는 사람들로 소란스러웠다. 쿨만은 몇 병째인지도 모른 채 연거푸 술을 마셨다. 탁자 위에 놓인 휴대폰이 울렸다.

"예스."

쿨만의 응답에 저편에서는 아무런 말이 없었다.

"헬로, 헬로."

역시 아무런 대꾸도 없었다. 쿨만은 휴대폰을 귀에 바짝 대고 응답을 기다렸다. 어쩌면 첸일지도 모른다는 생각이 들었다. 쿨만은 첸의 여행을 잘 이해할 수 없었다. 세상의 끝으로 가는 것처럼 인도니 네팔이니 티베트니 출싹거리며 도망치는 패배자들 가운데 첸도 한 명인 것처럼 여겨졌다. 배부르면서도 불안한 유럽 놈들이 가난한 나라들을 개처럼 떠도는 것을 신경안정제로 삼는 짓거리라니. 수천 미터 높이의 산을 고행하듯 오르는 사람들이 고상하게 포장하곤 하는 윤곽 없는 영혼의 세계는 쿨만에게 전혀 매력적이지 못했다. 식물원이 주는 뜨뜻하고 습습한 분위기와 자연의 서정적인 숨결은 이내 쿨만을 지루하게 만들었다. 쿨만은 갓난아이의 연약한 피부를 보면 불편하고, 여자들의 뒤죽박죽인 감정을 대하면 짜증이 일었다. 쿨만은 팽팽한 경쟁 게임 속에서, 역동적인 회의 끝에 오는 약간의 부상을 입은 사냥 속에서, 상대를 격추시키는 대화 속에서 생의 활기를 느꼈다. 몸을 장전한 총처럼, 잘 벼린 칼처럼 도구로 확보할 때 안심이 됐다. 몸을 소유하고 있을 때만이, 현재를 장악하고 있다고 느낄 때만이 쿨만은 가장 자신답다고 느꼈다. 쿨만은 자신을 긍정함으로써 긍정한다.

쿨만도 상대편도 한참 동안 말이 없었다. 쿨만은 수화기 건너편의 말을 기다렸다. 딸각. 끝내 첸은 아무 말도 하지 않고 전화를 끊었다.

도대체 첸은 인도에서 무엇을 하고 있단 말인가. 불완전한 의욕과 게으름, 수척한 몸으로 자신에게 다가온 뜨거운 생을 하잘것없는 허무로 만들어버리는 노파처럼, 첸은 왜 인도를 떠도는가. 자신과의 사랑이, 저 저속하고 편협한 도덕이나 윤리가 가두려는 남자와 남자의 사랑이라고 생각하는 건가. 쿨만은 첸을 남자로 사랑한 것이 아니었다. 자신 안에 깃들인 여러 개의 사랑 중 하나, 첸을 사랑하는 순간에는 온전하게 단 하나인 정염으로 사랑했을 뿐이다. 쿨만은 사랑하는 순간순간 존재하는 그 무엇이었을 뿐이다. 사랑하는 순간에 되고 싶은 역할을 즐겁게 하는 유희를 고정된 현실로 만드는 짓이 얼마나 지긋지긋한가.

쿨만에게 사랑이라는 것은 둘 다 서로를 이끌면서, 한계를 밀어내면서, 하나를 위해, 또 다른 하나를 위해, 한 방향으로 나아가는 것이다. 그 사랑의 빛 속에서만 창의력과 과감성과 절망과 이상이 존재하는 거라고, 그 빛에 투신하는 것만이 우리가 만들어내는 유일한 이야기라고 첸에게 몇 번을 되뇌었는가. 첸에게는 사랑받지 않고 사랑하기란 그리도 힘들단 말인가. 쿨만이 다른 남자를 사랑하는 것에 대해 고통스러워하는 첸을 전혀 이해 못하는 것은 아니다. 하지만 쿨만은 첸을 계속해서 마음속 깊이, 그리고 정직하게 사랑하고 있다.

첸의 목소리를 듣지 못하고 전화가 끊겼지만, 쿨만은 첸에 대한 생각만으로 흥분이 되었다. 불현듯 첸과 함께 자고픈 충동이 일었다. 첸은 예민하고 섬세한 섹스 파트너였다. 첸의 슬프면서도 희열에 찬 얼굴은 순결한 소년을 범하는 것 같은 묘한 죄의식을 유발했고, 그 감정은 폭발적인 성욕을 일으키게 하곤 했다. 쿨만은 첸의 몸을 상상하며 술을 마셨다. 취기가 올라오면서 몸이 점점 뜨거워졌다. 쿨만은 자신의 몸에 강도 높은 파장을 일으키며 전해지는 감각을 즐기기 위해 눈을 감았다.

14

준하는 첸을 수데르 거리 어디에서도 만나지 못했다. 수데르 거리의 수많은 호텔과 게스트 하우스, 식당과 술집, 노천 찻집과 시장을 샅샅이 뒤질 수는 없는 노릇이었다. 첸을 만나고 싶다는 절박한 마음은 있었지만, 채무자처럼 그의 뒤꽁무니를 추적하는 짓은 하고 싶지 않았다. 마지막으로 잭팟을 터트리겠다는 비장하고 은밀한 각오까지는 아니었지만, 첸을 찾는 최종 지점을 마더 테레사의 집으로 삼은 것은, 돌아가야 할 날짜가 모레로 닥쳤기 때문이었다. 마더 테레사의 집이래야 삼십 분이면 대충 알아볼 수 있는 아주 간단한 구조였고, 그곳에서 봉사하는 사람들의 숫자도 오전 오후 죽치고 기다리면 파악이 되는 인원이었다. 싱가포르 남자인 첸을 아는 사람도 두엇 만났다. 그들은 겨우 첸의 이름 정도만 알고 있었다. 아무것도 모른다는 말과 다를 바 없는 정보였다. 벵갈 수녀는 첸이 어제 오전에 들렀다가 그가 각별히 간호했던 노인의 죽음 소식을 듣고 급하게 나갔다는 말을 전해 주었다. 그리고 오늘은 첸이 오지 않았다고 했다.

준하는 콜카타인들이 죽으면 찾아가는 곳이라는 후글리 강으로 갔다. 크리슈나가 한국에서 한강을 내려다보며 그리워했던 인도인들의 영원한 회귀처이자 어머니의 품인 갠지스의 지류라는 후글리 강. 준하가 후글리 강에 이르렀을 때 많은 이들이 죽은 자를 태우거나 떠나보내고 있었다. 크리슈나와 슈크라의 기가 막힌 사랑, 카스트나 관습 때문에, 아니 돈 때문에 이루어질 수 없었던 모든 것이 힌두교라는 지독한 종교 때문에 그리 됐다는 생각이 들어서 준하는 답답했다. 준하는 게스트 하우스 비좁은 침대에서 크리슈나의 편지들을 옮겨 적고 나서 혼란스러워지면 후지와라라는 흰머리 성성한 일본 남자를 부러 찾아 대화를 나누었다. 여행자들 사이에 인도에 정통한 사람이라고 소문이 난 사람이었다. 그에게서 책을 빌려 오는 여행자도 있었고, 더러는 약을 얻어 오거나 여행 정보를 들으러 찾아가기도 했다. 여행자들 사이에는 암묵적인 커뮤니티가 형성되어 있는 것 같았다. 환전을 후하게 해주는 곳에서부터 서비스가 엉망인 식당에 대해서까지 실제적이고 세세한 정보들을 빠른 속도로 교환하고 있었다.

인도가 제2의 고향이라고 말하는, 전생에 분명히 인도 사람이었을 거라고 믿는 그는 인도를 떠돌다가 죽는 것이 마지막 생의 목적이라고 했다. 후지와라는 여행 중에 존재하는 것은 오로지 자신과 눈앞에 있는 나무나 강, 풀이나 바람 같은 것들과의 관계

뿐이라고 했다. 준하가 도대체 힌두교라는 것이 뭐냐고 따지듯이 물었을 때, 후지와라는 아주 솔직하게 그가 알고 있는 힌두교에 대해 말해 주었다.

"힌두교는 무거운 종교지. 히말라야 산맥을 들어 옮기거나 갠지스 강의 흐름을 바꾸어 다른 곳으로 흐르게 할 수 없듯이, 힌두교는 그저 힌두교일 뿐. 그저 이방인일 뿐인 내가 두려움 없이 말할 수 있다면, 지평선을 바라보는 것이 힌두교라고 할 수 있지. 아무렇게나 굴러다니는 돌멩이나 바위를 들어 올려보는 일, 이것이 힌두교지. 달의 궤적을 눈으로 좇아보는 일, 강에 들어가서 몸을 물에 담그는 일, 늪에 내려가서 몸에 진흙을 덧칠하는 일, 이것이 힌두교지. 코브라의 머리에 키스를 하는 일, 강이 흐르듯 언제나 움직이는 일, 여행이 바로 힌두교지. 전혀 움직이지 않는 일, 노래 부르는 일, 꽃향기를 맡는 일, 그려보는 일, 가져보는 일, 바라보는 일, 바라보지 않는 일, 존재하는 일, 우리의 행위 모두가 힌두교라 할 수 있지. 우리가 계속 잃어가는 내부의 것, 그중 어느 것을 취해 보아도 모두 힌두교가 되는 거지. 나는 이제까지 인도인의 입에서 힌두교라는 말을 직접 들어보지 못했네. 힌두교는 그저 인도인 안에 살아 있는 것일세. 어찌 보면 힌두교는 아무것도 아닐 수 있고, 어찌 보면 아주 무서운 종교일 수도 있네."

생을 초탈한 듯한 그의 힌두교에 대한 말씀은 크리슈나와 슈크라를 어긋나게 만들었던 본질적인 비극성에 대한 해명과는 동떨어진 듯한 느낌을 준하는 받았다. 단지 그가 한 이야기 중에 무서운 종교라는 말만이 현실감 있게 다가왔다.

"혹시 나비라는 것을 아세요?" 준하는 크리슈나의 편지에서 읽었던 나비가 궁금해서 물었다. 크리슈나가 어렸을 때 장송 예식에서 보았다던 큰아버지를 태운 뒤에 남은 나비. 그 나비를 알고 싶었다.

"어떤 의미의 나비를 묻는가?"

"화장한 뒤에 끝까지 태워지지 않는 것을 나비라고 한다던데요."

"인도인들은 인간을 태우는 방법을 구석구석까지 알고 있지. 하지만 아무리 강한 불길로 태워도 끝까지 남는 것이 있어요. 시커먼 일본식 조그만 빵처럼 남는 것이 있는데, 그것을 이곳 사람들이 나비라고 하는지는 잘 모르겠소."

준하는 한국에서 크리슈나가 걸었던 고단한 여정을 옮겨 적는 것으로 콜카타에서의 일정을 접으리라 결정했다. 아직까지 첸을 만나지 못했다. 사실은 만나지 못했다기보다는 만나지 않았다는 것이 맞을 것이다. 콜카타에서 지낸 짧은 시간이 의미 없는 시간이었다고 할 수는 없지만 일견 섭섭하고 미진한 것도 사실이었다. 스스로 유치하다 느껴지기도 하지만 어떤 의미를 담고 싶은 욕망 같은 것이 분명히 작용했다. 준하는 후지와라 노인과 대화를 나누면서 콜카타행에 첸을 만나는 것 이상의 어떤 의미를 채울지를 생각해 보았다. 이번 여행에 의미를 부여한다는 것 자체가 부질없는 짓일지도 몰랐다. 후지와라의 말처럼 여행이란 어쩌면 예고 없이 부딪치는 것들과의 관계나 인연을 맺고 푸는 것 이상도 이하도 아닐 것이다. 죽은 크리슈나의 삶과 죽음을 어떻게 이런 식으로 만나리라 상상이나 했던가 말이다. 콜카타 천지에 한국인이 준하 한 명일 리가 없었다. 첸이 이곳에 오지 않았다면, 그를 만나겠다고 오지 않았다면, 슈크라를 만나지 않았다면, 크리슈나가 한국에서 죽지 않았다면, 내가 한국인이 아니었다면……. 준하가 감히 알 수 없는 너무나 촘촘하게 짜인 인연의 고리를 생각하니 어쩐지 생이 어슬어슬해지는 것 같았다.

크리슈나의 나비

저는 인도 싸람임니다. 저는 청각임니다.

크리슈나는 그 두 문장을 머리에 우겨 넣듯이 외우고 다녔다. 특히 마지막 문장을 말할 때는 귓불이 후끈 뜨거워졌다. 한국에서는 총각이라고 밝히면 처녀를 만나고 싶다는 뜻이라고 가르쳐준 사람은 수데르 거리의 한 게스트 하우스에서 만난 한국 여자였다. 안녕하십니까, 감사합니다 같은 한국말을 그녀에게 더 배우기도 했지만 실생활에서 부닥칠 언어 문제가 일시에 해결될 수 없으리라는 것쯤은 크리슈나도 알고 있었다. 한국도 사람 사는 곳인데. 크리슈나는 두려움 안에 갇히지 않도록 마음을 단단히 다잡는 것이 먼저라고 생각했다.

여권을 발급 받기 위해 크리슈나는 속이 썩을 대로 썩었다. 사무 처리에 삼십 분이면 해결될 일을 가지고 무려 삼 개월을 질질 끌던 인도 관료들의 면상을 떠올리면 밥맛이 떨어졌다. 준비한 문서의 토씨 하나를 문제 삼는 통에 한나절을 다람쥐 쳇바퀴 돌듯 오르락내리락 건물 위아래를 종종거리며 땀을 뺐다. 점심 먹으러 갔다던 담당자가 퇴근 시간이 다 되도록 나타나지 않은 것은 예사였다. 담당자를 만나러 다음에 가면 매번 사무를 맡은 저 아래 밑바닥 관리들부터 다시 거쳐야 했다. 차라리 까놓고 급행료를 요구하면 서로 편할 처지를 의뭉스럽게 한 자락을 깔고 내숭을 떠니 아장거리는 입장은 언제나 크리슈나였다.

하급 관료는 책상 앞에 크리슈나를 세워놓고 한껏 거만한 자세로 앉아 몇 장 되지도 않는 서류를 게으르게 뒤적거렸다. 개숫물에조차 한 번도 헹구지 않고 내리 썼음직한 더러운 플라스틱 물병 주둥이에 입을 연거푸 갖다 대며 입맛을 쩍쩍 다시는 남자의 갈증이 다른 데 있음을 알아채는 데는 기실 얼마 걸리지 않았다. 다만 썩어빠진 구정물에 쓰레기를 버리는 심사로 돈을 갖다 바치고 싶지는 않았을 뿐이다.

서류를 뒤적이면서 두꺼운 뿔테 안경 너머의 눈살이 거북살스럽게 움찔거린다 싶으면, 크리슈나는 잽싸게 튀어나가 시원한 콜라를 사와 책상 앞에 슬며시 놓아두었다. 콜라가 담긴 봉투에는 당연히 100루피짜리 몇 장이 꼬불쳐 들어 있었다. 거미가 먹이를 낚아채듯이 기온 차로 겉 표면에 물이 줄줄 새는 콜라 병을 철제 함에 넣어두고서 하급 공무원은 삼 초도 걸리지 않아 사인을 해주었다. 그 모습은 깜찍하다 못해 끔찍했다.

구장잎을 씹어 뱉은 벌건 타액이 본래의 담벼락 색깔마저 퇴색시키고, 하염없이 기다리다가 퍼질러 쌌을 오줌들이 질펀한 건물 뒤편으로 불러내서 하제를 똥구멍에 넣어주듯이 사내의 바지 주머니에 돈을 찔러주는 속도가 빨라지고 씁쓸함이 반비례로 둔화되어 갈 무렵에 크리슈나는 한국으로 가는 싱가포르 에어라인의 비행기 좌석에 몸을 실을 수 있었다. 현다이(Hyndai)와 쌈송(Samsung)의 나라, 한국에 갈 수 있게 되다니. 불안과 기대가 교차되어 크리슈나는 여권이 들어 있는 안주머니를 가만가만 토닥거려 보았다.

콜카타 도로를 반 넘어 채우는 자동차는 현대 산트로였다. 귀엽고 앙증맞게 생긴 산트로를 구입한다는 것은 콜카타에 돈푼깨나 있는 사람들이라는 것을 뜻했다. 콜카타 젊은 신흥 귀족들은 매연이 자욱한 시내에서 창문을 한껏 열어놓고 산트로를 몰고 다녔다. 성능 좋은 카세트를 과시하듯 최신 힌디 가요의 볼륨을 맥시멈으로 올려놓고 열린 창문으로 팔 한쪽을 걸쳐놓은 채 한 손으로 운전하는 모습은 차 색깔이 어떤 것이든 똑같았다. 텔레비전을 틀면 삼성 광고와 엘지 광고가 드라마 휴지기마다 세련되고 모던한 감각을 뽐냈다. 전화벨이 울리면 송신자 번호가 선명하게 나타나고 콜 버튼을 그냥 눌러 수신을 하는 다른 모바일 폰에 비해, 전화 받는 폼이 그럴싸한 폴더 형은 크리슈나가 가장 갖고 싶어하는 제품이기도 했다.

여권을 만들어서 한국에 갈 수는 있게 되었지만, 문제는 비자

였다. 크리슈나는 여행자의 신분으로 가는 자신의 미래가 마냥 즐
겁기만 할 수는 없어서, 기내식으로 나온 음식을 한 숟가락도 들
지 못했다.

　한국에 첫발을 내디뎠을 때 크리슈나는 나직이 신음을 뱉었다.
서울 시내의 마천루와 백화점과 거리를 가득 메운 고급 승용차와
동대문운동장 주위에 있는 엄청난 크기의 쇼핑센터와 수많은 상
점들은 낡은 건물만 있는 콜카타와 비교할 수 없는 신천지 그 자
체였다.
　안 사장과 연락만 되면 한국에서 무사히 첫발을 뗄 수 있으리
라. 무슬림인 사장이 소개해 준 안 사장이라는 사람은 피혁 제품
을 디자인하고 만드는 일체의 공정 외에 수출까지 해내는 알토란
같은 사업체를 가지고 있다고 했다. 그는 아프리카계 무슬림이나
중동계 무슬림과도 발 빠르게 교섭한 사람답게 시원시원한 사람
이라고도 했다. 안 사장을 소개받은 대가로 크리슈나는 무슬림 사
장에게 적잖은 커미션을 바쳤다. 살점처럼 아까운 돈이었지만 사
장이 무슬림인 관계로 서울에 나름대로의 공고한 무슬림 커뮤니
티가 형성된 라인을 통해 크리슈나는 쉽게 일할 수 있으리라는 기
대가 있었다. 힌두교인이 믿는 3억 3000개의 신이 무슬림의 유일
신 앞에서 보기 좋게 나가떨어진 셈이었지만, 사업 성공을 위해서
라면, 한국에서의 일만 보장해 준다면 생전 곁눈 한 번 준 적 없었
던 부처나 예수도 믿을 판이었다.

콜카타 외곽에 중국계 인도인들이 포진해 피혁 공장을 운영하고 있었지만 워낙 영세했다. 인도인 대다수가 소를 숭상하는 종교적 문제에다 죽은 가죽을 만지는 일은 오염된 자들, 즉 불가촉민들이나 하는 기피 업종으로 오랜 세월 굳어진 탓에 기술적 발전이 더뎠기 때문이었다. 소 껍질은 넘쳐났지만 제대로 쓸 만한 가죽은 거의 없었다. 날씬하면서도 질기게 무두질하는 기술도 부족했고, 거무튀튀한 가죽의 본바탕을 흔적도 없이 말끔하게 염색하는 공정도 역부족이었다. 무엇보다 소비자가 원하는 다양성을 충족시킬 만한 디자인도 큰 문제인 마당에, 투박하나마 제대로 된 완성품이라는 느낌을 줄 만큼의 끝마무리가 되지 않는 허술함은 두말하면 입만 아플 따름이었다.

크리슈나는 한국에서 제대로 배워 와서 인도 전역을 장악한 '바타'라는 회사의 제품들을 앞서는 물건을 만들고 싶었다. 처음에는 자본도 영세하고 기반도 약하기 때문에 어렵겠지만, 디자인과 기술을 익히고 온다면 승부를 걸 만하다고 믿었다. 카스트 제도가 갖고 있는 빈틈을 공략한다면, 불가촉민들이 하고 있었던 일을 역으로 현대식으로 접목시켜 물건을 만들어낸다면, 인도는 외려 쏠쏠한 이득을 남길 수 있는 역동적인 시장이 될 만하다는 것이 크리슈나의 사업 구상이었다.

안 사장을 만났다. 서울 시내의 뒷골목 식당이었다. 빈자리가 없을 만큼 손님들이 빼곡하게 들어찬 식당, 이글거리는 숯불 앞에서 고기를 뒤집으며 안 사장은 말을 꺼냈다.

안 사장은 맑고 찬 액체를 크리슈나의 조그마한 유리잔에 따라 주었다. 물은 분명 아닌 듯했다. 생뚱하게 들여다보고 있는 크리슈나에게 한쪽 눈을 찡긋하더니, 안 사장이 먼저 단숨에 찻종지만 한 크기의 잔을 비웠다. 안 사장이 그 액체의 이름을 소주라고 일러주었다. 크리슈나는 몇 번을 사양했다.

"아주 좋은 술이니까 마시게나. 자히누딘 바하마드도 내가 준 술은 사양 안 했네."

크리슈나의 사장을 두고 한 말이었다. '사비아 인터내셔널 컴퍼니'라는 이름도 거창한 사무실을 차려놓고 온갖 물품을 매매하는 오퍼상인 바하마드는 15세기의 무슬림인 바부르가 인도 역사에 무굴 제국을 세운 것에 대해 아직까지 무한한 긍지를 느끼는 위인이었다. 대학에서 경영학을 전공한 사장은 영어, 힌디, 벵갈어, 아랍어를 능숙하게 쓰는 인간이었다. 콜카타에서 무슬림의 위치가 아주 열악한 형편으로 보자면 사장은 아주 예외적인 사내인 셈이었다.

몇 명의 아내에게서 구더기를 까듯이 아이를 퍼 낳고, 더럽고 사납고 야만적이고 호전적인 인종들이 무슬림이라고 믿어 의심치 않는 대다수의 힌두교인들에게 무슬림은 할 수만 있다면 상종하고 싶지 않은 족속들이었다. 하지만 그는 무슬림인데도 아내 한 명에 달랑 딸 하나만 두고 살았다. 요즘 콜카타의 인텔리라고 자부하는 인간들이 다 그렇듯이 바하마드도 서구의 라이프 스타일을 따라가고 있었다.

크리슈나는 힌두교인이고 보스는 무슬림이다. 크리슈나는 쇠고기를 기피하고, 보스는 돼지고기를 혐오한다. 그러나 그들은 회식이 있을 때면 사이좋게 닭고기를 뜯는다. 다급할 때면 보스는 알라를 부르고, 크리슈나는 시바를 외친다. 그러나 그들은 초월한 존재를 믿고 의지한다는 점에서는 같다. 크리슈나는 아버지를 화장시켰고, 보스는 아버지를 땅에 묻었다. 하지만 이제 그들은 각자 가족의 가장이다. 그들은 다르지만 서로 협력한다. 무엇보다도 그들은 가족을 가장 사랑하고, 가족을 위해 돈을 더 많이 벌고 싶어한다는 점에서 일치한다. 아살라무 알라이쿰! 종종 크리슈나는 힌두교도임에도 불구하고 무슬림 사장에게 무슬림 사이에서 쓰는 아랍어로 인사를 하며 비위를 맞추곤 했다. 일이 년 전만 해도 절대로 용납할 수 없었던 타협이었다. 크리슈나는 현실 앞에서 어떤 철학도 하지 않겠다고 마음먹었다. 따지기 시작하면 겨우 잡았던 현실적 맥락이 엉기기 때문이었다. 들개 같은 현실을 앞에 두고 감상이나 회의가 들면 언제 뜯어먹힐지 알 수 없다는 위기감은 크리슈나로 하여금 같잖은 명분에 연연하지 않도록 담금질했다.

힌두교인은 술을 입에 대지 않는다는 것을 안 사장은 모르는 것일까. 크리슈나는 자신이 힌두교인이라는 것을 밝힐까 말까 잠시 고민했다. 그를 한두 번 만날 것도 아니고, 장차 사업을 하게 될 마당에 힌두교인이라 술을 못 마신다는 말을 한다는 것이 어쩐지 유치하게 느껴졌다. 크리슈나는 안 사장처럼 술잔을 들어 입에 털어 넣었다. 뱃속이 쩌르르, 불을 삼킨 것처럼 뜨거웠다.

"오케이, 오케이!"

안 사장은 흡족한 미소를 지으며 오케이를 연발했다. 시제도 문법도 제대로 맞지 않는 영어를 구사했지만 안 사장은 바닥을 훑은 사람답게 상황에 적합한 단어들을 기민하게 사용함으로써 자신의 의사를 적확하게 드러낼 줄 알았다. 안 사장이 숯불에 타고 있는 고기 한 점을 숟가락에 올려주며 크리슈나에게 내밀었다.

"무슬림은 돼지고기를 안 먹는다고 알고 있네. 그래서 부러 쇠고기 집에 온 걸세. 이 고기가 세계적으로 유명한 불고기라는 것일세."

자랑스레 선심을 쓰듯 고기를 건네는 안 사장의 격의 없는 호의를 어떻게 거절한단 말인가. 이제 와서 자신이 진짜 힌두교인이라는 것을 밝히는 것은 웃기는 일이었다. 개고기마저 먹는 한국인 앞에서 소를 신으로 섬기며 가던 길도 에둘러 돌아간다는 말 따위를 그 자리에서 내뱉는 것은 젓가락에 끼인 쇠고기가 웃을 판이었다. 두 눈을 질끈 감고 크리슈나는 고기를 씹지도 않고 삼켰다. 양념 맛만 들척지근하게 혀끝에 남았는데도 속이 거북했다. 울렁거리는 속을 다스리기 위해 크리슈나는 연거푸 소주를 들이켰다.

고기를 삼킨 이후로 명치가 뻑뻑해지고 아랫배가 무지근하게 아파왔지만 이를 악물고 참았다. 쇠뿔로 받을 듯이 뱃속에 어기차게 들어간 고기가 식도로 역류하는 것 같았다. 크리슈나는 입을 틀어막았다.

이건 쇠고기가 아니라 비타민 M이란 말이야, 이 자식아. 머니는 네 인생에서 가장 중요한 비타민 M이야, 영양제라고.

자정이 지났는데도 서울의 밤거리는 불야성이었다. 술기운으로 발은 엇박자로 흔들거렸지만 정신은 장맛비를 흠뻑 맞은 것처럼 차가웠다.

안 사장이라는 이가 소개해 준 인천의 한 직장은, 아니 작업장은 콜카타 외곽의 피혁 공장과 별반 다르지 않았다. 공장장을 포함한 상급 직원 몇 명을 제외하고는 크리슈나와 같은 외국인 노동자들이 일을 하고 있었다. 그들과 함께 공장 옆에 설치한 컨테이너를 개조한 기숙사에서 생활을 했다.

크리슈나는 제일 먼저 태닝이라고 불리는 무두질을 하는 사람들을 위하여 15~25파운드 이하의 무게가 나가는 생가죽 스킨부터 25파운드의 무게가 나가는 하이드 생가죽에 이르기까지 온갖 가죽을 운반했다. 생가죽으로 들어온 동물의 종류는 헤아리기가 끔찍할 지경이었다. 악어 같은 파충류는 물론이고 물고기와 새, 소, 염소, 양, 돼지, 순록, 심지어는 호랑이에 이르기까지 인간의 핸드백이 되어주고, 구두가 되어주고, 외투가 되어주기 위해 실려 온 동물의 죽음에 대해 어떤 감정도 느껴지지 않을 즈음에, 크리슈나는 생가죽이 피혁으로 만들어지는 공정을 배울 수 있게 되었다. 몸이야 어찌됐든 공정을 제대로 배운 뒤에 완성된 피혁 제품을 만드는 곳으로 직장을 옮기리라 마음먹었다.

한국에 입국한 지 세 달이 지나가고 있었다. 누구도 크리슈나가 얼굴 빨개지면서 '저는 청각임니다.' 라는 한국말을 할 수 있는 질문을 던지지 않았다. 대신 '빨리빨리' 라는 한국말을 귀에 못이 박히게 들어야만 했다. 외국인 노동자들 사이에 돌려보는 한국말 실용 회화책에 나오는 '우리도 사람이에요. 함부로 때리면 안 돼요.' 나 '왜 지금까지 월급을 안 주세요.' 라는 말을 유효적절하게 써먹을 순간을 위해 외운 것도 필요치 않았다.

어릴 때부터 이 바닥에서 잔뼈가 굵은 공장 사장은 어려운 형편에 있는 외국인 노동자들을 심하게 다루지 않았다. 상급의 한국 관리인들도 웬만하면 외국인 노동자들과 문제를 일으키지 않으려 했다. 인도에서 상상했던 것보다 그다지 훌륭하지는 않은 형편이었지만 크리슈나는 군말 없이 참기로 했다. 비행기 삯부터 바하마드 사장과 안 사장에게 건넸던 돈까지 미리 당겨다 쓴 돈을 갚으려면 아직도 멀었기 때문이다. 무엇보다 인도에서 목매고 기다리고 있을 가족들에게 돈푼이나마 부쳐주려면 한국에서 불가촉민이하로 산다 해도 견뎌야만 했다. 그나마 불법 체류자가 되어버린 자신의 형편을 잘 알고 있으면서도 헐한 임금이나마 지불해 주는이 공장이 외려 안전하다는 계산도 있었다.

일이 끝나면 크리슈나는 인근의 호숫가로 가곤 했다. 인도 콜카타 외곽의 피혁 공장 하천에서처럼 썩은 냄새가 진동했지만, 그 냄새마저 고향을 떠올리게 했다. 싯누레진 물을 내려다보며 크리슈나는 아버지를 떠올렸고, 아버지가 들려주곤 했던 말을 되새겼다.

"브라만 남자의 인생에는 묶어야 할 굵은 매듭이 네 개 있단다. 그걸 어려운 말로 아슈라마라고 부르지. 사람의 한평생을 백 년으로 치면, 각각 이십오 년씩의 네 묶음이 있단다. 첫 번째 이십오 년은 스승 밑에서 베다 및 삶에 필요한 지식을 습득하는 학습기란다. 이 시기에는 스승과 함께 생활하면서 앞으로 살아가야 할 인생 전반에 대한 지식과 제식, 그리고 사회인으로서의 의무 등을 배워야만 하지. 네가 학교를 다녀야 하는 이유야. 학습기를 무사히 마친 학생은 두 번째 단계로 결혼을 하고 자신의 가정을 꾸려나가는 가정생활기로 들어간단다. 이 단계에서는 결혼도 하고 아이도 낳아야 하지. 동시에 고향이 요구하는 모든 일들도 함께 열심히 해내야 한단다. 대략 쉰 살 정도가 되어 자식들을 무사히 출가시키고 또한 사회적 의무도 어느 정도 완수하고 나면 세 번째 단계인 은둔기에 들어간단다. 은둔기는 부인과 함께 세상 밖으로 나가 사회적인 모든 의무를 벗어나 더욱 높은 진리를 추구하는 일종의 종교적 수행의 시기라고 할 수 있지. 마지막으로 은둔기를 넘어서면 남은 인생을 정리하는 의미에서, 혹은 자신이 깨달은 진리와 함께 홀로 방랑의 길을 떠돌아다니는 유랑기에 접어든단다. 유랑기에는 말 그대로 철저하게 무소유의 자유를 누리면서 인간이 이 세상에 태어난 그 상태대로 자신의 영혼의 고향으로 되돌아가는 것을 의미하지. 그리고 생의 마지막 시기가 되면 성스러운 어머니의 강 갠지스로 가서 이생에서의 여정을 마무리한 뒤, 그녀의 품에 안긴 채 다음 생을 위한 긴 휴식에 들거나 깨달음을 얻어 고통스런 세계로의 방랑을 멈춘 채 영원한 행복에 안주하는 거란다. 아슈라마는 이처럼 인간의 생을 네 단계로 나누어 각각의 시기에 걸맞은 의무를 정해 놓은 브라만의 독특한 삶의 지침이란다. 생에는 네 가지 덕목이 있는데, 각각의 덕목은 물질적인 재물을 의미하는 아르타, 성적 욕망을 포함한 사랑을 뜻하는 카르마, 도덕 윤리적 법칙과 규칙을 의미하는 다르마, 마지막으로 최상의 진리에 대한 깨달음 또는 해탈을 의미하는 모크샤로 이루어진다. 그 모든 덕목이 인생에서 하나같이 중요하지만, 가장 중요한 것은 모크샤를 이루는 것이야. 이 아비도 모크샤를 이루는 것이 인생의 꿈이란다."

　아버지는 인생의 네 묶음 중에 두 개를 간신히 묶고 세상을 떠났다. 하지만 그것도 어딘가. 백 살까지 산다는 것도 어렵지만, 어느 누가 아르타와 카르마로부터 자유로울 수 있단 말인가. 대학을 졸업한 뒤로 크리슈나는 세상이 절대로 녹록하지 않음을 매일 절감하며 살았다. 여전히 크리슈나는 학습기에서 단 한 발자국도 나가지 못했음을 뼈저리게 느끼고 있다. 가정생활기는 기약할 수 없을 만큼 멀기만 했다. 열네 살에 성인식을 치렀지만, 진정한 성인이 된다는 것은 얼마나 힘든 일인가. 팔아서 쌀 한 줌도 살 수 없는 아홉 번 두른 면실은 단지 브라만이라는 허위의식만 가끔씩 충족시켜 줄 뿐, 돈이 계급보다 훨씬 우월한 가치가 되어버린 이 세상에서 브라만이라는 액세서리는 차라리 거추장스럽기만 할 뿐이었다.

아침에 일어나면 속이 체한 것처럼 더부룩해지기 시작한 것은
태닝이라고 하는 무두질에 탄력이 붙으면서부터였다. 담배도 술
도 전혀 하지 않는 크리슈나가 기침이 잦아지고 목울대가 답답해
서 뱉어내면 녹황색의 가래가 나왔다. 생가죽의 털을 제거하고 세
척한 뒤에 유연하게 하고 내구성을 증진시키기 위한 공정인 무두
질에 크롬을 쓰는 것은 이제 일반화된 것이었다. 생가죽에 그냥
광을 내는 것 말고도 비싸게 값을 매길 수 있도록 다양한 표면 효
과를 내기 위해 냅 처리나 엠보싱 처리를 하는데, 그 과정에서 중
금속과 산을 이용했다. 어찌된 일인지 크리슈나와 같은 공장에서
일하는 외국인 노동자들 중에는 코가 조금씩 주저앉은 사람이 적
지 않았다. 그들 대다수는 코 안에 구멍이 뚫리면 이제야 신참을
면한 것이라고, 본격적으로 일에 이력이 붙은 것이라고, 아무렇지
않게 받아들였다. 그들이 몸의 이상 증후를 심각하게 받아들이지
않는 게 아니라는 것쯤은 크리슈나도 알고 있다. 가진 것이라고는
몸뚱이 하나 달랑 있는 그들이 아프면 끝장이라는 것도 알고 있
다. 하지만 의료보험증도 없는 불법 체류자 신세에 비싼 병원비를
감당할 수 없어서 술이나 값싼 진통제로 통증을 다스리고 있다는
것도 알고 있다. 크리슈나도 한 푼이라도 절약해서 이곳을 떠날
욕심뿐이었다. 크리슈나는 까탈을 부리는 몸에 대해서 무시하기
로 했다. 아프다고 징징대고, 힘들다고 칭얼대는 몸의 응석을 다
받아주면 앞으로 견뎌야 할 세월이 너무 피곤할 것이 뻔했다. 약
대신 크리슈나가 스스로 처방하는 머니, 비타민 M을 많이 공급해

주면 될 터였다.

하지만 비타민 M으로도 크리슈나의 몸은 쉽게 낫지 않았다. 소변에서는 피가 나왔고, 숨을 쉬는 것마저 벅찼다. 다른 사람들에 비해 급격하게 몸이 이상 반응을 나타냈다. 아침이면 치골에서부터 척추, 경추까지 크리슈나를 지탱해 주던 모든 뼈들이 단 한 번의 도끼질에 와르르 부서져 버린 것처럼 아프고 힘이 없었다. 뼈 갈피마다 견딜 수 없는 피로가 매캐한 석회 가루처럼 꽉 차 있는 것만 같았다. 말초신경까지 말할 수 없는 통증이 느껴졌다. 죽을지도 모른다는 공포가 엄습했다. 사랑하는 사람들을 위한 미래를 만들기 위해 이곳에 와 있는 자신에게 남아 있는 것은 미래가 아니라 죽음일지도 모른다는 생각이 들었다. 외롭고 고통스럽고 두려웠다. 두려움 속에서 눈물이 터질 것 같았다. 크리슈나는 있는 힘껏 이를 악물었다.

남자는 울지 않는다. 남자는 울어서는 안 된다. 아버지가 갠지스 강에서 해주던 말이었다. 눈물을 흘리면 고통이 좀 나아질까. 울고 싶다. 빌어먹을. 고향의 하얀 첨파 꽃이, 붉은 부겐빌리아 꽃이, 자귀나무 잎사귀가 시큰해진 눈자위 위로 쏟아져 내리는 것만 같았다. 그 꽃들 사이로 슈크라가 보였다. 기억 속에 남겨줘. 내 존재를 지우지 말아줘. 모든 것이 희미하게 지워져 가. 어디다 내 몸뚱어리를 기댈까. 무슨 사랑의 빛깔이었나. 기억이 안 나. 흐려져 가. 너의 단정한 윤곽, 깊은 눈, 하, 모든 것이 흐려져 간다. 그래서 조금씩 지워져 갈 거야. 모든 것이 지나갈 거야. 크리슈나는 마음껏 울 수 없었다. 맑은 눈물 대신 고름이 흘러내릴 것 같았다.

공장 노동자들 사이에 한국 정부가 불법 체류자들의 예금을 차압한다는 소문이 돌았다. 불법 체류자 자진 신고 시한을 앞두고 한국 정부가 불법 체류자들을 강도 높게 압박하고 있다는 것이었다. 은행 계좌를 추적해서 예금을 차압하는 것과 불법 체류자로 분류되어 본국으로 송출되는 것, 둘 다 꼼짝없이 함정에 빠지게 하는 것이었다. 외국인 노동자들은 평소 친분이 있는 한국인들에게 통장 명의를 빌려서 예금을 돌리려고 동분서주했다.
크리슈나는 안 사장을 떠올렸고, 그에게 연락해서 통장 명의를 빌렸다. 고향으로 돌아갈 비행기 값을 포함해 500만 원이 넘는 현금을 고스란히 안 사장의 통장으로 입금시켰다. 난리 북새통이 얼마간 진정되자 한국 정부가 불법 체류자의 예금을 차압한다는 소문은 말짱 헛소문이라는 사실이 밝혀졌다. 그 소문의 진원지가 어딘지, 누가 퍼트렸는지는 아무도 몰랐다. 몇몇은 고스란히 돈을 돌려받기도 했고, 몇몇은 통장 명의 값으로 울며 겨자 먹기 식으로 얼마간을 희생해야만 했다.
크리슈나는 안 사장에게 전화를 걸었다. 휴대폰은 "없는 전화번호입니다."라는 말을 반복했고, 끝내 안 사장과는 연결되지 않았다. 그저 안 사장과는 휴대폰으로 두어 번 연락을 취했을 뿐 안 사장의 집 주소도, 집 전화번호도 알지 못했다. 안 사장 명의의 통장이 개설된 은행 이름과 계좌번호만으로 그를 만날 수 있으리라는 기대는 할 수 없었다. 그래도 크리슈나는 가만히 눈뜨고 앉아 있을 수만은 없었다. 처음에 한국에 와서 안 사장을 만났던 서울 한복판의 골목이라도 뒤져보고, 서울 거리를 샅샅이 훑어보지 않고서는 미칠 것만 같았다.

한강이 내려다보였다. 콜카타의 후글리 강과 달리 한강 주변에는 화장터가 없었다. 크리슈나는 교각의 철제 난간을 붙들고 주위 빌딩의 불빛을 받아 색색의 셀로판지처럼 반짝이는 강물을 내려다보았다. 아버지를 따라갔던 어린 날의 바라나시 갠지스 강가가 떠올랐다. 크리슈나는 큰아버지의 장례를 바라나시에서 치른 적이 있었다. 생전의 아버지를 따라 바라나시까지 갔다. 아버지는 장남인 크리슈나가 인도의 정신, 인도의 영혼, 영원성에 대해 알기를 원했다. 헌 타이어로 바닥을 댄 슬리퍼는 낡을 대로 낡아 삽날처럼 얇아져 있었다. 엄지와 검지 발가락 사이에 낀 고무 칸막이가 발가락 틈 사이를 후비듯이 파고들었다. 고향 사르나트에서 기차를 타고 무굴 사라이 역에 내려 다시 바라나시까지 버스를 갈아타고 갠지스 강에 이르는 기나긴 여정은 어린 크리슈나에게는 무척 힘든 길이었다.

딸만 셋이었던 큰아버지. 여자에게는 장송이 허락되지 않는 크리슈나 고향의 관례 때문에 큰어머니와 세 딸들은 화장터에 없었다. 두 명의 작은아버지와 크리슈나, 그리고 아버지, 네 명의 사내는 큰아버지 시체를 에워쌌다. 갠지스 강가에 화장을 하러 온 사람들은 모두 남자였다. 여자란 오직 시체가 되어 온 죽은 여자뿐,

장례 의식에 어떤 여자도 열외였다. 아버지는 어린 크리슈나를 먼저 강가로 데리고 가서 삭도를 꺼내 아들의 머리를 밀기 시작했다. 뒤통수의 중앙에 몇 가닥의 머리카락인 초타와라만 남기고 아버지는 무거운 침묵으로 삭도에 힘을 주어 크리슈나의 검은 머리털을 다 밀어버렸다. 크리슈나는 지나치게 엄숙한 아버지의 표정 때문에 입을 꾹 다문 채 머리통을 맡길 수밖에 없었다.

머리카락을 다 밀어낸 아버지가 땀과 때에 전 크리슈나의 옷을 벗기고 새로 마련한 흰옷을 입혔다. 폭 1미터에 길이 4미터 정도 되는 하얀 천을 작은아버지와 함께 아버지는 크리슈나의 몸에 감았다. 상주가 된 열세 살의 크리슈나는 자신의 몸을 감싸고 도는 흰옷을 보며 가슴속에 먹먹하고 묵직한 무엇이 얹히는 것을 느꼈다. 죽은 사람에게 아들이 없으면 친척 중의 장자에게 화장시킬 때 처음 불을 지피는 횃불을 쥐어주기 때문에 크리슈나는 겨우 열세 살의 나이에 큰아버지의 시체가 놓인 장작더미에 불을 지펴야만 했다. 화장이 시작되기 전에 아버지와 두 작은아버지는 시체를 들어 갠지스 강물에 적셨다. 장작을 격자 형태로 쌓아놓은 더미 위에 강물에 적신 시체를 다시 올려놓았다.

아버지는 크리슈나에게 꽃향기가 나는 향료와 노란색의 쌀가루를 혼합한 것을 건네주었다. 그는 큰아버지의 몸에 그것을 천천히 뿌리면서 주위를 계속 돌았다. 마지막으로 아버지는 크리슈나에게 뜨거운 횃불을 건네주었다. 크리슈나는 머리를 강 쪽으로 향하고 장작 위에 놓인 큰아버지의 시체 머리맡에 섰다. 심호흡을 하고 장작에 횃불을 깊숙이 들이밀었다. 타다닥, 불을 먹은 마른 장작들이 아연 활기를 띠면서 불길을 내뿜으며 길고 뜨거운 불의 혓바닥으로 큰아버지의 시체를 핥아댔다. 넘실거리는 그 불길의 뜨거움이 크리슈나에게 훅 끼쳐져, 그는 주춤 뒤로 물러섰다.

아버지는 슬프지 않은 걸까.

크리슈나는 불길에 벌게진 아버지의 얼굴에서 어떤 표정도 읽어낼 수 없었다. 아직 장가를 가지 않은 막내 작은아버지의 눈가에 눈물이 어룽어룽 번지고 있었지만, 역시 그도 슬픈 곡조를 입 밖으로 전혀 내지 않았다. 남자는 울지 않는다. 남자는 울어서는 안 된다. 아버지와 두 명의 작은아버지. 그 사내들이 크리슈나에게 가르쳐준 남자의 덕목이었다. 크리슈나는 어둠 속에서 눈을 뜬 새처럼 남자들의 세계가 무엇인지를 본 것 같았다. 죽음 앞에서도 칭얼거리지 않고, 슬픔 속에서도 침묵하고, 고통에 처해도 비명 지르지 않고, 이별 앞에서도 영혼을 비틀지 않는 것, 그것이 브라만 계급을 가진 남자가 평생 지켜야 할 위엄이라는 것을 알았다. 남자는 자신의 눈물과 투쟁하면서 진정한 남자에게 어울리는 통제력을 얻는다는 것을 어린 크리슈나는 그때 날카롭게 깨달았다.

큰아버지의 옷이 타고, 살이 타고, 뼈가 타고, 갠지스 강을 천막처럼 덮은 하늘이 타고 있었다. 큰아버지의 팔뚝이 툭, 불길에 장작더미로 떨어졌다. 장작더미 밖으로 삐죽이 나온 큰아버지의 발이 핏기를 잃은 채 하얬다. 크리슈나는 큰아버지의 두 발을 불 속으로 밀어주고 싶었다. 장작더미의 아랫단으로 화장 제식에 썼던 붉은색 물감이 피처럼 줄줄 흘러내렸다. 울렁거리는 속을 진정시키느라 관자놀이에 힘을 주었다. 연기가 매웠다. 크리슈나는 불땀 좋게 타오르는 불길을 들여다보다가 눈길을 돌렸다. 옆자리 빈 구덩이엔 화환이 놓여 있었다. 화장이 다 끝난 빈 구덩이 주위를 개들이 어슬렁거렸다. 가난한 사람들이 장작 값이 부족해서 덜 태운 시체의 뼈나 살점 들을 배고픈 개들이 챙기려는 것이었다. 매캐한 연기로 희뿌연 하늘에 까마귀들이 떼 지어 선회하고 있었다.

계단을 타고 한 구의 시체를 어깨에 멘 사내들이 내려오고 있었다. 맨 앞에 있는 젊은 청년의 눈이 붉게 충혈되어 있었다. 비통함이 그 청년을 내리치고 있는 것이 확연하게 느껴졌다. 주위 사람들이 장작단을 쌓고 예식을 준비하는 동안에도 청년은 바닥에 멍하니 앉아 머리통을 두 손으로 감싸고만 있었다. 그 청년과 어떤 관계에 있는 사람이 죽은 것일까. 크리슈나는 큰아버지 시체가 타는 적막한 시간 동안 그 청년에게 눈길을 자주 돌렸다.

사실 어렵고 높게만 느껴지던 큰아버지의 죽음은 어린 크리슈나에게 큰 슬픔이나 상실로 다가오지 않았다. 그러나 아무 상관도 없는 낯선 청년의 솔직한 격통과 비애가 담긴 모습을 보고서 그는 지상에서의 영원한 별리가 가져다주는 심리적 붕괴가 뭔지를 알 것도 같았다. 차안과 피안, 찰나와 영원, 땅과 땅 너머 하늘은 어린 크리슈나의 이해를 넘어서는 것이었지만, 도도히 흐르는 갠지스 강을 덮는 붉은 노을빛이 예사롭지 않게 느껴졌다. 죽음은 단지 하나의 예식이 아니라, 인간이라면 언젠가는 맞닿을 어떤 차디

찬 얼음의 땅 같은 것이 아닐까 하는 생각이 들었다.

아버지는 가끔 긴 막대기를 들고 장작더미를 쑤셔댔다. 불땀이 골고루 시체를 태우도록 하기 위해서였다. 바람을 머금은 세찬 불길에 펑, 뼈 터지는 소리가 났다. 갑자기 화장을 관장하는 하급 관리가 형체를 알아볼 수 없이 그을린 큰아버지의 머리통을 쑥 뽑아내서 곤봉으로 내리쳤다. 인정사정없이 곤봉으로 내리치는 모습을 아버지도 작은아버지들도 말없이 지켜보고만 있었다. 어린 크리슈나는 하급 관리가 왜 시체를 폭행하는지 이해할 수 없었지만 신음 소리조차 내지 않고 지켜보았다. 왠지 그래야만 할 것 같았다.

한 시간 남짓 걸렸을까. 머리통을 곤봉으로 박살 냈던 그 사내가 큰아버지를 태운 재를 긁어모아 크리슈나에게 건넸다. 재 속에 시커먼 뼈가 하나 남아 있었다. 뼈의 모양으로 봐서 그것은 발목뼈도 갈비뼈도 아니었다. 남은 뼈를 의아하게 들여다보던 크리슈나에게 아버지가 잠긴 목소리로 말했다.

“나비란다. 어머니의 자궁에 들어 있을 때 영양 공급을 받던 탯줄의 뿌리지. 나비는 어떤 불길로도 태울 수 없단다. 자, 여기에 모셔 넣어라.”

크리슈나는 아버지에게서 건네받은 조그만 진흙 항아리에 나비와 마지막 남은 재를 정성스럽게 쓸어 담았다. 아버지는 크리슈나의 등을 두드리며 강으로 나아가라는 손짓을 했다. 그는 다른 유족들이 하는 것처럼 항아리를 들고 강물이 가슴에 잠길 때까지 걸어갔다. 크리슈나는 항아리를 조심스럽게 강물에 놓았다. 강물이 바람에 잔물결을 일으키며 항아리를 강 중심으로 끌고 갔다. 비로소 큰아버지를 떠나보낸 것 같았다.

그 이듬해 크리슈나는 다시 초타와라만 남긴 채 머리를 밀었다. 성인식이었다. 십삼 일 동안 해가 떠서 해가 질 때까지 음식은 금지되고 물만 허락되었다. 아버지는 뜨겁게 달군 바늘로 크리슈나의 양 귓불을 뚫어주었다. 신음 소리조차 내서는 안 됐다. 고통은 새로운 존재로 탄생하기 위해 거쳐야 할 제의적 가치였다. 어머니가 직접 자은 희고 깨끗한 면실을 아버지가 아홉 번 감아 크리슈나의 목에 둘러주었다. 음식을 배제해서 몸을 비우는 것과 불로 몸을 뚫는 것 모두 영혼에 단단한 서슬이 서려 진정한 디조, 즉 참된 브라만이 되기 위해 의연히 견뎌야 할 통과제의였다.

한강을 내려다보는 크리슈나의 눈시울이 시큰거렸다. 어떤 불길로도 태울 수 없는, 어머니와 이어졌던 탯줄이라는 나비가 남아 있기나 할까. 브라만이었던 자신이 한국에서 불가촉민보다 더 천한 불법 체류자가 되어버린 이 업이 죽으면 끝나려나. 크리슈나는 어떤 끝을 예감하고 있었다. 안에서 반짝였던 어떤 빛들이 스러져가는 것을 느꼈다. 그만 다 놓아버리고 싶다는 생각, 허물어지는 뼈들이 다 무너져 사라져버렸으면 좋겠다는 허약한 생각만이 그를 붙들고 있었다.

몸이 약해 고등학교만 졸업하고 사회생활을 하지 못하는 남동생과 막내이기 때문에 언제나 가여운 어린 여동생, 그리고 어머니, 그들 때문에, 아니 정확히는 가난 때문에 떠나보내야만 했던 슈크라가 미칠 듯이 그리웠다. 아프다고, 힘들다고 누군가에게 말하고 싶었다. 누군가에게 기댈 마음조차 없다는 것이야말로 정말로 아픈 것일 게다. 언제 울어보았던가. 눈자위의 충혈된 혈관과 수축된 근육에 의해 비어져 나오는 짠물이 눈물이었던가. 울면 고름이 나올 것 같아서 울지 않았던, 울지 못했던 눈물이 흘렀다. 죽음보다 이별이 무섭고, 이별보다 혼자 사라져가는 게 무서웠다. 고향의 푸자 축제 때 하늘 높이 터트리는 불꽃놀이처럼 건물과 차들이 눈물로 흐려진 망막 안에서 제각각의 불빛을 달고 어룽졌다.

준하는 후글리 강에서 크리슈나의 마지막 편지까지 정리한 노트를 읽어보았다. 그의 마지막 편지만으로 그가 중금속 중독으로 죽었는지, 고통을 못 이겨 자살을 선택했는지 알 수 없었다. 어느 날 문득 삶과 죽음의 경계가 애매해져 버릴 때, 눈물 대신 고름이 흘러나올 때, 애써 수긍해 오던 자신의 삶이 지겨워질 때, 스르르 자신을 놓아버릴 수도 있을 것이다. 강으로 몸을 날리든, 자신이 만든 망상 속으로 기어들든, 죽기로 결심한 자들에게는 일상 속에서 엮였던 관계들이 무의미할 수도 있을 것이다. 죽은 자는 말이 없고, 죽음을 추적하는 것은 무의미할지도 몰랐다. 무엇보다 솔직히 준하는 산재를 당했을지도 모를 크리슈나의 죽음을 보상하기 위해 현실적으로 해줄 수 있는 여력도 시간도 없었다.

그의 사진과 편지는 다시 슈크라에게 전하리라 마음먹었다. 크리슈나의 꿈과 사랑은 슈크라의 몫이었다. 크리슈나도 슈크라의 가슴속에 묻히길 바랐을 것이라고 준하는 믿었다. 아존이 부탁한 일은 준하가 꼭 해야 할 절체절명의 임무는 아니라고 스스로를 다독였다. 후지와라의 말처럼 우리가 잃어가는 내부의 모든 것, 죽는 것, 살아가는 것 모두가 힌두교 안에 들어 있다면, 힌두교도 인 그들 역시 순응할 수밖에 없을 터였다. 크리슈나의 삶을 옮겨 적었던 준하의 노트도 불길에 태워 저 강물로 띄워 보내야 할 또 하나의 죽음이었다. 끝까지 타지 않고 준하의 가슴에 남을 나비 가 있다면, 그것도 어찌할 수 없는 크리슈나의 흔적일 것이었다.

준하는 노트에 불을 붙였다. 젊은 나이에 그토록 쉽게 사라져 버린 크리슈나처럼 불 먹은 노트는 활활 타올랐다. 준하는 타오 르는 노트를 묵묵히 쳐다보았다. 다 타버린 노트는 재만 남겼다. 준하는 손바닥으로 재를 쓸어 모아 강물이 있는 곳으로 걸어갔 다. 더러운 강물에 준하는 재를 흘려보냈다. 이제는 떠날 수 있을 것 같았다.

인도를 다녀갔던 사람들이 남긴 여행기에 있던 그 많던 성자와 현자들은 다 어디로 갔을까. 그녀는 인도를 성찰의 유토피아로 그려냈던 여행기의 위험을 알 것 같았다. 그녀 또한 이곳에 오지 않았을 때는 인도를 하나의 이상향, 매혹적인 미지의 공간으로 여겼다. 며칠 혹은 몇 달 동안의 인도 여행은 이국적인 정서를 여 행자에게 선물할지도 모른다. 그러나 인도의 실제를 접하면 모든 것이 달라진다. 그녀는 이제 안다. 이곳이 게으르게 누워 한가한 명상이나 하는 나라가 아니라는 것을. 마지막 여행지라고 할 수 있는 관 바닥 말고는 게으르게 누울 수 있는 곳이, 지금 여기에는 없다는 것을.

준하는 게스트 하우스에서 마더 테레사의 집으로, 다시 후글리 강으로, 후글리 강에서 수데르 거리로 돌아오는 긴 하루의 일정을 마쳤다. 버스를 타고 뉴 마켓 앞에서 내렸다. 진을 치고 있던 릭샤꾼 중의 한 명이 득달같이 릭샤를 몰고 준하에게 달려왔다. 게스트 하우스까지 걸어서 오 분도 안 되는 거리였지만, 부러 릭샤를 탔다. 릭샤꾼이 온몸의 근육을 움직이며 페달을 밟는, 대단히 직접적이고 수공업적인 노동을 정면으로 볼 수 없을 것 같아 한 번도 타지 않았다. 비록 찢어진 러닝셔츠 차림이지만 휘파람을 불어가며 사람들 사이를 요령 있게 달리는 릭샤꾼의 건강한 노동을 애먼 연민으로 바라볼 필요까지는 없지 싶었다.

수데르 거리로 들어가는 골목 앞에서 내리며, 10루피 지폐를 릭샤꾼에게 건넸다. 판이라는 입담배를 피워댄 탓에 잇몸이 벌건 릭샤꾼이 헬쭉 웃으며 종이돈을 입에 맞추고 이마에 한 번 더 갖다 댄 뒤에 멀어져 갔다.

골목으로 막 돌아서는 순간, 흰 소 두 마리가 준하 쪽으로 느릿느릿 걸어오셨다. 후끈한 한낮의 열기가 채 가시지 않은 열대의 길바닥 어둠 속에서 암각화의 돋을새김된 소가 빠져나온 것처럼, 커다란 불알을 덜렁거리며 그녀에게로 걸어오시는 소들을 보고, 난데없는 치한을 만난 것처럼 준하는 뒤로 주춤 물러섰다. 예고 없이 다가온 어떤 신성도, 복병처럼 방심을 찔러 오는 심야의 무뢰한도, 아직은, 다, 겁이 나. 준하는 속으로 되뇌었다.

한없이 게을러져서 비대해진 몸통을 흔들며 건너편 게스트 하우스 앞마당 잔디를 뜯어 잡수신 소가 울타리 밖 자귀나무 큰 그늘 아래 좌정하시고 느긋하게 턱 밑의 덜 씹힌 잔디를 되새김질하시는 모습이 보였다. 엊저녁에 같은 숙소의 여행자들과 함께 자신의 송별 파티를 하며 오랜만에 레스토랑에서 비프스테이크를 양껏 씹어 먹은 아래턱이 괜히 욱신거렸다. 준하는 비프스테이크와 한세상 유유자적하게 놀러 온 태평한 소의 거리를 생각했다.

신이 그리 멀리 있지 않구나.

첸을 만나지 못하고 내일이면 이곳을 떠날 것이다. 첸도 언젠가는 돌아올 것이다. 예측할 수도, 가져볼 수도 없는 미래에 대해 할 수 있는 일은 아무것도 없다. 영원히 가질 수 없는 사랑처럼 미래에 대해서도 대책 없이 끌리고 미욱스럽게 당할 것이다. 인도가 가르쳐준 미래에 대한 진실만을 준하는 가져가고, 내일이면 떠날 것이다. 돌아가서도 여전히 외로움을 기둥서방 삼아 싱글즈를 괴롭히는 온갖 망령들과 맞서 싸울 수밖에 없으리라는 것을 준하는 알고 있다. 주기적으로, 시시때때로 불평을 터트리며 흔들리는 불만분자이지만, 그래도 아직은 세상으로 뚜벅뚜벅 걸어갈 수 있는 튼튼한 허벅지가 있지 않은가. 준하는 슈크라에게 건네줄 편지와 사진을 들고 게스트 하우스로 들어갔다.

작가의 말

　2002년 여름, 인도로 들어가면서 여행 가방에 노트북과 일기장 몇 권, 그리고 한 인간의 내면이 기록된 디스켓 두 장을 챙겼다. 솥단지 걸어놓고 살 곳을 마련하느라 한동안 바빴고, 글을 쓸 수 있는 시간을 마련하기도 어려웠다. 다행히 글을 쓸 수 있는 나만의 방이 생기게 되었다. 허름한 책상과 플라스틱 의자만 있는 무척 심플한 공간이었다. 내 방 앞에는 바나나 나무와 망고 나무와 구아바 나무가 있는 뒤뜰이 있었다. 뒤뜰 담벼락에는 널어놓은 6미터 길이의 인도 여인네 전통 의상인 아름다운 사리가 뜨거운 바람결에 펄럭이곤 했다. 햇볕이 쨍쨍한 한낮이면 옆집에서 누군가가 현악기인 시타르를 켜는 소리가 들려오곤 했다. 내가 방을 비운 사이에 작고 푸른 도마뱀 몇 마리가 들어와 노트북 자판기에 올라타고는 내가 알 수 없는 글자를 화면에 남겨놓고 가기도 했다. 얼핏 보기에는 대단히 이국적인 분위기인 것 같지만, 실상

방에 앉아 노트북을 마주하노라면 좀 멍해지는 낯설고 부담스러운 분위기였다.

소설을 시작할 단서가 되어줄 디스켓 속 문서의 비밀번호를 알지 못해 속절없이 시간이 지나갔다. 누가 쓰라고 닦달을 하는 것도 아닌데, 작품 의뢰를 받은 사람처럼 마음이 조급했다. 우기에 퍼붓듯이 쏟아지는 빗줄기에 열대 나무 잎사귀가 퍽퍽 얻어맞는 소리를 듣거나, 펄럭이는 사리 자락을 하염없이 쳐다보거나, 귓가를 휘감고 도는 시타르의 선율에 잠긴 무료하고 한심한 시간을 보내다가 문득 알게 되었다. 되짚어 돌아갈 길도, 내처 달릴 길도 보이지 않는 나이에, 자신을 속이고 설득할 방법을 찾아 인도까지 줄행랑을 친 인간이 바로 나라는 것을. 그 자각은 명료하고 신랄하고 무뚝뚝하고 끈질기게 나를 따라붙었다. 한국에 있었으면 얼싸덜싸 부어라 마셔라 질탕한 분위기 속에 섞인 채 안 보였을 속살, 그것도 난데없이 벌건 허벅지까지 본 기분이었다.

비밀번호를 알아내고 난 뒤에는 소설을 쓰지 못하고 있다는 변명을 더 이상 할 수 없었다. 발육이 부진한 과일나무가 꽃을 피우듯 안간힘을 쓰며 글을 썼다. 더위와 습기 때문에 육수를 뽑아내듯 땀을 뻘뻘 흘리며 노트북과 씨름하고 있으면, 딸이 방으로 들어오지도 않고 문에 기댄 채 오만하게 턱을 쳐들고는 싹수없이 명령조로 내게 말했다.

망고처럼 달콤하고 바나나처럼 부드러운 러브 스토리를 써.

열세 살이었던 딸은 사춘기라는 한창 혹독하고 어지럽고 토할 것 같은 성장통을 앓고 있는 중이었다. 실컷 두들겨 패주고 싶은 것을 꾹 참고 있는 내게 딸은 한마디를 더 던지고 냉큼 사라졌다.

남들 골 아프게 하는 글 좀 쓰지 마, 제발.

망고처럼 달콤하고 바나나처럼 부드러운 러브 스토리로 남들 골을 즐겁고 행복하게 해주라는 주문 때문만은 아니었겠지만, 글을 쓸 때마다 가슴 언저리가 달아올랐다. 막상 소설을 쓰기 위해 불러낸 어떤 기억들이 인도라는 낯선 물질적 공간에서 너무도 다르게 변형되고 왜곡되기 시작했기 때문이다. 기억했던 내용에 제대로 접근하기 위해 소설적 재배치가 필요했고, 그 과정에서 나를 지탱해 주고 있다고 믿었던 기억과 관계들이 후들거렸으며, 익숙했던 것, 사랑한다고 믿었던 것들이 대부분 망가지고 부서지고 사라져갔다. 겨우 몇 가지만 건져서 소설을 다시 써야 했다.

어렵게 소설책이 나왔다. 무엇보다 내 책을 내준 민음사에 감사드린다. 비렌드라, 슈크라, 가장 가까운 친구가 되어주었던 보비, 콜카타 대학 언어학과장이었던 아존, 폴란드 시인인 마그다, 차누, 크리슈나, 마르크스의 초상이 있던 아슈토시 대학 건물, 레닌의 흉상이 떡하니 버티고 있던 콜카타 대학 서점가, 대학 정문 앞에서 볶은 땅콩과 차를 팔던 아저씨들이 마구 생각난다. 콜카타 수데르 거리의 낡고 값 싼 호텔에서 이번 겨울 한철을 보내다 오고 싶다. 눈이 짓물러지도록 책을 읽다가 배고프면 거리에서 헐한 인도식 백반을 사 먹고, 칼리 여신에게 제물로 바쳐질 눈 맑은 염소가 담벼락에 붙은 영화 포스터를 한가롭게 뜯어 먹는 것을 지켜보면서 달고 뜨거운 차를 마시고 싶다. 인도산 킹피셔 맥주를 다섯 병쯤 사 들고 호텔로 들어가 야금야금 혼자 마시면서 끝내 부치지 못할 연애편지 따위나 쓰다가, 눈이 매워지면 여행가방을 챙겨 네팔이나 티베트로 떠나는 상상을 해본다. 상상만으로도 위안이 된다. 약간은 황량하고 쓸쓸한 위안…….

인도로 가는 길

─두 남녀의 성장소설

최혜실(문학평론가 · 경희대 국문과 교수)

1 일상, 타동사의 영역에서 이루어지는 삶

우리의 삶은 항용 어떤 것을 대상으로 삼는 행동으로 점철되곤 한다. 살아가면서 우리는 늘 무엇인가를 감각하고 무엇인가를 표상하며 무엇인가를 욕망한다. 또한 무엇인가 느끼고 생각하며 바라본다. 그리하여 여기서 그 무엇인가는 어느 사이에 '그것'이 된다. 이런 대상화는 우리 삶을 손쉽게 자기중심적으로 만들어버린다. 어쩌면 이런 삶의 태도는 인간이 어머니의 탯줄로부터 타의로 분리된 후 세상을 살아가는 지극히 중요하고 일상적인 방법인지 모른다.

이 타의적인 분리에 대해 우리는 자신을 온전한 객체로 내세우는 데 사력을 다한다. 우리는 자신이 세상 누구와도 다른 존재이며 결코 대체될 수 없는 독립된 주체임을 내세운다. 이 과정에서 사람들은 국가, 계층, 사회적 지위에 자신을 몰입시키면서 동시

에 자기 개성의 계발에 힘쓰기도 한다. 그러나 역설적으로 자연
과 대상, 사람들에게서 자신을 구분하려는 노력 때문에 고립감과
외로움을 느낀다.

이래서 사랑을 한다고 한다. 그러나 고립감을 피하기 위해 타
인에게 자신을 철저히 굴종시키는 것이 사랑이라고 할 수 있을
까? 아니면 아이에게 맹목적인 어머니처럼 무조건 베푸는 사랑
이 진실한 사랑이라고 할 수 있을까? 진정한 사랑은 역설적으로
자기애(自己愛)에서 비롯된다고 한다. 개인이 자신의 개성을 유지
하면서 타인과 결합하는 방식이 그것이다. 그리하여 '하나이면서
도 둘이어야 하는' 이 역설은 사랑을 끊임없는 노력의 과정, 현재
진행형으로 만들게 한다.

2 대상화되었던 기억을 반복하기

그런데 자신이 주체로 서면서도 상대를 주체로 대하는, 이 이
율배반적이면서도 정당한 사랑을 결코 할 수 없는 사람들이 런던
이라는 같은 공간에서 우연히 만난다. 준하와 첸, 쿨만은 국적과
성별, 세대가 다르지만 한 가지 공통점을 지니고 있다. 셋 다 어
린 시절 부모의 사랑을 받지 못했다는 점이다.

쿨만의 아버지는 전후 독일의 궁핍을 경험한 후 철저한 수전노
로 다섯이나 되는 자식들을 억압했다. 이 억압에 숨 막힌 어머니
또한 종교에 맹목적으로 빠져들었기 때문에 쿨만은 제대로 된 사

랑을 받지 못했다. 제대로 된 사랑을 받지 못한 허기로 언제나 사랑이 떠날까 봐 전전긍긍했던 어린 날의 경험 때문에, 그는 덜 사랑하는 사람이 보다 많은 권력을 갖게 된다는 왜곡된 애정관을 지니게 된다.

쿨만의 이기적인 사랑에 고통받는 첸 또한 그가 묘사한 대로 "삶의 오물통"과 같은 가족 때문에 고통받는다. 그의 아버지는 싱가포르에서 선물 거래와 창고업으로 큰돈을 번 집안에서 자라 부와 여유를 술과 여색으로 탕진했던 인물이다. 그러나 아름답고 영리한 셋째 부인인 첸의 어머니를 만난 후부터는 유명무실한 가장으로 명맥을 유지하고 있다. 첸의 어머니는 첫째, 둘째 부인을 쫓아냈고 정분난 하녀를 살해했으며 전처의 아들을 폐인으로 만든 인물이다. 그녀에게 의미 있는 존재는 '돈'이었으며 자식과 남편은 수단에 불과했다. 그녀 앞에서 첸은 사랑받으려는 욕망을 애초부터 거두어야 했다. 그에게 있어 어머니는 "피붙이이기 때문에 더 맞닿아야 한다는 욕심과 그 욕심을 거절당한 데서 생기는 분노"의 대상이었다.

어머니에 대한 상처는 준하 또한 만만치 않았다. 준하의 어머니는 세밀하고 정확한 육아법으로 준하를 키웠으나 감정적인 측면을 철저히 배제했다. 자식을 실험실의 동물처럼 다루라는 행동주의자의 이론에 따라 우는 아이를 달래는 행동조차 자제한 어머니 때문에 준하는 불구적인 사랑을 하게 된다. 동생 승하가 너무 쉽게 자신의 호의를 보이는 바람에 상대방의 마음을 얻지 못하는 것과 반대로, 준하는 사랑의 감정이 페닐에틸아민이 중추신경을 자극하는 것에 지나지 않는다는 생물학적 이론을 신봉하며 서른이 넘도록 독신 생활을 영위한다.

쿨만은 버림받기 전에 서둘러 상대방을 버린다. 손쉽게 상대를 유혹하지만 곧 다른 대상을 함께 비교 대상에 올려놓음으로써 상대의 경쟁심과 질투심을 자극한다. 사랑하는 존재를 군림과 포획의 대상으로 상정하는 그의 노련한 책략 때문에 첸은 심한 질투와 자괴감, 그리고 버림받을지도 모른다는 불안감에 괴로워한다. 사랑은 쟁취하는 것이라는 쿨만의 사고방식은 첸에게 절대적인 힘을 발휘한다.

이런 첸을 바라보는 준하의 심정은 착잡하다. 그녀는 어린 시절의 상처 때문에 사랑에 시니컬한 반응을 보이나, 근본적으로 사려 깊고 상대방을 배려하는 따뜻한 성품의 소유자이다. 그녀는 자신과 같은 속성을 지닌 첸에게 사랑을 느끼지만, 첸은 쿨만에게 휘둘리며 괴로워하고 있다.

여기서 쿨만과 첸의 동성애는 단순한 성적 취향(sexual orientation)의 문제가 아니라 남성적인 공격성과 정복의 은유로 나타난다. 쿨만은 자신이 삼각형의 정점인 꼭짓점에 올라서서, 밑변의 두 사람인 첸과 사이먼이 질투의 힘으로 가파른 모서리를 기어 올라오게 해야 한다는 것이다. 광기로 뜨거워진 두 대상의 내면을 위에서 오만하게 내려다보는 방식이 그의 애정관이었다. 작품은 표면적으로는 준하가 첸을 사랑하고 첸이 쿨만을 사랑하는 짝사랑의 구도이면서도, 궁극적으로는 첸과 준하 두 사람이 성숙한 사랑을 알아가는 과정으로 이루어진다. 인도라는 공간에서 여름 나기는 두 사람에게 사랑의 참다운 의미를 알아가는 성장의 시간이라 할 수 있다.

3 인도에서의 소통: 호명과 거부, 그리고 가상공간

나와 너, 첸과 쿨만은 누구인가? 그들의 진정한 정체성은 무엇인가? 너 아니면 안 되는 것, 대체 불가능한 존재로서의 너를 파악하는 일은 어떤 행위로 가능한 것일까? 쿨만에게 사랑은 육체적 쾌락으로 존재한다. 그는 첸의 육체 구석구석을 더듬어 성감대를 찾아내고 자극하여 그를 정념의 노예로 만든다.

그러나 그것은 육체적 관계 중일 때의 이야기이다. 그에게 섹스는 놀이이다. 일시적으로 자신 안의 쾌락을 탐색하면서 고깃덩어리에 불과한 육체에 의미를 주는 행위이다. 그러나 그 의미는 쾌락의 순간에만 존재할 뿐이다. 짧고 구체적이기에 그 사랑은 완벽하다. 그러나 쾌락의 순간이 끝나면 그는 다시 남이다. 영혼과 육체의 합일이란 지속적 노력 없이 순간의 쾌락에 탐닉하는 그에게는 상대가 대상으로 존재할 뿐이다. 이런 사람에게 구체적인 육체의 존재를 호명(呼名)하는 것은 참으로 어리석은 일이다.

이름은 그 사람의 정체성을 이루는 것이다. '끝순이' 라는 이름이라면 딸 많은 집 막내이면서 아들을 선호하는 한국 사회를 떠올릴 것이요, '에스더'라는 이름에는 집안의 종교적 내력이 숨어 있다. 이름에는 그 이름을 지어준 집단의 권력과 속성이 깃들어 있으며, 이름의 소유자에게는 자연스럽게 그 집단의 영향력이 묻어난다. 이름이야말로 그 사람의 정체성을 이루는 핵심이라 할 수 있다.

사람들은 사랑할 때 애타게 상대방의 이름을 부른다. 그 호명의 행위에는 상대방의 역사와 기억과 정체성을 송두리째 인정하겠다는 의지가 강하게 깃들어 있다. 연인들은 때로 애칭으로 이름을 바꾸기도 한다. '영희'를 '희'로, 혹은 'Y'라는 이니셜로 바꾸는 행위에는 그 정체성에 자신의 사랑을 부어 넣으려는 몸짓이 들어 있다. 호명한다는 것, 그 사람의 이름을 부를 때 비로소 하나의 의미가 된다는 시를 떠올리지 않더라도 연인들 사이의 호명은 그의 개성을 존중하면서도 그와 하나가 되고 싶은 이율배반적인 갈망의 몸짓에 다름 아니다.

첸은 자신의 마음을 송두리째 빼앗아버린 울리히 쿨만(Ulich Kuhlmann)에게 자신의 이름을 한 번만 불러달라고 애원한다. 그러나 첸의 호명에 의해 인정되었던 독일계 호주인은, 이름은 하나의 주소에 불과할 뿐이라고 묵살한다. 첸에게는 아픈 과거가 있다. 어머니는 자식들에게 왕류, 왕첸이란 중국식 이름이 엄연히 있음에도 앤드루, 주드라고 호명했다. 그녀의 눈에 자식들은 사랑하는 존재이기 이전에 '영국식'이란 허영과 탐욕의 대상에 불과했던 것이다. 쿨만의 호명 거부는 첸의 유년기 상처를 더 아프게

218

건드린다.

쿨만에게 사랑은 사이버 공간에서 익명의 아이디와 채팅하는 수준에 불과한 것이었다. 준하가 라이드 앤드 셰이크(Ride & Shake)란 아이디를 지닌 휘황찬란한 아바타와 한바탕 채팅을 한 후에 씁쓸함을 느꼈던 것을 보면, 그녀가 쿨만을 싫어하는 것은 당연한 일이다. 고독하지만 자신을 드러내고 싶지 않을 때 자신을 터무니없이 과장하기도 하고, 반대로 차마 드러낼 수 없었던 속내를 털어놓기도 하는 데 채팅 방처럼 적당한 공간이 또 있을까?

아바타란 신이 인간이나 동물의 모습을 하고 나타난다는 것이다. 개인의 영혼이 만화 같은 아이콘을 띠고 나타났을 때 과연 육체성을 지닌 개인과 같을 수 있을까? 몸은 마음에 영향을 주고 마음은 몸에 영향을 준다. 라이드 앤드 셰이크라는 아이디를 갖고 보랏빛 요란한 치장을 한 아이콘을 지닐 때 누구나 평소보다는 더 야해지고 앙큼해진다. 자신의 존재를 감추기 때문에 더 솔직해진다는 역설은 자신을 꽁꽁 숨기기 때문에 오히려 육체적으로 매력을 지니는 쿨만의 경우를 생각나게 하는 것이다.

그러나 사이버 공간을 폄하하지는 말자. 그곳에는 현실의 계급과 성별과 직업이 존재하지 않는다. 브라만이고 스케줄드 카스트이기 때문에 미리 마음의 문을 닫을 필요도 없고 돈이나 사회적 지위를 드러내놓지 않아도 된다. 진실한 인간과 인간이 날것 그대로 만나는 공간에서 오히려 진정한 자신이 드러날 수 있다.

'아바타'의 유래가 인도에서 왔다는 사실은 참으로 의미심장하

다. 첸은 콜카타에 있는 마더 테레사의 집에서 한 노인을 간호한
다. 죽음이 목전에 있는 노인은 자신의 이름을 '아마르 남네이'
라 발음한다. 첸은 기뻐한다. 노인과의 관계는 이제 이름을 불러
주면서 시작되었다고 믿었기 때문이다. 그러나 노인이 죽은 후
첸은 그 말뜻이 '제 이름은 없습니다.' 라는 사실을 안다. 평생 행
려로 떠돌다가 임종을 맞은 무명씨(無名氏)의 인생관이야말로 첸
의 고통에 대한 해답이 아닐까? 이생은 끝없는 윤회의 한 과정일
뿐이라는 것, 윤회의 사슬이 끊어지기 전까지 인간은 끊임없이
또 다른 아바타로 거듭 이 세상에 태어날 것이다. 내 이름의 덧없
음이여! 이생에서 어떤 진정한 이름도 호명될 수 없는 것을, 가상
공간과 같은 이 세상에서……

4 인도에서의 소통: 낭만적 사랑을 기록하기

그렇다면 준하가 꿈꾸는 사랑은 무엇인가? 고뇌하는 준하 앞에
운명처럼 한 사랑이 펼쳐진다. 슈크라와 크리슈나는 대학에서 만
났다. 같은 과 동기였으나 크리슈나는 브라만 계급이었고 슈크라
는 스케줄드 카스트였다. 인도에서 다른 계급 간의 사랑은 죽음
을 각오해야 가능한 것이었다. 더구나 크리슈나는 홀어머니와 두
동생을 부양해야 하는 가난한 집 장남인 반면 슈크라는 넉넉한
형편이었다.

그런데 두 사람은 첫 만남에서 운명적인 사랑을 느낀다. 슈크

라가 강의실에 들어섰을 때 크리슈나의 반응은 유치할 만큼 감상
적이다.

　부끄러움으로 빨개진 귓불 너머 선이 고운 턱을 감싼 그녀의
피부가 막 짜낸 암양의 젖처럼 뽀얬다. 숱 많고 검푸른 그녀의 머
리카락이 몇 가닥으로 굵게 꼬인 삼줄처럼 그녀의 등 뒤에 묵직하
게 얹혀 있었다. 바이올렛 향인가. 달콤하고 향긋한 꽃향기가 그
녀 주위에서 풍겨 나온 것처럼 코끝이 상쾌하게 아릿해져 왔다.
(중략) 크리슈나여! 당신은 불과 죽음의 신이시며, 바람과 달과
물의 신이시며, 창조주 브라흐마요, 조상의 조상이십니다. 아, 당
신 앞에 절하고 또 절합니다. 또다시, 또다시, 천 번도 만 번도 당
신께 또 절하오니, 그녀와 제가 사랑의 복락을 누리게 해주소서.
―140~141쪽

첫눈에 영혼이 뒤흔들리는 듯 강렬한 감정을 느낀 크리슈나는
슈크라와 사랑에 빠진다. 그러나 이곳 인도는 나이와 국적을 뛰
어넘을 수 있어도 계급과 돈을 극복할 수는 없는 곳이다. 결국 둘
은 처음이자 마지막 관계를 맺은 뒤에 헤어진다. 그들의 마지막
데이트와 점심, 그리고 결합은 모든 낭만적 사랑이 그러하듯이
애절하고 아름답다. 슈크라의 탄식은 시적인 울림을 지니며 소설
의 한 페이지를 장식한다.

삶이 아무리 추악한 것이라 하더라도 사랑을 감추고 있다는 사실 하나로, 네가 이 땅에 존재하는 것 하나로 나는 살아볼 만하다고 생각해. 어느 시인이 그랬다지. 무작정 사랑의 말을 하고 사랑의 말을 들려주는 것, 바로 그것이 우리가 숨 쉬는 유일한 방법이라고…… 모든 사랑은 증오로 가득 찬 세상 안에서만 피는 꽃이라고…….　　　　　　　　　　　　　　　　　　　　—110쪽

둘은 헤어지고 크리슈나는 돈을 벌기 위해 한국의 피혁 공장에서 일하다가 크롬 중독에 걸리고 사기까지 당한 후에 절망 속에서 죽고 만다. 사랑하는 슈크라에 대한 사랑을 간직한 채. 슈크라 또한 회한과 같은 사랑의 기억으로 평생을 살아갈 것이다.

아름답다. 쓸쓸하다. 가슴 저리다. 두 사람의 진실한 사랑이 사회의 부조리와 편견 때문에 이루어지지 못하는 상황은 언제나 읽는 사람의 가슴을 적신다. 그러나 여기에 낭만적 사랑의 맹점이 있다. 이 사랑은 짧기 때문에 아름답다. 흔히 낭만주의자들은 관능적 사랑이 마음과 정신과 신체와 영혼의 신비스러운 합일을 통해 하나가 되는 두 명의 존재자들 사이의 깊은 감정의 개입에 기초한 황홀한 경험이어야 한다고 주장한다. 그들은 첫눈에 사랑에 빠진 로미오와 줄리엣을 그 이상형으로 든다. 그러나 그것은 단순한 홀림이 아닌가? 이 감정이 사랑이라면 누구도 사랑을 할 수 없을 것이다. 닷새라는 짧은 기간이면 모를까, 다른 일상적인 일에 열중할 때 사람들은 이 감정을 잊어버린다. 아니 잊어버리지

않으면 생활을 할 수가 없다.

크리슈나와 슈크라의 사랑이 아름다운 것은 역설적으로 그들의 사랑이 계급과 가난의 장벽에 의해 이루어지지 못했기 때문일 터이다. 그들의 짧은 열애 기간은 결혼 후 수십 년 동안의 지리멸렬한 일상이 둘의 관계를 어떻게 망가뜨릴지 말해 주고 있지 않다.

그렇다면 사랑이란 무엇일까? 조화 가능성, 동료 의식, 친밀감이 사랑일까? 책임, 보호, 존경, 상대에 대한 지식이 수반되는 관계를 사랑이라고 할 수 없다. 이런 종류의 친밀감은 형제애에도 존재한다. 성애는 완전한 융합, 곧 다른 사람과 결합하고자 하는 갈망이다. 성애는 한 사람에게로 그 열망이 향한다는 점에서 보편적이지 않고 배타적이다. 좀 더 정확히 말하자면 성애는 나 자신을 오직 한 사람과 충분하고 강렬하게 융합시킬 수 있다는 점에서 배타적이다.

5 자신을 사랑하는 사람만이 남을 사랑할 수 있다

우연한 기회에 둘의 사랑에 깊숙이 개입하게 된 준하는 그러나 흔들리지 않는다. 변한 것은 없다. 크리슈나의 사연은 슈크라의 몫이다. 준하는 여전히 외로움을 친구처럼 여기며 독신으로 지낼 수밖에 없을 것이다. 확실한 것은 아무것도 없다. 그러나 작품의 맨 마지막에 준하의 희망이 놓여 있다.

주기적으로, 시시때때로 불평을 터트리며 흔들리는 불만분자이
지만, 그래도 아직은 세상으로 뚜벅뚜벅 걸어갈 수 있는 튼튼한
허벅지가 있지 않은가.   —207쪽

준하가 자신을 긍정하기 시작한 것이다. 프로작을 먹으며 사랑
을 비웃던 그녀가 드디어 자신을 있는 그대로 사랑하기 시작한 것
이다. 아름다운 청춘 남녀의 사랑은 비극으로 끝났다. 첸과의 관계
에도 서광이 보이지 않는다. 미래에 어떤 사람이 올지도 모른다.
그러나 세상을 냉소함으로써 겨우 균형 감각을 획득했던 그녀가 자
신의 튼튼한 허벅지를 대견하게 내려다보기 시작했다. 이것이야말
로 돌 지난 아이의 걸음마가 아니고 무엇이겠는가? 어머니가 독립
심을 키워준다고 아이가 울어도 안아주지 않았던 어린 시절 이후
성장을 멈춘 준하가 드디어 세상을 향해 발걸음을 떼기 시작했다.
  사랑은 자기 고립성의 극복이며 고독에서 벗어나는 것이다. 그
러나 무조건 베푸는 것은 진정한 사랑이 아니다. 반대로 상대에
게 자신을 종속시키는 것도 진정한 사랑이 아니다. 자기 자신을
사랑하는 사람만이, 즉 자기 통합성이 이루어진 사람만이 성숙한
사랑을 할 수 있다. 사랑의 역설은 하나이면서 둘일 때 일어난다.
자신의 개성을 지닌 안정된 상태에서 비로소 상대가 똑바로 보이
고 상대방의 발전을 위해 자신을 양보할 수 있는 것이다. 준하는
첸을 기다릴 것이다. 첸이 영영 그녀를 떠난다 해도 또 다른 성숙
한 사랑이 그녀 앞으로 다가올 것이다.

이화경

1964년 광주에서 태어나 1997년 《세계의 문학》에 「둥근잎나팔꽃」을 발표하며 등단했다.
소설집 『수화』와 인도 동화 번역집 『그림자 개』가 있다.

나비를 태우는 강江

이화경 장편소설

1판 1쇄 찍음 · 2006년 8월 19일
1판 1쇄 펴냄 · 2006년 8월 24일

지은이 · 이화경
편집인 · 장은수
발행인 · 박근섭
펴낸곳 · (주) 민음사

출판등록 • 1966. 5. 19. (제16-490호)
서울시 강남구 신사동 506 강남출판문화센터 5층 (135-887)
대표전화 515-2000 • 팩시밀리 515-2007

www.minumsa.com

값 9,000원

ISBN 89-374-8098-0 (03810)